LA ESTÁ PRESA ENTRE UMA ESTRELA DO ROCK E UMA SITUAÇÃO DIFÍCIL.

Editora Charme

DUOLOGIA LIFE ON STAGE – LIVRO 2

BEAT

AUTORA BESTSELLER DO NEW YORK TIMES

VI KEELAND

1ª Impressão 2024

Produção Editorial - Editora Charme
Modelo - Nicolas Simoes
Fotógrafo - Brice Hardelin
Designer da capa - Sommer Stein, Perfect Pear Creative
Adaptação de Capa e Produção Gráfica - Verônica Góes
Tradução - Mariana C. Dias
Preparação e Revisão - Equipe Editora Charme
Imagens - AdobeStock

Esta obra foi negociada por Brower Literary & Management, Inc.

CIP-BRASIL. CATALOGAÇÃO NA PUBLICAÇÃO
SINDICATO NACIONAL DOS EDITORES DE LIVROS, RJ

K34b

Keeland, Vi
Beat / Vi Keeland ; tradução Mariana C. Dias. - 1. ed. - Campinas [SP] : Charme, 2024.
348 p. ; 22 cm. (Duologia life on stage ; 2)

Tradução de: Beat
ISBN 978-65-5933-160-4

1. Romance americano. I. Dias, Mariana C. II. Título. III. Série.

CDD: 813
24-88868 CDU: 82-31(73)

Meri Gleice Rodrigues de Souza - Bibliotecária - CRB-7/6439

Editora Charme

www.editoracharme.com.br

Editora Charme
DUOLOGIA LIFE ON STAGE – LIVRO 1
THROB
The readers in Brazil
make my heart BEAT!
Thank you for reading
Beat + Throb!
DUOLOGIA LIFE ON STAGE – LIVRO 2
BEAT

Editora Charme

TRADUÇÃO - MARIANA C. DIAS

DUOLOGIA LIFE ON STAGE – LIVRO 2

BEAT

AUTORA BESTSELLER DO NEW YORK TIMES

VI KEELAND

DEDICATÓRIA

Para o meu primeiro <u>crush</u>, que,
por acaso, também é
o meu marido.

CAPÍTULO UM

LUCKY

— Quer transar?

Que abordagem maravilhosa.

— Essa cantada já funcionou alguma vez?

O bêbado indelicado tem ao menos a decência de parecer um pouco envergonhado.

— Não exatamente.

— Então talvez devesse tentar começar com um elogio. A gente gosta muito mais disso. Vamos, tente de novo.

— Certo. — Ele bebe o restinho do que agora será a última vodca com tônica que lhe será servida esta noite e, com a voz arrastada, diz: — Você tem um belo de um *airbag*.

Balanço a cabeça e vou para a próxima mesa. Não sei por que tentei ajudar um babaca sem noção. Após anotar os pedidos de bebidas de meia dúzia de pessoas, faço uma pausa, minha atenção se voltando para o pequeno palco. Uma mulher rodopia e dá tudo de si, cantando, ou melhor, massacrando *Hey, Jude*. O som parece unhas arranhando um quadro de giz.

Não me entenda mal, eu amo os Beatles. É óbvio. Mas essa pobre música é longa demais. Precisamos tirá-la permanentemente do catálogo do karaokê. Os bêbados diante do palco jogam os braços de um lado para o outro, se unindo desafinados e fora do ritmo à maratona de cantoria da mulher. Por alguma razão, hoje isso ainda me faz sorrir. Volto ao bar, cantarolando baixinho *Na, na, na, nananana, nananana, hey, Jude.*

— Vamos encher a cara assim que o lugar esvaziar hoje à noite — grita Avery por cima do *crescendo* estrondoso do refrão. De repente, a cantora no palco chega ao último "na, na, na, nananana" e sua voz se transforma em um grito horripilante de estourar os tímpanos.

— Talvez eu nem espere tanto assim. — Aponto com o queixo na direção do pequeno palco no outro lado do bar e balanço a cabeça.

— Na verdade, ela não é tão ruim.

Faço uma expressão que expõe o que não digo em voz alta, e Avery revira os olhos, terminando de preparar meu pedido de bebidas.

— Sabe, você bem que podia mostrar a ela como se faz...

Coloco as quatro bebidas que ela preparou na bandeja e ergo o dedo do meio para minha melhor amiga antes de voltar à mesa de quatro mulheres de meia-idade que estão em busca de coragem líquida.

Paro diante da parede tomada por porta-retratos e endireito a foto do meu pai com Bruce Springsteen, os braços de um apoiados no ombro do outro. Os dois estão desgrenhados e suados depois de terem tocado juntos por uma hora. Tinha sido uma sessão improvisada na festa de um ano de aniversário do bar. Ver o sorriso dele me faz sorrir. Fecho os olhos por um breve momento. *Passo dois, papai. Estou progredindo.*

— As senhoras vão subir no palco e cantar hoje? — pergunto, tentando ser simpática ao servir três mojitos e uma Tequila Sunrise. É a terceira Tequila Sunrise da ruiva de coque preso na altura da nuca. Ela já não sente medo algum.

— Eu adoraria — diz ela, de maneira arrastada. — Mas preciso de mais alguns drinques antes de ter essa coragem.

Faço que sim, já que não sou do tipo que força as pessoas a ultrapassarem seus limites. A ruiva está usando uma blusa de seda cor creme e com botões fechados do começo ao fim, uma saia lápis azul-marinho e um blazer da mesma cor. Um colar de pérolas complementa o visual conservador. A roupa combina perfeitamente com o coque recatado. Mas, quando começo a me afastar, algo embaixo da mesa chama minha atenção, e não são os tornozelos impecavelmente cruzados, mas os sapatos. *Definitivamente* não ornam com o resto da roupa. Saltos agulha de doze centímetros no estilo Mary Jane com solas vermelhas, entregando que a mulher é muito mais do que deixa transparecer.

Passar seis noites por semanas no decorrer dos últimos sete anos no Lucky's me ensinou muito a respeito das pessoas. Geralmente, avisto uma aspirante a Beyoncé a um quilômetro de distância. Sorrio comigo mesma, imaginando a ruiva diante do espelho do quarto, cabelos soltos e cantando com a escova de cabelos como se fosse um microfone, usando apenas aqueles sapatos de novecentos dólares.

A quantidade de pessoas no bar dobrou na última meia hora. É noite de sábado, e o cinema que fica do outro lado da rua acabou de encerrar a última sessão. Vou para trás do balcão ajudar Avery por um tempinho e peço ao DJ que deixe algumas músicas tocando, assim ele pode nos dar uma forcinha atendendo às mesas até o movimento diminuir. Vinte minutos depois, noto as bebidas que Avery está preparando.

— São para o grupo que pediu há pouco tempo? — Ela está terminando de misturar mais uma rodada de mojitos, e as cores no copo grande de Tequila Sunrise estão a todo vapor.

— Acho que sim. Ruiva de coque?

— Sim, ela mesma. Aposto vinte pratas que ela vai ser nossa surpresa da noite. — Sempre temos clientes que nos pegam de surpresa. Sem falta, aparece um todo fim de semana. Chegam com aparências conservadoras, usando casacos lustrosos da Burberry fechados com força em volta da cintura. Mas alguns drinques e um microfone depois, estão no palco abrindo os casacos, exibindo a pele para quem quiser ver enquanto rebolam como strippers profissionais. — Aposto que também tem uma calcinha fio-dental vermelha escondida debaixo daquela saia comprida.

— Ela? Você está brincando? A mulher está com um colar de pérolas, porra.

Arqueio a sobrancelha.

— Então quer dizer que vai apostar?

Avery enfia a mão no bolso e tira dali uma nota de vinte. Ela a enfia em um copo vazio e o guarda na prateleira de garrafas de bebida atrás de si.

— Coloque sua aposta ali e segure as pontas no bar. Preciso dar uma olhada na srta. Pérolas mais de perto e passar no banheiro.

— Sabe, eu ainda sou sua chefe por mais... — Dou uma olhada no meu relógio. São quase onze da noite. — Cinco horas.

— Eu te conheço desde o fundamental. Quem é que você quer enganar? Você vai continuar sendo a chefe mesmo depois que eu me tornar proprietária de metade daqui. — Ela me dá um beijo na bochecha antes de se afastar com pressa.

Dez minutos depois, ainda estou sozinha atrás do balcão e não vejo Avery em lugar nenhum. Tenho certeza de que ela está no beco dos fundos fumando, mesmo que ela jure todos os dias ter parado. Confiro as identidades de três garotas bonitas de aparência jovem. Elas têm mais de vinte e um anos, mas há bem pouco tempo. A conversa delas não me passa despercebida.

— É sério, ele só pode ser gay.

— Por quê? Por que não te notou ainda?

— Não, porque ele é perfeito demais para ser hétero.

— Podemos pagar uma bebida para uma pessoa? — pergunta uma das loiras a mim.

— É claro. Qual é a bebida?

Elas dão risadinhas por alguns minutos antes de decidirem comprar um Orgasmo para seu alvo. Preparo a mistura de vodca, licor Bailey's e licor Kahlúa e sirvo em um copo com gelo.

— Prontinho. Quem é o sortudo?

As três apontam para o outro lado do bar e, juntas, respondem:

— Ele.

Meu Deus. Que homem *lindo.*

As três loiras claramente não foram as únicas a reparar. A morena ao lado dele, com decote totalmente exposto, dá a ele toda a sua atenção enquanto me aproximo. Contudo, sinto como se os olhos dele estivessem em mim ao percorrer o caminho até o outro lado do balcão comprido. Estou acostumada com cantadas. Homens parecem me achar uma combinação fascinante: uma mulher atraente cujo único propósito é entregar álcool a eles. Tendem a ficar ainda mais ousados depois de entornarem alguns drinques.

A meio caminho, paro para reencher o copo de cerveja de um cliente. Não preciso erguer os olhos enquanto o sirvo para saber que o sr. Bonitão ainda está me observando. O arrepio na minha nuca é toda a confirmação de que preciso. Ele não desvia o olhar de mim, nem quando me viro, faço contato visual e deixo claro que percebi a intensidade com que me encara.

— Vim te entregar um Orgasmo.

Caramba, ele é ainda mais gostoso de perto. Cabelos castanho-claros até os ombros, desgrenhados na medida certa para parecer que tinha acabado de transar. Torso comprido e esguio, tatuagens nos antebraços espreitando sob as mangas longas da camiseta justa. Interessante. Então, ele sorri. Covinhas. Sim. Ele *com certeza* acabou de transar.

— Obrigado, mas sigo a política de primeiro as damas. — Ele dá uma piscadinha.

Eu o encaro por um instante, depois, desço o olhar para a bebida, o que faz com que ele me imite.

— Ah. Você estava se referindo ao drinque. — Ele abre um sorriso presunçoso. É sensual pra caramba, e ele sabe disso.

Reviro os olhos, mas um sorriso relutante está quase surgindo em meu rosto.

— Aquelas três garotas que mal são maiores de idade mandaram para você. — Aponto até o outro lado do bar. As três abrem um sorriso bem largo e acenam.

— Bem, estou decepcionado.

Arqueio a sobrancelha.

— *Três* mulheres terem comprado um drinque para você com um nome que deixa bem claro os planos delas para mais tarde te deixou decepcionado?

— Pensei que era *você* quem tinha comprado um drinque para mim.

Brega, eu sei, mas sinto um friozinho na boca do estômago.

— Desculpa. Mas você ganhou as trigêmeas loiras como prêmio de consolação. — Dou de ombros, tentando parecer indiferente, e me viro para me afastar. Ficar tão perto desse cara está me deixando inquieta. O bar é grande, mas o jeito como ele me olha me faz sentir que estamos em um espaço confinado.

— Espere! — grita ele atrás de mim, então me viro de volta. — Qual é o seu nome?

Sorrio e aponto para a placa acima do bar. *Lucky's.*

O lugar está um caos, mas isso não me impede de ficar de olho no sr. Bonitão. Ele acenou com a cabeça e ergueu o copo para agradecer às três mulheres, mas não foi até lá para falar com elas. Em certa altura, o trio de loiras peitudas foi até o lado do bar em que o homem estava. Elas fizeram o melhor que puderam para manter a atenção dele. Ele sorriu educadamente, mas estava claro que não tinha interesse. Isso me deixou seriamente chocada, porque teria apostado o bar todo que ele conseguiria levar as três para casa.

— Ei, Lucky — chama o sr. Bonitão da extremidade do bar, quando termino de servir as mesas.

— Mais um Orgasmo?

— Se estiver falando de álcool, eu passo. Prefiro uma cerveja.

Pego um copo grande e o encho com cerveja Guinness sem perguntar de que tipo ele quer. Deslizo o copo pelo balcão liso e encerado e pergunto, com um sorriso travesso:

— E se eu não estivesse falando de álcool?

— Já teríamos dado o fora daqui, meu bem. — Outra piscadela, só que, desta vez, ele acrescenta um sorriso torto para exibir as covinhas no rosto ridiculamente bonito. Seu sorriso tem um quê de menino, mas basta uma olhada rápida no corpo para ver que é um homem com H maiúsculo. Ele toma um gole da cerveja. — Guinness. Minha favorita. Boa escolha.

Avery se acomoda atrás do balcão, a alguns passos do sr. Bonitão, e empurra a bandeja redonda na minha direção.

— A ruiva das pérolas quer mais um drinque. Parece que vou levar as suas vinte pratas para casa, porque tenho quase certeza de que ela vai apagar depois da próxima bebida, não subir no palco.

Olho na direção da ruiva de coque apertado. Ela está tirando o blazer azul-marinho. Não apenas exibe os sapatos fabulosos, como a cintura fina e as curvas sinuosas. Ela tem um corpo incrível por baixo do terninho e das pérolas. Meu palpite é que há um sutiã meia-taça de renda vermelha combinando com a calcinha fio-dental.

— Está vendo aquela ruiva ali? — pergunto ao sr. Bonitão.

— A de cabelo preso?

— Ela mesma. Apostei vinte pratas que ela subiria no palco e se transformaria em sereia antes da noite acabar.

O sr. Bonitão ergue as sobrancelhas.

— Ela não me passa essa imagem.

— Não dê ouvidos a ela. — Avery faz um gesto para desconsiderar o que eu disse. — Ela também acha que a mulher está de calcinha fio-dental vermelha por baixo da roupa.

— *Isso*, eu gostaria de ver.

— As pessoas deixam transparecer muita coisa de quem são pelas roupas. Uma mulher que gasta tanto dinheiro assim em sapatos caros, mas se veste de maneira conservadora, gosta de coisas sofisticadas, mesmo que ninguém as esteja vendo. Deixe uma mulher de calcinha e sutiã, e você vai descobrir muitas coisas sobre ela. — Dou de ombros. — Trabalho aqui quase todos os dias há sete anos. Sou boa em avistar astros do rock enrustidos.

Ele toma um gole de cerveja e analisa a ruiva.

— Você sobe lá? — ele me pergunta.

Mas não tenho chance de responder antes de Avery se manifestar:

— Se quisesse, ela poderia estar em palcos de verdade. Mas ela tem aracnofobia.

O sr. Bonitão olha para mim com a testa franzida.

— Medo de aranha?

— Ignore-a. — Reviro os olhos para Avery e preparo o pedido de bebidas dela. — Fale para a srta. Pérolas que este é por conta da casa.

O drinque é quase todo suco de laranja. Comecei a diminuir a quantidade de álcool nos pedidos dela há duas rodadas. Não quero que a srta. Pérolas caia do palco em sua primeira apresentação no Lucky's.

São quase duas da manhã quando o DJ anuncia a última chamada para inscrições no karaokê. O movimento no bar minguou, mas as mesas ainda mantêm Avery ocupada. É agora ou nunca para os tímidos que vieram planejando subir no palco. Geralmente, metade vai até o fim, enquanto a outra metade exagera na coragem líquida a ponto de conseguir apenas sair do bar cambaleando.

O sr. Bonitão passou horas dispensando mulheres, muitas delas bêbadas, lindas e alvos fáceis. Com uma atração gravitacional inexplicável, meus olhos o acompanham o tempo todo. É impossível ignorar a presença dele. Fico surpresa quando o vejo na mesa do DJ, conversando com ele depois da segunda ida ao banheiro.

— Você veio para cantar? — pergunto, enchendo mais uma vez o copo de cerveja dele quando volta para o lugar no qual passou a noite toda. — Não imaginava que você fosse do tipo que precisa de álcool para ficar confiante e subir no palco.

Ele toma um gole da cerveja.

— Que tipo você imaginou que eu fosse?

Estreito os olhos, fingindo que o estou estudando, então, me recosto no balcão. Ele parece estar se divertindo.

— Eu diria que é um daqueles conquistadores, mas te vi dispensar garotas que teriam caído na sua lábia sem qualquer dificuldade a noite toda, então não sei bem o que achar de você. — Dou de ombros. — Veio para cantar?

— Não estava nos meus planos. Vim me encontrar com uma pessoa, mas ele me ligou há algumas horas e disse que se enrolou e não conseguiria chegar. Eu nem sabia que esse bar tinha karaokê até entrar.

— Interessante. Mas seu amigo cancelou há horas, e você continua aqui. Então será que está mesmo à caça de uma presa? Sabe, você não é muito bom nisso. Deveria demonstrar interesse nas garotas que quer levar para casa no fim da noite.

O sr. Bonitão sorri. Ele é completamente irresistível.

— Estou fazendo isso.

Dou uma risada e balanço a cabeça antes de me afastar e ir fechar a conta de um cliente. O sr. Bonitão não perde tempo quando volto para perto dele.

— Então... posso te pagar uma bebida?

Olho ao redor de maneira exagerada.

— Acho que não precisa. Sou dona do bar.

Ele não dá qualquer sinal de que vai desistir.

— Jantar, então?

Olho para o relógio.

— São duas da manhã.

— Café da manhã?

— Preciso dormir antes de tomar café da manhã.

— Sem problema. Posso cozinhar para você quando acordarmos, que tal?

Rindo, balanço a cabeça e me viro para reabastecer a prateleira de taças de vinho.

— Obrigada pela oferta generosa. Mas vou ter que recusar.

— Porra, só pode ser sacanagem! — O grito de Avery me salva de ter que explicar, mas o olhar do sr. Bonitão não vacila.

Ele me fita por cima da borda do copo ao beber sua cerveja. A visão do pomo de adão subindo e descendo conforme ele engole me faz sentir todo tipo de coisa por dentro. E algumas por fora também.

— O que foi? — Estou grata pela distração.

— A srta. Pérolas. Olhe. — Avery faz um aceno de cabeça na direção da mulher, que conversa com o DJ. Abro um sorriso orgulhoso ao ver a mão dela ir para o coque bem-feito e retirar alguns grampos escondidos. O cabelo cai em cascata até o meio das costas.

— Eu te disse — canto, triunfante.

No fim das contas, a srta. Pérolas acaba se saindo ainda melhor do que eu imaginava. Aparentemente, não foi apenas o cabelo que o álcool ajudou a soltar. Assim que ela sobe no palco, a blusa já desabotoada revela um decote generoso, e a saia está erguida acima dos joelhos para que ela consiga dançar. E como dança bem! Os movimentos lentos dos quadris enquanto canta *Breathe*, uma antiga canção de Faith Hill, fazem a temperatura do bar subir. Ela canta igualmente bem. Não é apenas afinada... ela sabe mesmo cantar. Uma melodia sussurrante e sedutora em um ritmo perfeito que, com um pouco de treino, ficaria incrível em um álbum. Meus olhos estão colados na flor que chegou toda fechada, mas que começa a desabrochar bem diante de nós. Mais do que a música que canta, a visão em si é algo lindo de se ver.

Tenho inveja dela. Eu daria qualquer coisa para subir no palco de novo. Mas, para mim, vai ser preciso mais do que só um pouco de coragem líquida. Anos de terapia renderam poucos resultados. Por um bom tempo, aprendi a aceitar quem eu era. Mas, de vez em quando, minha alma vence a lógica e anseia ser salva. Isso me leva a tomar decisões ilógicas. Como a de amanhã, por exemplo.

Por alguma razão, mantenho distância do sr. Bonitão depois disso. Tenho muita coisa para fazer com o horário de encerramento se aproximando, então não é difícil. Faço Avery trocar de responsabilidade comigo, pedindo que cuide dos afazeres atrás do balcão para que eu possa atender às mesas. Ela deve achar que estou tentando lhe dar um desconto na minha última noite aqui; nunca é fácil cuidar dos atendimentos próximo da hora de fechar. Temos um punhado de pessoas bêbadas demais, e cortar o álcool delas quase sempre resulta em reclamações exaltadas.

Como faz todas as noites, no mesmo horário, o DJ anuncia a última rodada no bar no alto-falante, mas hoje acrescenta:

— Esta noite, o Lucky's está muito feliz em receber uma celebridade. Para quem ainda não conhece Flynn Beckham, isso está prestes a mudar. Estão dizendo que ele vai participar de uma turnê enorme que já está esgotada. Vamos aplaudir o roqueiro que vai mostrar seu lado mais tranquilo hoje no nosso palco.

O lugar inteiro irrompe em aplausos, exceto eu. Estou enraizada no lugar vendo o sr. Bonitão seguir até o palco. Tira o microfone do suporte e seus olhos buscam o ambiente, um sorriso fácil no rosto. Quando me encontra, a voz ecoa rouca pelos alto-falantes, e sinto as palavras dele escorrerem pelo meu corpo.

— Esta música não faz muito o meu estilo. Mas está quase na hora de fechar, então pensei que talvez pudesse ajudar a inspirar aqueles que estão se sentindo sortudos na noite de hoje. Como eu. — Ele dá uma piscadinha para mim e faz um aceno de cabeça para o DJ começar a música.

Reconheço a canção na mesma hora. É uma das minhas favoritas. Um verdadeiro clássico, apesar de não ser comum que pessoas da minha idade apreciem o som áspero e emotivo de Rod Stewart. A música *Tonight's the Night* toca baixinho ao fundo até a voz pecaminosa do sr. Bonitão se juntar à melodia.

Eu estava com os olhos colados no palco enquanto a srta. Pérolas cantava, mas por um motivo completamente diferente do qual me faz agir da mesma forma agora. A voz dele é sedução em forma de música, e flui com a tranquilidade de quem sabe o que está fazendo. O bar inteiro se balança para lá e para cá. Todas as mulheres mudam de lugar para mais perto do palco. Até mesmo a srta. Pérolas.

Por um bom tempo, observo como o pé dele bate no palco em sincronia perfeita com a batida da música. Um homem com ritmo bom sempre foi a minha fraqueza. *Músicos* sempre foram minha kryptonita. Meus olhos sobem sem pressa, assimilando todo o homem do qual eu havia tido apenas um vislumbre do outro lado do bar. Jeans folgado na cintura estreita, blusa de manga comprida preta e simples que abraça os ombros largos. É possível ver partes de tatuagens nos antebraços através das mangas enroladas na altura dos cotovelos. Quando meus olhos finalmente alcançam o rosto dele, descubro que estava me vendo observá-lo. Ele ergue uma sobrancelha e canta o próximo verso encarando meus olhos.

You'd be a fool to stop this tide
Você seria uma tola impedindo o fluxo

Spread your wings and let me come inside
Abra as asas e me deixe entrar

Pisco para sair do transe. Flynn Beckham tem um jeito de passar os olhos por todas as mulheres no ambiente e, ainda assim, fazer você se sentir como se fosse a única para quem ele está olhando. Como se tivesse acabado de encontrar *a* mulher no meio de uma multidão delas, não só a que escolheu para levar para casa à noite... mas *a* que ele tem procurado desde o primeiro dia em que subiu no palco.

— Jesus. Se ele cantar outra música, vou montar na caixa de som — diz Avery, apoiando os antebraços no balcão. — Aposto que consigo gozar só com a vibração da voz dele entre as minhas pernas. — Ela está falando comigo, mas sem tirar os olhos do sr. Bonitão. Juntas, fitamos o palco como duas adolescentes bobinhas assistindo ao Justin Bieber. — Aquele homem te quer. Tenho quase certeza de que você não precisaria montar na caixa de som. Ele enterraria o rosto na sua perseguida e cantaria direto nela se você quisesse. Voto para você fazer um *upgrade* na categoria Namorado Astro do Rock. Aliás, cadê o desprezível do Ryder mesmo?

Minha melhor amiga não gosta do meu namorado. Dylan Ryder é o vocalista da Easy Ryder, mas ela tem um monte de nomes alternativos para ele e sua banda.

— Não conseguiu sair da Filadélfia... perdeu a conexão. Ele me ligou para avisar que não estaria aqui hoje à noite.

— Que peninha. — Ela abre um sorriso malicioso. — Bom, um homem perde, mas outro dá sorte.

— O ditado é "um perde, outro ganha".

— Isso também.

CAPÍTULO DOIS

FLYNN

O sol da manhã atravessa em todo o seu esplendor o pequeno espaço entre as cortinas fechadas e pousa bem no meu rosto. Cubro os olhos e tento voltar a dormir, até que sinto mãozinhas tracejando os desenhos no meu antebraço. Quando o dedinho segue o caminho de tatuagens que vão até meu ombro, surpreendo Laney pegando-a e erguendo-a acima da minha cabeça. Ela dá um gritinho com o choque inicial, mas isso rapidamente se transforma em risinhos que me aquecem por dentro, embora minha cabeça esteja começando a latejar.

— Tio Sinn, você me assustou!

Eu rosno com a minha melhor voz de monstro.

— Bem, você não deveria acordar um leão adormecido.

— Você não é um leão, tio Sinn. Leões dão medo!

— E você não acha que dou medo? — Abaixo minha sobrinha de quatro anos e aproximo a testa dela dos meus lábios para um beijo.

— Não tem como você dar medo, você tem desenhos engraçados nos braços e nas costas. — Crianças são tão inocentes. Queria ver um motoqueiro cheio de tatuagens ouvindo aquilo. — Você vai *durmir* no meu quarto comigo hoje?

— Talvez. Se sua mãe deixar.

— Você vai cantar aquela música pra mim de novo antes de *durmir*?

— É claro.

Não preciso nem perguntar qual música. Ela me fez cantar a mesma coisa quatrocentas vezes na última visita.

— Por que só uma tatuagem é colorida, tio Sinn? — Ela cutuca a tatuagem vermelha no antebraço, a única que não é preta nem de nenhum tom de cinza.

Desço da cama sem qualquer aviso com ela nos braços. Laney solta mais um gritinho.

— Você acordou cheia de perguntas hoje, hein?

Ela faz que sim várias vezes, toda animada, como se disparar um arsenal de perguntas bem cedo pela manhã fosse uma coisa boa.

— Venha, vamos procurar sua mãe. — Eu a ergo por cima da cabeça e a coloco nos ombros. As mãozinhas dela se enrolam no meu queixo.

— Acordou cedo. — Minha irmã, Becca, está sentada à mesa da cozinha. Vou até a cafeteira e me sirvo uma caneca antes de cumprimentá-la. Laney não disse palavra alguma; está esperando que eu comece a brincar de "cadê a Laney?".

— Pensei ter ouvido a voz da Laney. Você a viu? — Viro para a esquerda, depois para a direita, procurando-a pelo cômodo.

Minha irmã ergue o olhar até a passageira que está nos meus ombros e sorri. Imagino o sorriso radiante de dentinhos tortos estampado no rosto acima da minha cabeça.

— Não. Não a vi. Talvez esteja se escondendo debaixo da cama.

— Que pena. Eu estava pensando em levá-la para comer waffles e sorvete no café da manhã. Com chantilly. Muito chantilly. — Sorrio de orelha a orelha, sabendo bem qual é o ponto fraco da minha sobrinha.

— Tio Sinn![1] Eu tô aqui! — guincha Laney e puxa meu queixo para

1 Em tradução livre, pecado. (N.E.)

cima para que eu possa vê-la.

— Ah, te achei.

Minha irmã ri da brincadeira de sempre.

— Sabe, estou tentada a falar para a fonoaudióloga que não a ajude com os Fs... porque ela te chamar assim é perfeito demais — comenta ela.

Tiro Laney dos meus ombros e a equilibro de pé no chão.

— Que tal ir se aprontar para o café da manhã?

— Eu quero usar meu pijama de *Frozen* para o café da manhã! — Ela dá pulinhos.

Eu digo "sim" ao mesmo tempo que minha irmã diz "não". Amo demais a minha irmã, mas sempre fomos opostos.

— Ela não pode sair para tomar café da manhã de pijama — repreende Becca.

Dou de ombros.

— Por que não? Ela tem quatro anos, não quarenta.

— Porque as pessoas não saem de pijama.

— Pessoas como *você* não saem de pijama. Pessoas como *eu* não veem problema algum nisso.

— Pessoas como *você* são malucas.

— Pessoas como *eu* são divertidas.

— Só porque saem de pijama para tomar café da manhã?

— Não. Porque não se importam com o que as outras pessoas pensam se saem para tomar café da manhã de pijama. Pare de ser careta, Bec. Está parecendo a mamãe.

Os olhos dela se arregalam. Minha irmã bufa, mas sei que está prestes a ceder.

— Tudo bem. Pode usar seu pijama de *Frozen*. Mas nada de pantufas. Calce meias e sapatos.

— Então, vai ficar na cidade por quanto tempo?

— Se tudo correr como o planejado, sete semanas. Depois, vão ser seis meses na estrada.

— Seis meses? É muito tempo, Flynn. Vai ser tudo de ônibus?

— A maior parte. A Easy Ryder vai fazer alguns shows na Europa também, mas não sei se vamos tocar por lá ou se vai ser a banda de abertura atual, Resin. Essa é uma das coisas que meu agente ainda está resolvendo antes de finalizarmos o acordo para participar da turnê.

Originalmente, a turnê Wylde Ryde deveria durar seis meses. Mas as vendas da banda caíram um pouco, então acrescentaram quase mais seis meses para tentar recuperar o *momentum* antes do lançamento do próximo álbum. E a banda que está abrindo agora não vai poder participar das datas extras.

— Agente. — Ela sorri. — Olhe para você, todo importante. Não vai ficar famoso demais e se esquecer da gente, né?

— Nunca. Sempre voltarei para a minha garota. — Eu me inclino e dou um beijo na bochecha rechonchuda de Laney. Ela tem uma gota de chantilly no nariz e sorvete escorrendo pelo queixo. Mas está sorrindo de orelha a orelha. Acho que, para minha irmã, um café da manhã divertido é acrescentar uma banana a um mingau de aveia.

A garçonete atenciosa passa pela nossa mesa outra vez.

— Gostaria de mais alguma coisa? — Ela direciona o sorriso a mim.

Eu não me acho — tudo bem, talvez um pouco —, mas dá para ver que ela está interessada em me dar algo além do café da manhã. Ela é bonita, apesar de parecer jovem demais.

— Está tudo certo por aqui, mas obrigada. — responde Becca no instante em que vou abrir a boca para falar. Conheço minha irmã. O sorriso exagerado dela esbanja doçura demais para ser sincero. Ela mal espera a garçonete se afastar o suficiente para não nos ouvir. — Meu Deus, Flynn. *Essa* é a sua realidade agora? Aquela mulher estava praticamente babando.

— Não a culpo. Eu *sou* um dos solteiros mais cobiçados do país, e você sabe disso. — Dou um suspiro alto, junto as mãos atrás da cabeça e me recosto na cadeira.

Há seis meses, participei de um *reality show*, no qual eu era o solteiro em questão. Me apaixonei de verdade por Kate, uma das candidatas, mas não fui correspondido. Na última vez que nos falamos, ela tinha acabado de descobrir que teria uma garotinha com o marido, Cooper.

Algumas semanas depois do fim do programa, uma revista divulgou sua lista anual dos solteiros mais cobiçados do país, e sabe-se lá como, meu nome estava nela. Achei bem cômico alguém me descrever como "solteiro cobiçado", já que eu estava desempregado na época. Mas isso não me impede de me gabar para minha irmã e meus amigos.

Becca revira os olhos.

— Você não passou de uma menção honrosa na última página do artigo. Quem escreveu aquilo deve ter ficado com pena de você por ter participado daquele programa ridículo e não ter ficado com a garota no fim.

— É só que você não enxerga a beleza do próprio irmão — provoco. — Laney, quem é o homem mais bonito do mundo?

Ela imediatamente aponta para mim, os lábios grudentos de doce formando um sorriso radiante que mal consegue conter a boca cheia de comida.

— Viu?

— É isso que você faz? Enche a boca das garotas de doce para fazê-las se apaixonarem por você?

Arqueio a sobrancelha.

— Ai, Flynn. Que nojo.

O vocalista principal da Easy Ryder é meio babaca. Ele me fez esperar em um bar por horas noutro dia antes de cancelar, e hoje está mais de uma hora atrasado. Entendo que imprevistos acontecem, mas a pessoa poderia ao menos fingir que se importa, dando um pedido de desculpas meia-boca. Em vez disso, no instante em que se senta à mesa de reuniões comigo, Nolan e mais nove executivos da Pulse Records, Dylan Ryder reclama:

— Eu pedi chá de ervas Throat Coat. Não isto aqui — repreende Dylan, falando com a assistente que acabou de entregar a bebida dele, sem ao menos olhar para ela.

— É Throat Coat, sim, eu mesma o preparei — diz ela com a voz tímida.

— Então a água daqui tem gosto de merda. Use água Voss.

— Acho que não temos água Voss.

— Bem, então vá ao mercado comprar — vocifera ele, logo, ergue a xícara para que a mulher a tire dali.

O rosto da assistente cora.

— Certo.

— Então. — Ele volta a atenção para mim e vai direto ao ponto. — Quero deixar uma coisa bem clara antes de fecharmos com a sua banda.

— Tudo bem.

— O show é *meu*. O nome na turnê é o da Easy Ryder, não de Flynn Beckham, In Like Flynn ou seja lá qual for a porra do nome da banda. Gostei da música de vocês, caso contrário não estariam aqui. Mas a turnê é *minha*.

Não somos duas atrações principais, vocês não vão tocar nenhum refrão meu, não vão interromper o meu show, e com certeza não vão vender as merdas de vocês nas *minhas* arenas. — Ele para e me lança um olhar irritado. — Entendido?

Um babaca completo.

— Saquei.

— Vou cobrar isso. A mulherada vai adorar seu rostinho bonito, e isso vai fazer você se sentir mais importante do que realmente é. Não deixe isso subir à cabeça.

Como aconteceu com você?

— Sem problema.

Mais uma vez, ele me encara. Parece estar questionando se estou zombando da cara dele com as respostas curtas e estoicas ou respondendo com o respeito que um soldado raso demonstra a um comandante. Por fim, ele assente e se volta para seu empresário.

— Pode fechar com eles. Saímos daqui a menos de dois meses.

E, simples assim, a In Like Flynn vai sair em turnê.

CAPÍTULO TRÊS

LUCKY

Meu pai jurava que eu cutucava em ritmo perfeito a barriga da minha mãe antes mesmo de respirar pela primeira vez. Sinceramente, não consigo me imaginar fazendo outra coisa na vida. Ela sempre girou em torno da música. Meu pai foi baterista em duas bandas diferentes por mais de vinte anos. Quanto à minha mãe... bem, o canto ainda é o que ela mais ama. *Música*. Está no meu sangue, e me mantém tão viva quanto meus batimentos cardíacos.

Não conseguir subir em um palco e fazer o que amo é uma maldição, mas, de um jeito estranho, isso foi uma bênção por um tempo. Ficar nos bastidores me ensinou muito a respeito de música. Aquele velho ditado de que "quem consegue, faz; quem não consegue, ensina" tem seu valor.

— Obrigada, Lucky. Eu juro que aprendi mais nessa semana do que nos últimos cinco anos.

— Você é um amor, Chelsea. Mas é você quem tem feito todo o trabalho. Estou aqui só para te guiar para que possa fazer o melhor que puder.

— Mesmos dias na semana que vem? — pergunta ela.

— Mal posso esperar, mas tente descansar a voz no fim de semana. Você trabalhou duro essa semana.

Guardo minhas coisas depois da última sessão do dia e olho ao redor do estúdio de som. Quando Dylan mencionou que a gravadora estava procurando uma preparadora vocal em tempo integral, hesitei por diversos motivos. Desde que terminei a faculdade e peguei o diploma, preparei apenas algumas pessoas e de forma bem casual. O Lucky's era o meu lar, a minha zona de conforto, mas eu odiava aquela porcaria de lugar tanto quanto o amava. Sem contar que a ideia de ter que demonstrar técnicas vocais para mais de uma ou duas pessoas bastava para fazer minhas mãos suarem. Mas eu sabia que estava na hora de mudar. Eu havia passado tempo demais parada no mesmo lugar, então aceitei o emprego. *Passo três, papai. Está vendo? Estou progredindo.* Se a primeira semana é algum indicativo do que vem pela frente, vou ser muito feliz aqui.

Com o fim da minha primeira semana como preparadora, aonde mais eu iria para celebrar, se não ao Lucky's?

O bar está lotado, até mesmo para uma sexta-feira à noite. É estranho ficar ao lado dos fregueses quando entro. Avery me avista na mesma hora.

— Oi, sumida! O que raios está fazendo desse lado do balcão? Venha me ajudar. Estou atolada.

Dou um sorriso. Por mais estranho que pareça, estou feliz por ela precisar de mim. Visto um avental e começo a anotar pedidos e a preparar drinques. Avery e eu colocamos o papo em dia enquanto trabalhamos.

— O que aconteceu com a garota que você contratou?

— Eu a demiti.

— O quê?! Já?

— O serviço de atendimento ao cliente dela era amigável demais.

— Ela estava dando muitas bebidas de graça?

— Eu a peguei fazendo boquete no banheiro quando deveria estar atendendo às mesas.

— Vai ver o cara tinha pedido um Orgasmo. — Sorrio, me lembrando do sr. Bonitão.

Juntas, zeramos a fila de pedidos do bar em menos de meia hora, e conto a ela como foi a minha primeira semana na Pulse Records.

— Ah, falando nisso... — comenta ela. — Aquele cara gato que estava doidinho por você na semana passada voltou.

— Sério? — Meu interesse cresce. Eu tinha me pegado pensando em Flynn mais de uma vez nos últimos dias. Tinha algo fascinante nele, além de que obviamente era lindo pra caramba.

— Sim. Duas vezes.

— Para cantar?

Avery nega com a cabeça e sorri.

— Para procurar você.

— O que você falou para ele?

— Na primeira vez, que você não estava aqui. Na segunda, sugeri que tentasse de novo hoje à noite, já que talvez você fosse dar uma passada aqui.

Arregalo os olhos.

— O quê? Por que você fez isso? Sabe que estou esperando o Dylan hoje.

— E daí? — Ela dá de ombros. — Você não fez nada errado. De repente, é até uma boa o desprezível do Ryder ver outros homens interessados em você.

— A verdade é que você gosta de sacanear o cara.

— É um bônus.

— Comporte-se. — Pego duas taças de vinho da prateleira acima da minha cabeça. — Ou vou contar ao Dylan que você também tinha um pôster dele na parede do quarto na adolescência.

Avery congela.

— Você não ousaria...

— Ah, ousaria, sim. Talvez até enfeite um pouquinho as coisas e conte da sua quedinha antiga por ele, e também posso falar que, na verdade, você tem inveja porque era *eu* que estava trabalhando na segunda vez que ele visitou o Lucky's no ano passado. E é por isso que é toda marrenta com ele.

Sorrindo, minha melhor amiga me mostra o dedo do meio e volta a atender os clientes do bar.

A turnê da Easy Ryder está fazendo um breve intervalo. Eles já passaram quatro meses na estrada e ainda têm quase oito pela frente, agora que estenderam a turnê. Contamos o tempo de namoro com um roqueiro igual a como contamos a idade dos cachorros: Dylan e eu estamos juntos há quase um ano, mas isso corresponde a só alguns meses no mundo real.

A notícia da presença de Dylan e sua comitiva no Lucky's esta noite se espalhou bem rápido. Avery teve que trancar a porta quinze minutos depois da chegada deles, e agora a fila do lado de fora está dando a volta no quarteirão.

— Você passou a noite inteira atrás do balcão — diz Dylan. — Venha se sentar comigo.

— Não posso. Olhe para o lugar. — Dou uma olhada rápida ao redor.

Passei a última hora servindo bebidas, mas nem isso fez diferença nas três fileiras de pessoas aglomeradas esperando serem atendidas.

— Você não trabalha mais aqui.

— Não, mas Avery trabalha. O que eu deveria fazer? Deixá-la se virar sozinha? Além disso, ainda sou dona de metade do bar.

Dylan toma um gole da cerveja.

— Ela deveria ter contratado alguém.

— Ela contratou, mas não deu certo.

— Com licença, sr. Ryder. — Somos interrompidos por mais uma dupla de garotas querendo a atenção de Dylan. As duas são loiras e vestem corpetes, calças jeans justíssimas e botas de couro com canos que vão até os joelhos. — Podemos tirar uma foto com você?

Dylan olha para mim, em seguida, para as garotas.

— Posso dar uma olhada nas identidades de vocês, senhoritas? — Me inclino sobre o balcão e estendo a mão com a palma para cima.

— Já mostramos na entrada.

Jase está na entrada hoje. O conceito de identificação dele quando uma garota jovem e linda quer entrar é medir o tamanho do sutiã dela. Basta ter volume suficiente para preencher um bojo, e ele a considerará maior de idade. Desço o olhar até os bustos bem-dotados das duas.

— Mesmo assim, preciso ver as identidades para que possam ficar aqui dentro.

O contato visual entre as duas enquanto enrolam, procurando as identidades falsas nas bolsas, confirma minha suspeita. Sem dúvida, são menores de idade. Hesitantes, me entregam as carteiras de motorista. A foto em uma lembra a primeira garota, mas com certeza não tem trinta e dois anos. A segunda garota nem de longe se parece com a mulher na foto para a qual estou olhando.

— Desculpa, meninas, mas vão ter que ir embora.

As duas fazem beicinho, mas são espertas o suficiente para não discutir. Têm sorte por eu devolver as habilitações. Com uma carranca direcionada a mim, arrancam os documentos da minha mão e voltam a atenção para Dylan.

— Podemos, *por favor*, tirar uma foto rapidinho antes? — imploram em uníssono.

Dylan olha para mim, e ergo uma das mãos, como se dissesse: "Você que sabe." As duas se aconchegam nele e estendem os braços para tirar um monte de fotos com os três sorrindo.

Atendo a alguns fregueses, depois, contorno o balcão para cumprimentar Dylan de maneira adequada pela primeira vez na noite. Ele me segura com os braços pela cintura e me puxa para si, roçando o nariz no meu.

— Gosto quando você fica com ciúme.

— Eu não estava com ciúme.

Talvez um pouquinho.

— Aham... — Ele me beija. — Estava com saudade.

— Eu também. — Apoio a cabeça no ombro dele e me derreto. Ele me abraça com ainda mais força. Não tinha me dado conta do quanto estava com saudade do seu toque até senti-lo de novo.

— Achei que, agora que você tem um emprego normal, eu teria mais noites com você só para mim. Que tal darmos o fora daqui? — A mão dele desliza para dentro do meu bolso traseiro.

— Não posso. Avery precisa de mim.

— Eu preciso de você. — Ele escorrega os lábios no meu pescoço. — Preciso estar dentro de você.

Grunho.

— Isso vai me incentivar a agilizar o trabalho.

Dylan me troca de posição para que os corpos fiquem bem alinhados, logo, me puxa para ainda mais perto.

— Dá para sentir o que você faz comigo? — A evidência da excitação cutuca minha barriga. — Quanto mais demorarmos aqui, mais difícil vai ser para você andar amanhã.

Depois de um beijo rápido que Dylan tenta transformar em algo mais, volto com pressa para o balcão, antes que eu desista. Às vezes, ainda não consigo acreditar no rumo que as coisas tomaram. Namoro o homem cujo pôster tive por anos na parede do quarto, o astro do rock que ajudou a deixar o Lucky's popular. A placa atrás do bar atrai minha atenção e, de repente, fico nostálgica em relação a várias coisas.

LUCKY

DOZE ANOS ANTES. TREZE ANOS DE IDADE

— Fique de olhos fechados, Luciana.

Ah, não. Ele me chamou de Luciana. Geralmente, isso significa que estou encrencada. Meu nome é uma homenagem ao meu avô, Luciano Valentine. Meus pais acharam que trocar "o" por "a" o transformaria em um nome mais feminino. O plano era me chamarem de Luciana Alessandra Valentine, até eu nascer. Aparentemente, meu cabelo ruivo e pele clara não combinavam com o nome, então acabei me tornando Lucky.

— Aonde estamos indo?

Papai vinha insistindo que eu ficasse de olhos fechados desde que subimos as escadas da estação de metrô, o que deve ter sido há um quarteirão.

— Estamos quase lá. Nada de espiar.

Escuto uma porta abrindo, e ele me leva para dentro. Abro as pálpebras apenas o suficiente para dar uma espiada rápida, mas estamos indo a um lugar que é mais escuro por dentro do que fora, e olha que o sol se pôs faz tempo.

Mais alguns passos, com o piso rangendo sob os pés, então, ouço um interruptor ser ligado.

— Tudo bem. Pode olhar agora.

Abro os olhos e contemplo tudo ao redor. O salão vasto está vazio, mas sei onde estou. Eu deveria ter adivinhado pelo cheiro. Meu pai já me levou a vários lugares como este desde o dia em que aprendi a andar.

— Um bar? Você me trouxe a um bar?

Ele dá um sorriso.

— Não é um bar qualquer. — Seus olhos encontram os meus. — É nosso.

— Como assim?

— Quer dizer que chega de estradas. Sei que você gosta daqui, então vamos ficar.

— É sério?

A postura da adolescente "não estou nem aí para nada" que tenho na maior parte do tempo desaparece, dando espaço à empolgação radiante de uma criancinha. De todos os lugares onde moramos, Nova York é o meu favorito. Os trens, as calçadas abarrotadas de gente e até as buzinas ensurdecedoras dos táxis soam como música para os meus ouvidos. E tenho uma melhor amiga aqui. Ai. Meu. Deus. Mal posso esperar para contar a Avery.

— Sim. Vou transformá-lo em um bar de karaokê. — Papai me coloca no balcão empoeirado e aponta para um canto. O salão pouco iluminado está praticamente vazio, só com um pouco de lixo espalhado pelo chão, mas consigo enxergar a perspectiva entusiasmada do meu pai. — Vamos construir um palco bem ali. E aqui... — Ele aponta para o outro lado. — Colocaremos mesinhas redondas para as pessoas assistirem aos cantores.

— Eu vou poder cantar no palco?

Meu pai dá risada.

— Assim que abrirmos, a entrada só será permitida para maiores de vinte e um anos, tampinha.

Meu entusiasmo diminui um pouco. Minha vida sempre foi cheia de lugares nos quais eu não deveria estar. Bares, boates, festivais. Sempre me escondo nos bastidores. Já ouvi algumas bandas incríveis tocarem, mas assisti a pouquíssimas apresentações.

Meu pai ergue meu queixo.

— Você vai subir naquele palco quando estiver pronta. Se isso acontecer antes dos vinte e um anos, vamos fechar o bar e fazer uma festa privada. Você acha que seu velho é bom o suficiente te acompanhar na bateria?

— Você acha que a mamãe viria?

O rosto dele murcha um pouco.

— Não sei, Lucky. Ela passa muito tempo viajando.

— Posso perguntar a ela?

— É claro.

— Então, qual vai ser o nome daqui?

— Eu estava pensando em batizá-lo com o nome da minha garota favorita.

— Iris é um nome legal. Tenho certeza de que a mamãe vai adorar.

— Quem disse que vai ser Iris? O lugar é nosso, tampinha. Vai se chamar Lucky's.

Diferente da maioria dos bares de Nova York, o Lucky's foi abençoado com um público enorme desde a noite de abertura. Recebemos uma mistura eclética de turistas que ouviram falar que, de vez em quando, contamos com a surpresa de algum artista, e do público local que aprecia um atendimento amistoso com música ao vivo. Em noites como a de hoje, quando há uma celebridade no bar, a notícia se espalha rápido.

— Ei, Avery — chama Dylan. A panelinha dele parece ter aumentado de dez para trinta pessoas na última hora e ocupa praticamente uma ponta toda do balcão. Dylan está com o celular na orelha enquanto gesticula para Avery, apesar de ela estar com os braços enfiados até os cotovelos na pia.

— É claro. Não precisa se levantar — ela murmura para que eu escute quando passa por mim.

— O cara que trabalha na porta não quer deixar uma pessoa que veio me encontrar entrar.

— É porque estamos lotados. Alguém tem que ir embora para que outra pessoa possa entrar.

— É só uma pessoa.

— É uma multa de cinco mil dólares, sem mencionar o risco de incêndio.

— Tudo bem — resmunga ele. — Expulse alguém.

— Eu não vou expulsar ninguém. Mande alguém desse seu séquito ir embora.

— Porra, você está de sacanagem? — Dylan ergue a voz.

Então intervenho:

— O que foi?

— O astro do rock quer que eu expulse um cliente para que ele possa colocar mais um membro da comitiva dele para dentro.

— Quer saber? Não me faça favor algum. — Dylan olha em volta e chama um cara que já vi antes. Acho que faz parte da equipe da turnê. — Você. — Ele aponta. — Vá esperar lá fora.

O homem aponta para si, confuso.

Dylan bufa, irritado por ter que explicar.

— O lugar está lotado. Vou me encontrar com uma pessoa aqui, e não querem deixá-lo entrar a menos que alguém saia. Você poderia esperar lá fora para ele entrar?

— É claro.

O cara parece desconcertado, mas termina de beber a cerveja e vai para a saída.

Avery desaparece para atender clientes.

— Quem mais vai te encontrar aqui? Parece que já está com toda a turma de sempre.

— O cantor da nova banda de abertura da turnê.

CAPÍTULO QUATRO

FLYNN

O bar está duas vezes mais cheio do que quando estive aqui na semana passada. A mesma mulher atende no balcão, e não há sinal de Lucky em lugar algum. Não é difícil encontrar Dylan depois que finalmente entro, já que está acompanhado de uma comitiva do tamanho do seu ego.

— E aí, sr. Preliminar? — Dylan aperta minha mão, em seguida, gesticula para os homens ao redor, alguns dos quais reconheço da Easy Ryder. — Galera... este é Flynn Beckham, da In Like Flynn. A banda dele vai substituir a Resin na segunda metade da turnê. Vão animar a plateia antes de entrarmos e terminarmos o trabalho.

Sorrio, embora tudo em relação ao cara me deixe com a pulga atrás da orelha.

— Quer uma cerveja, Flynn? — Avery grita do balcão com um sorriso caloroso.

— Com certeza.

— Guinness?

— Pode ser.

— Você esteve aqui antes? — pergunta Dylan.

— Na semana passada. Eu estava aqui quando você teve que cancelar.

— Ah, foi mal por isso, cara. Recebi uma proposta de última hora boa demais para recusar. Você sabe como essas coisas são. — Dylan dá uma piscadela. — Tive que perder o voo.

— Sem problema. Deu tudo certo. Na verdade, até voltei duas vezes essa semana. — Avery me entrega a cerveja sorrindo. — A dona é uma tremenda gata e muito maneira.

Dylan dá risada.

— Eu a conheço bem. É uma escrota. — Ele toma um gole da cerveja. — Mas aposto que é boa de cama. É muito amiga da minha namorada. Será que consigo convencê-las a nos divertirmos a três qualquer dia desses?

Se eu já achava o cara um panaca, ouvi-lo chamar Lucky de escrota me faz querer surrá-lo aqui mesmo. Mas fico de boca fechada e bebo a cerveja.

— Aqui é muito bacana. Tem uma atmosfera dos anos sessenta.

— É, não é nada ruim. Mas tem vezes que a cantoria é uma tortura. Pronto para começar a ensaiar em breve?

— Mal posso esperar. O médico me mandou descansar a voz o máximo possível nos últimos dois meses para diminuir o inchaço do nódulo por causa dos quarenta shows em quarenta dias que fiz para aquele reality show.

— Mas você está bem agora?

— Minha voz nunca esteve melhor. A última consulta está marcada para depois de amanhã.

— Ótimo. Porque não quero que sua voz falhe e fique uma porcaria quando estiver animando meus fãs.

— Eu não assinaria o contrato se não estivesse pronto.

— Lá vem minha namorada. Talvez ela possa te juntar com a amiga dela.

Prefiro fazer isso por conta própria, mas assinto e sorrio. Dylan ergue a mão e grita por cima de um grupo de pessoas:

— Amor, aqui! Quero que conheça uma pessoa.

Olho para a direção na qual ele está gritando e, ao ver a mulher vindo até nós, meu coração aperta no peito. *Só pode ser sacanagem. Há oito milhões de pessoas em Nova York... Tinha que ser ela?*

Pisco algumas vezes. O bar mal iluminado está lotado. Talvez não seja ela. Ou talvez ele esteja chamando outra pessoa. Ela dá mais alguns passos na nossa direção. Porra. Agora, não há dúvida de que é ela. Aquele cabelo ruivo, pele pálida e olhos verdes... Faz uma semana que o rosto dela não sai da minha cabeça. Está ainda mais linda do que me lembro, com uma blusa verde sem mangas e decote discreto, dezenas de pulseiras cintilando nos pulsos contra a pele impecável, jeans justo e botas de couro até os joelhos.

Eu a encaro, fascinado por cada passo que ela dá entre a multidão para chegar até nós. Meu pulso acelera, e sinto uma vontade insana e primitiva de puxá-la para mim quando fica ao meu alcance, de envolvê-la com os braços para que ninguém mais possa tocá-la. Muito menos o imbecil do Dylan Ryder.

Mas, então, antes que eu volte a respirar, ele a puxa pelo braço e a traz para perto.

— Lucky, este é Flynn, o novo ato de abertura da turnê Wylde Ryde.

Ao me ver pela primeira vez, Lucky arregala os olhos. Um nó se forma na minha garganta, e sou forçado a engoli-lo. Tomo um longo gole da cerveja para ajudar a lavar o gosto ruim na boca.

— É um prazer te conhecer, Lucky. — Estendo a mão. Sou um paquerador nato; acho que a última mulher com quem troquei um aperto de mão foi uma professora no ensino médio. Na verdade, não... a srta. Cleary era uma gata. Tenho quase certeza de que a beijei no último dia de aula.

Lucky hesita, mas coloca a mão na minha. A sensação da pele macia me faz pensar que eu deveria ter arriscado e pousado os lábios na maciez sedosa da bochecha. Mas sei que a bochecha não vai bastar para me satisfazer.

— Igualmente.

Dylan a puxa contra o corpo de maneira possessiva, então, a abraça pela cintura antes de lhe dar um beijo mais do que cordial.

— Flynn está interessado na Avery — anuncia Dylan, olhando para mim.

Lucky cora e acho que vejo uma pontada de decepção no rosto dela.

— É mesmo? Bem, não dê ouvidos a nada que Dylan tenha a dizer da minha melhor amiga. Os dois não se dão bem. Ela é um partidão.

— É claro... se a sua praia são cretinas sádicas — comenta Dylan. — Eu prefiro as que são meigas por fora, mas putas no quarto.

Lucky o acotovela nas costelas.

— Dylan! Qual é seu problema, caramba? — Ela se vira para mim. — Avery *não* é uma cretina sádica. Tenho que ajudá-la, ela está atolada de novo.

Nas horas seguintes, tento não deixar meus olhos pousarem em Lucky. Mas é uma causa perdida. O sorriso dela, como inclina a cabeça para o lado quando está prestando atenção em alguém, o corpo constantemente em movimento sutil no ritmo da música. É como se eu estivesse observando uma borboleta — linda por fora, asas decoradas com cores que capturam a atenção, mas é a maneira como a borboleta voa para lá e para cá, parecendo sempre estar fora de alcance, que me faz segui-la com o olhar.

Quando Lucky começa a dançar com Avery atrás do balcão, e eu sequer noto a mulher que está ao meu lado se esforçando para chamar minha atenção, decido que está na hora de um pouco de ar fresco. Vou em direção aos banheiros e saio pela porta dos fundos para um lugar que descobri essa semana e que todos os fumantes parecem conhecer.

O ar fresco está uma delícia. É uma noite calorosa de primavera que me lembra do que está por vir: dias longos e cheios de luz do sol, noites com mulheres que finalmente têm uma desculpa para usar pouca roupa. Eu deveria estar empolgado, ansioso até, para voltar a sair em turnê. Toda noite, uma cidade diferente e uma mulher diferente, se eu quiser. Cacete, na verdade, quando se está em turnê, uma mulher por noite é pouco. Mas a única coisa pela qual estou ansioso é voltar a subir nos palcos e tocar minha música.

— Eu deveria ter imaginado que você fumava — diz Avery ao sair e se juntar a mim.

— Ah, é? Por quê?

— Fixação oral. Isso explica o motivo de você ter passado a noite toda encarando a boca de Lucky.

— Na verdade, eu parei. — Dou um longo trago.

— Eu também. — Ela tira um cigarro do meio do decote e o coloca entre os lábios. Eu o acendo para ela.

— Fumo um de vez em quando. Acabei de acender esse.

— Então você não parou ainda, né?

— Quase. — Faço uma pausa. — Ah, obrigado por me avisar que Lucky ia se encontrar com o namorado aqui hoje à noite.

— Disponha. — Avery sorri e dá uma tragada no cigarro. — Espero que Escrotucky não dure tanto quanto TomKat.

— O quê?

— Katie Holmes e Tom Cruise. Aquela catástrofe levou seis anos para se desenrolar. Dylan era a paixonite de Lucky na adolescência. E ele é escroto, não merece minha melhor amiga. Ela precisa de um namorado novo.

— É, bem, costumo manter distância de mulheres que têm namorados. Dá problema demais.

— Parece que você já passou por isso antes.

— Não de maneira intencional. Só que, quando elas mencionavam esse detalhe, era tarde demais.

— Bom, vale a pena quebrar a regra por Lucky.

— Mas ela é namorada do vocalista da banda com a qual vou passar seis meses viajando.

— Fiquei sabendo. Isso tem cheiro de destino.

— Acho que você está confundindo destino com desastre.

Nolan Blake me ensinou a fumar. A como segurar um cigarro para não parecer uma menininha, como apagá-lo com a sola dos pés para parecer descolado sem deixar transparecer que a pele tinha queimado e, mais importante, a como fumar a coisa toda entre os lábios sem usar as mãos. Essa última lição foi algo que ele aprendeu naturalmente, já que precisava das duas mãos livres para dedilhar a guitarra em doze das vinte e quatro horas do dia, algo que ele faz desde que me lembro.

— Você sabia que essa merda é culpa sua, né?

— Do que você está falando?

— Se não tivesse me ensinado a fumar na sexta série, eu provavelmente não teria desenvolvido o nódulo na garganta que está fazendo a gente ficar nessa sala de espera feito a um casal gay.

— Se eu não tivesse te ensinado a fumar, você nunca seria descolado e não teria conseguido passar a mão na Ellie Martin naquele verão.

Ellie Martin. Um nome que não escuto há quinze anos. Aquela garota tinha peitos enormes na sexta série. Perfeitamente redondos, como dois melões gigantes. Suspiro, relembrando aquele tempo.

— É, valeu a pena desenvolver um nódulo por isso.

Nolan dá risada.

— E se a gente fosse um casal gay, você seria o passivo tomando no cu. Eu seria o ativo.

— Eu com certeza *não* tomaria esse seu pintinho fino. Eu arrombaria seu rabo com a minha anaconda. — Pauso. — Mas que porra de conversa é essa, afinal?

Nós dois rimos.

— Sr. Beckham — chama a enfermeira.

— Quer que eu entre com você, querido? — pergunta Nolan, alto o suficiente para que toda a sala de espera escute. Depois, com a mão adornada por uma dúzia de anéis espalhafatosos, me sopra um beijo.

Uma hora com o otorrinolaringologista e uma corrida de táxi de quarenta e cinco minutos de volta ao centro da cidade depois, Nolan e eu estamos finalmente chegando a Pulse Records para assinar os contratos da turnê. Fazer o show de abertura para a Easy Ryder é o trabalho ideal para nós; temos públicos muito parecidos, nosso tempo de banda é apenas um pouco mais curto que o deles e, como fazemos parte da mesma gravadora, conseguimos um tempo no estúdio para trabalhar no próximo álbum durante a turnê. Mas estou com a sensação incômoda de que estou prestes a cometer um grande erro. Como não há evidências tangíveis para justificar meu pressentimento, fico quieto e tento ignorá-lo.

Os escritórios da Pulse Records são impressionantes: paredes cobertas por capas de discos de platina, listas da *Billboard* emolduradas... É literalmente um corredor da fama que leva até uma sala de reuniões na qual caberia facilmente cinquenta pessoas. A mulher bonita de saia curta e saltos altos que nos conduziu até o santuário é substituída por outra ainda mais bonita, de saia ainda mais curta e saltos ainda mais altos.

— Sou a Heidi, assistente pessoal do sr. Simon. Bem-vindos, sr. Beckham e sr. Blake. — Ela assente para nós. — O sr. Simon pede desculpas. Ele está vinte minutos atrasado. Pediu para que ficassem à vontade e se sentissem em casa. Temos uma sala verde seguindo pelo corredor à esquerda. Van Mars está gravando lá, se quiserem dar uma passada e ouvir. Ou temos uma cantina lá embaixo. Se falarem que são convidados do sr. Simon, será tudo por conta da casa.

— Em qual das opções você vem comigo? — pergunta Nolan, com seu jeito sedutor convencido de sempre. Reviro os olhos; Heidi umedece os lábios.

— Vou lá embaixo pegar um café. O cara que me abrigou ontem não tem sequer uma cafeteira — alfineto Nolan.

— Eu não bebo café... então por que teria uma cafeteira, porra?

— Para quando eu passar a noite na sua casa, cuzão.

— Volte para a sua casa em Nova Jersey. Não vou comprar a droga de uma cafeteira para você. Se eu ficar te mimando, vai acabar passando mais tempo lá em casa. — Nolan volta sua atenção para a assistente do sr. Simon. — Agora, se a Heidi gostar de café, talvez eu tenha que comprar uma cafeteira.

Dou risada, balanço a cabeça e deixo Nolan com sua conquista da manhã.

A cantina está cheia, apesar de ser a hora bem entre o café da manhã e o almoço. Mas suponho que a maioria das pessoas que visitam a Pulse Records devem considerar que a manhã só começa por volta do meio-dia.

Chego em busca de café, mas o cheiro de bacon flutua no ar e meu corpo o segue sem que eu possa me controlar. O que era para ser só um café acaba se tornando dois ovos, bacon, pão com queijo, suco de laranja e pudim de chocolate. Na verdade, *dois* pudins de chocolate. Porque não se pode confiar em pessoas que passam por uma bancada de pudins de chocolate fresquinhos e pegam só um.

Quando finalmente chega a minha vez na fila enorme do caixa, me dou conta de que me esqueci de pegar a porcaria do café. Largo a bandeja e falo para a caixa atender o cliente seguinte enquanto isso. É sério, eu não deveria andar por aí às onze da manhã sem ter tomado café, com Stevie Ray Vaughan estrondando nos fones de ouvido.

Os *riffs* sinuosos de *Texas Flood* fazem com que eu me envolva na música, e acabo demorando cinco minutos para preparar o café por causa da necessidade constante de parar e acompanhar Stevie com uma guitarra imaginária. Distraído, volto ao caixa para recolher a bandeja e pagar, mas a voz de uma mulher me arranca do meu coma musical.

— Furando fila? — pergunta ela.

Retiro os fones e me viro.

— Lucky? O que você está fazendo aqui?

Por um segundo, chego a realmente achar que estou sonhando. Ela sorri.

— Aparentemente, perdendo meu lugar na fila para um cara que vai acabar surdo ouvindo música tão alto nos fones de ouvido.

— Desculpe. Eu estava na fila, mas tinha me esquecido do café. — Ergo a xícara como se fosse preciso apresentar uma evidência. A caixa não parece tão encantada por Lucky quanto eu. A expressão dela me diz que devo pagar logo e deixar a fila andar. Tiro uma nota da carteira e gesticulo para a minha bandeja e a de Lucky. — Vou pagar tudo.

— Você não precisa comprar meu café da manhã.

— Mas eu quero. — *Na verdade, preferiria te pagar um jantar e preparar café da manhã para você na manhã seguinte.* Olho para baixo e sorrio ao ver o conteúdo da bandeja dela: pudim de chocolate e café.

— É o café da manhã dos campeões. — Ela dá de ombros.

Sei que eu não deveria dizer isto, mas simplesmente não consigo me controlar:

— Sente-se comigo.

Ela olha a hora no celular, em seguida, volta os olhos para mim e morde o lábio inferior. Sem pensar, estendo a mão e o puxo do meio de seus dentes.

— Vai acabar machucando essa sua boca linda.

Ela fica vermelha, mas concorda em tomar café da manhã comigo. Conduzo-a até um canto mais tranquilo.

— O que você está fazendo aqui? — No instante em que as palavras saem da minha boca, me dou conta de que ela deve estar com Dylan. Merda. Sou um idiota. A qualquer momento, ele vai acabar se juntando a nós. Ótimo.

— Eu trabalho aqui.

— Você trabalha aqui? Pensei que fosse dona do Lucky's.

— Eu era. Quer dizer, eu sou. Avery e eu somos sócias, e ela está administrando. Na verdade, aquela primeira noite em que você esteve no bar foi meu último dia de trabalho lá.

— O que você faz aqui?

— Sou preparadora vocal.

— Pensei que tivesse dito que não cantava.

— Não canto... pelo menos, não em público. Não mais.

— Você cantava?

— Um pouco. — Ela parece ansiosa para mudar de assunto. — O que te trouxe aqui hoje? — Ela enfia a colher no pudim de chocolate, logo, leva-o até a boca. Fico completamente absorto no movimento.

— Vamos assinar o contrato para a turnê Wylde Ryde.

— Ah.

— É. Falando nisso... foi mal por aquela noite. Eu não sabia que você estava com Dylan.

Ela dá de ombros.

— Você não fez nada errado.

— Posso até não ter feito, mas quis fazer.

As bochechas dela coram de novo. Deus, amo a cor da pele dessa mulher e a maneira como não a permite mascarar nenhuma das emoções, por mais que tente.

— Bem, mas deu tudo certo, de qualquer forma. Avery é incrível — diz ela.

— Avery?

— Pensei que estivesse interessado nela.

— Na verdade, eu disse que estava a fim da dona do bar.

Ela parece confusa, então, fica boquiaberta. Logo, as bochechas voltam a corar.

— Não se preocupe... Dylan presumiu que eu estivesse me referindo a Avery. — Um silêncio desconfortável se prolonga. — Então, há quanto tempo vocês dois estão juntos?

— Faz pouco menos de um ano.

Assinto.

— E o seu café da manhã costuma ser sempre pudim de chocolate?

Ela dá uma risadinha.

— Só desde o dia em que comecei a trabalhar aqui. Eu não consigo vê-los e passar direto.

— Entendo.

— É melhor eu me policiar. Não tenho autocontrole algum perto de chocolate, e com essa combinação de não correr mais para lá e para cá no bar a noite toda e a cantina com comida gostosa desse prédio, minha bunda vai sofrer as consequências.

— Posso ficar de olho na sua bunda, se quiser. Me certificar de que ela permaneça em boa forma, quer dizer. — Dou uma piscadela.

— Que cavalheiresco da sua parte.

— É o meu jeitinho.

Ela balança a cabeça.

— E aí, está animado para sair em turnê?

— Estou animado para cantar na frente de uma plateia de novo.

— Fez uma pausa?

Assinto.

— Não por escolha. Desenvolvi um nódulo na garganta.

— Sinto muito. Desgaste por cantar demais?

— Foi o que o médico disse.

— Bem, tem muitas coisas que você pode fazer para evitar uma inflamação. Já passou com um preparador vocal?

— Não.

— Vou te dar meu número. Me ligue se a voz começar a apresentar qualquer sinal de desgaste. Talvez eu possa ajudar.

Faço que sim, ergo o celular e tiro uma foto dela.

— Ei, estou comendo. Por que tirou uma foto?

— Para salvar com o número no meu celular.

— E precisa de uma foto para me identificar porque conhece muitas Luckys?

Bom ponto.

— Qual é o seu número? — pergunto.

— Me deixe ver a foto, ou não vou te dar.

Arqueio a sobrancelha.

— Você vai prejudicar minha voz e provavelmente arruinar minha carreira por causa de uma foto ruim sua com pudim de chocolate nos lábios?

Ela arregala os olhos.

— Tem pudim de chocolate nos meus lábios?

— Talvez. — Sorrio.

Lucky tenta agarrar meu celular, mas puxo a mão com a mesma rapidez.

— Me deixe ver a foto!

— Tudo bem, mas só se você me der seu número primeiro.

— Tem mesmo chocolate no meu rosto na foto? — Ela lambe os lábios.

Meus olhos descem para acompanhar o movimento da língua. Tem uma gotinha no canto da boca. Me inclino para a frente e a limpo com o dedo. Ela entreabre os lábios. Em seguida, ergo o dedo para mostrar a ela a mancha minúscula... antes de levá-lo até a boca e lamber o chocolate.

— Delícia. — *Pudim de chocolate e Lucky. Meu novo sabor favorito.*

— Agora que eu não deveria *mesmo* te dar o meu número.

— Por quê? Por que te elogiei?

— Qual foi o elogio?

— Falei que você era uma delícia.

— Pensei que estivesse falando do pudim.

Com um sorriso perverso, balanço a cabeça devagar de um lado ao outro.

— Você é perigoso.

— Obrigado.

— Não foi um elogio.

— Acho que você precisa estudar mais a diferença entre elogios e insultos.

O tempo passa voando, nossas bandejas esvaziam e, quando dou por mim, passou quase uma hora, embora Heidi tenha dito que Simon se atrasaria apenas vinte minutos. Mas simplesmente não consigo me afastar de Lucky. Ela me conta um pouco do bar e do novo emprego, e estou curtindo a conversa — talvez até tanto quanto curto olhar para ela. Sinto uma sensação estranha de familiaridade quando conversamos. Senti a mesma coisa na primeira vez em que nos falamos, e hoje está ainda mais claro. Sinto que eu poderia terminar as frases dela, mas não quero interrompê-la porque o som de sua voz desliza por mim de um jeito que não consigo descrever. Só sei que gosto. Muito. Gosto *dela*. Gosto de como me sinto quando estou com ela.

— Caramba. Não vi o tempo passando. Meu próximo aluno deve estar esperando. — Ela se levanta, mas parece que também não está com vontade de ir embora. — Hum... vou te passar meu número, caso tenha algum problema com a voz.

— Isso seria ótimo.

Entrego meu celular a ela, que digita seu número.

— Minha foto ficou péssima.

— Impossível.

Ela sorri e balança a cabeça.

— Talvez a gente se veja por aí.

Meu cérebro tem toda intenção de lhe estender a mão. Mas meu corpo não registra isso antes de eu segurar a cabeça dela e aproximar a boca de sua bochecha. Acho que eu deveria ficar grato pelo fato de que meu corpo se conformou com apenas a bochecha e não foi direto até a boca. Sentir a maciez da pele dela sob os lábios me faz querer sentir o gosto de *outras* partes de seu corpo. De *todas* as partes de seu corpo.

— Sabe... tenho pensado muito em uma coisa que você disse na noite em que nos conhecemos.

— Ah, é? Qual coisa?

— Você disse que dá para saber muito a respeito de uma mulher de acordo com a roupa íntima que ela usa. Mas como você tem namorado e não posso ver a sua, acho que seria justo você me contar que tipo usa.

O rubor nas bochechas dela é definitivamente minha nova cor favorita. Ela balança a cabeça e, por um instante, acho que não vai me responder. Mas, então, Lucky me surpreende ao se aproximar um pouco e sussurrar:

— Calcinha *boyshort* de renda... Menos quando estou com calça de couro.

— E o que você usa quando está com calça de couro?

Ela abre um sorriso travesso.

— Nada.

Então, me deixa ali boquiaberto, encarando a bunda dela enquanto se afasta.

CAPÍTULO CINCO

LUCKY

DOZE ANOS ANTES. TREZE ANOS DE IDADE

A placa com letras verde neon atrás do balcão me faz sentir que o que o papai fica repetindo é verdade: o Lucky's é nosso.

— Vá se acostumando, princesa. Seu nome vai brilhar em luzes ainda maiores do que as da nossa plaquinha. — Papai me puxa para perto e me dá um beijo no topo da cabeça.

— Você não acha que uma certa pessoa digna de ter o nome atrás do balcão deveria poder assistir ao show de hoje à noite, papai?

— Ela é muito importante, sabia? — comenta minha amiga Avery.

Meu pai resmunga.

— Garotas, vocês vão acabar fazendo o bar fechar antes mesmo da noite de abertura.

— Por favor, papai!

— Por favor, papai! — Avery segue meu exemplo, as mãos unidas como as de uma coroinha. — Vamos ficar na lateral do palco, perto do corredor que dá para os fundos. Se os caras entrarem aqui, saímos corremos para o beco antes que nos vejam. Eu prometo.

— Os caras? — pergunta papai.

— Sim, você sabe. Os PM. Os botas pretas. O discípulos das rosquinhas. Os tiras — explica Avery.

Meu pai balança a cabeça, mas dá um sorriso.

— Sei que vou me arrepender disso, mas tudo bem. Vocês duas podem assistir... mas só ao primeiro show. Não vão passar a noite toda no bar.

Ainda não consigo acreditar que a mamãe conseguiu trazer uma das bandas mais populares do momento. O vocalista é lindo. Tenho um pôster dele na parede do quarto, perfeitamente posicionado para que eu caia no sono todas as noites com os olhos azuis da cor do céu dele me fitando.

Agora ele está prestes a ficar a poucos metros de distância de mim. Tomara que eu não desmaie. As luzes diminuem, e meu pai sobe no palquinho para uma pequena apresentação, mesmo que não seja preciso. Então, todo o bar, que está completamente lotado e com uma fila de pessoas na esperança de poderem entrar mais tarde dando a volta no quarteirão, explode em gritos, e o cara que me deixa de pernas bambas surge no meio da multidão, que abre espaço para ele.

Camiseta preta, jeans gasto, botas pretas. Os dois braços cobertos por tatuagens aos vinte e três anos. Simples, mas perfeito. Ele sobe no palco como se fosse dono do lugar, como o astro do rock que é. Então, sorri, e todas as mulheres vão à loucura.

O baterista sem camisa batuca algumas vezes para marcar o começo da primeira música. Ele é bonito, mas não como o vocalista. Então, ouço aquela voz. Linda, cheia de uma intensidade tão calorosa que me sinto prestes a derreter por estar tão perto dele. É possível se apaixonar por um homem que nem sabe que eu existo? Neste momento, juro que sim. Porque estou total e completamente apaixonada por Dylan Ryder.

CAPÍTULO SEIS

LUCKY

Meu celular vibra na mesinha de cabeceira enquanto tiro mais um *look* e o jogo na cama. A pilha de roupas descartadas está crescendo e virando um monte — geralmente, não sou tão indecisa. De pé, com sutiã e calcinha, pego o celular e deslizo o dedo para ler a mensagem que chegou.

Aconteceu um imprevisto e vou me atrasar. Desculpa, querida. Te encontro na festa.

Não tendo que me apressar para a chegada de Dylan, passo mais trinta minutos tentando escolher a coisa certa para vestir. Escolho uma calça de couro preta bem apertada, uma blusa simples e preta justa que expõe meu corpo e botas perigosamente altas de couro com a ponta aberta. Um bracelete prateado num braço, uma dúzia de pulseiras no outro e finalmente gosto do que vejo. É simples, estilo astro do rock. Se apenas isso fosse verdade...

Chego à festa elegantemente atrasada. Dylan faz da minha chegada um grande evento, assobiando alto e me envolvendo com os braços para um beijo apaixonado que não seria considerado apropriado na maioria dos lugares. Mas as pessoas aqui não se importam. Não quando fãs praticamente nuas nos bastidores são a regra. Na primeira vez que fui ver Dylan tocar, uma mulher estava fazendo um boquete no baterista no sofá na sala dos fundos, enquanto o resto da banda discutia a respeito do repertório a menos de três metros de distância. Ninguém nem piscou.

Dylan pede um drinque para mim, e a garçonete o entrega, me lançando um olhar incomodado e um sorriso de tiete para Dylan. Tomo alguns poucos goles, sem reconhecer o conteúdo do copo, apesar de ter certeza de que *não* é o Cosmo que pedi.

Estou parada obedientemente ao lado de Dylan enquanto ele faz seu papel de galanteador, entretendo seu círculo que nunca para de crescer com histórias de todas as apresentações que já fizeram nas mais diversas cidades. Meu olhar percorre a sala, notando rostos famosos, líderes na indústria da música e várias mulheres lindas. Então, meu olhar encontra um par de olhos azuis surpreendentes que já estão focados em mim.

Flynn inclina a cabeça para o lado e ergue o copo do outro lado da sala. Seu sorriso é absolutamente... encantador. É a única maneira que consigo descrevê-lo. Acho que homens não gostam de ser chamados de encantadores, mas não existe outra maneira de explicar aquilo. É o sorriso com covinhas de um garotinho de oito anos parado em frente da primeira namoradinha, orgulhoso com um buquê de dentes-de-leão firme nas mãos escondido nas costas. Só que o sorriso está preso ao rosto esculpido e ao corpo de um homem tão sensual que me deixa com água na boca. Ele veste apenas um jeans escuro, botas pretas, camiseta Henley apertada e jaqueta de couro preta bem gasta. A orelha direita tem um brinco; a esquerda, três ou quatro. Hoje à noite, o cabelo que chega aos ombros está preso para trás, o que só ajuda a acentuar os olhos azuis e os cílios pretos incríveis. *Puta merda.*

Assinto e inclino o copo para ele, que não se vira. Nem mesmo quando a loira que eu havia notado ao seu lado envolve o braço na cintura dele de maneira possessiva.

As duas horas seguintes passam basicamente do mesmo jeito. Todos os holofotes continuam em Dylan, a garçonete não para de me olhar feio e de me servir drinques errados, e meus olhos vagueiam, sempre pousando em Flynn. Toda vez, encontro os olhos azuis dele já fixos nos meus.

— Vou dar uma passada no banheiro e pegar um ar fresco por alguns minutos — aviso a Dylan, que está ocupado entretendo a multidão que o rodeia. É a noite dele, e ele sabe manter a atenção em si como ninguém.

Passo alguns minutos no banheiro. Logo, saio em busca de um pouco de ar fresco. Estamos no terceiro andar, mas percebi que uma brisa entrava por um par de portas francesas, já que, de vez em quando, algumas pessoas desapareciam por trás das cortinas pesadas. Encontrando a varanda vazia, saio e encontro a noite clara. Do lado de dentro, o som abafado da voz de Christina Aguilera, em *I'm Okay*, soa, então fecho os olhos e cantarolo junto baixinho.

Enquanto aproveito a solidão, não escuto a porta sendo aberta atrás de mim.

— Sua voz é linda. — Reconheço o som cheio de emoção antes mesmo de me virar para observar o homem a quem ela pertence.

— Obrigada.

As duas mãos de Flynn estão ocupadas. A esquerda segura uma garrafa de cerveja, e a direita oferece uma taça de drinque.

— Esse foi feito direito.

Franzo a testa.

— O drinque — clarifica ele.

— Como sabe que os outros não foram feitos direito?

Seus olhos continuam fixos nos meus por um momento, quase como se procurassem algo, antes de responder:

— Você estava franzindo o nariz toda vez que tomava um gole. — Ele dá de ombros e bebe a cerveja, seus olhos me observando sobre a garrafa inclinada.

Aperto os olhos e levo o drinque aos lábios.

— Melhor agora? — pergunta ele.

— Sim. Mas como você sabia o que eu estava bebendo?

— Perguntei à garçonete que não parava de te servir os drinques errados.

— E de repente ela encontrou a receita para fazer direito bem quando *você* pediu? — Arqueio a sobrancelha com suspeita. Eu sabia que aquela mulher estava errando de propósito.

Flynn parece um pouco envergonhado.

— Bem, obrigada por notar e ter vindo ao meu resgate. Você é muito observador.

Ele dá uma risadinha.

— As mulheres tendem a me chamar de uma palavra que *termina* com O, não que começa.

Meu cérebro vai direto para *orgasmo*, apesar de não fazer sentido algum o chamarem de *orgasmo*.

— Que palavra é essa que termina com O?

— Distraído. — Ele entorna metade da cerveja. — Então, por que veio aqui fora?

— Precisava de um pouco de ar fresco. Você?

Ele desvia os olhos, encarando o chão de maneira quase tímida. Em seguida, dá de ombros, e o sorriso torto que imagino ser capaz de arrancar a calcinha de uma multidão de mulheres está de volta.

— Eu te vi saindo.

— Sua acompanhante não vai vir te procurar?

— Não trouxe nenhuma acompanhante. E o seu?

— Dylan está ocupado. Não sei nem se notou que eu saí.

Ele me observa de maneira pensativa por um instante, e imagino que está prestes a dizer algo, mas, então, parece pensar melhor e simplesmente balança a cabeça.

— Então... quer dizer que seus pais são lendas, né?

Inclino a sobrancelha.

— Você andou me *stalkeando*?

— Prefiro dizer que fiz uma pesquisa a respeito do mercado.

— Hummm. Então você sabe quem é a mãe de Avery?

— Avery?

— Minha melhor amiga. A nova coproprietária do Lucky's.

— Os pais dela também são lendas da música?

— Não. — Nós dois rimos. — Como está a sua voz?

— Continua aqui.

— Você deveria descansar entre os shows da turnê Wylde Ryde. Quarenta apresentações em quarenta dias é coisa demais para as cordas vocais de qualquer um.

Flynn sorri, mas não diz nada.

— O quê? — questiono confusa com o que foi que eu disse que poderia ter colocado aquele sorriso sensual no rosto dele.

— Andou me *stalkeando*?

Droga. Talvez eu tivesse descoberto algumas coisas no Google na noite seguinte ao nosso café da manhã. Minhas bochechas esquentam, mas viro o jogo contra ele.

— Prefiro dizer que fiz uma pesquisa a respeito do mercado.

Ele joga a cabeça para trás e ri. De forma inocente, Flynn acaba com a pequena distância entre nós quando vem até o meu lado no parapeito. Assim que o braço dele roça o meu, todos os pelos do meu corpo se erguem e dão boas-vindas à proximidade.

— Calça de couro — murmura ele antes de dar um gole na bebida. — Espero que saiba que está me fazendo sofrer.

De alguma maneira, soube que ele se lembrava da conversa que tivemos. Mudo de assunto antes que ele pergunte se a vesti de propósito. Minha pele não sabe mentir muito bem.

— Olha, se passar tempo demais aqui fora comigo, a loira que estava agarrada em você talvez encontre outro astro do rock ali dentro.

— Ah, é. Isso também vale para você? Se eu passar tempo demais aqui fora, é possível que você encontre um novo astro do rock? — O sorriso jovial e tímido, mas totalmente irresistível, está de volta. Deus, isso é ainda mais perigoso de perto. Preciso dar o fora antes que me esqueça de com qual astro do rock eu vim. Na verdade, agora que estou pensando melhor... vim sozinha.

— Aí está você! — A cortina se abre, e a loira que estava enrolada em Flynn dá um gritinho. Ela me olha de cima a baixo, logo, se aninha perto do homem, as mãos possessivas colando nele por trás.

De repente, sinto que estou segurando vela. Ainda assim, tenho vontade de arrancar as mãos dela de cima dele.

— É melhor eu entrar. Obrigada pelo drinque. — Forço um sorriso e me viro em direção às portas duplas cobertas pelas cortinas.

— Espere. — Ele estende a mão até meu braço, e eu me viro. Um instante esquisito se passa enquanto meu coração bate forte, então, um sorriso pateta pinta o rosto dele. Ele me impediu de entrar como se tivesse algo a dizer, mas agora não sabe o que fazer. — Hummm. — Ele tenta encontrar algo para dizer. — Esta é Lucky. — Ele me apresenta à loira. — Lucky, esta é... — Ele com certeza não faz ideia do nome dela, apesar da mulher ter se pendurado nele nas últimas horas.

A loira entende o que está acontecendo, mas não parece ofendida.

— Kyle.

Vai entender.

— É um prazer te conhecer, Kyle — falo.

Agora, me ignorando por completo, ela foca sua atenção em Flynn, que vira todo o corpo na minha direção. Não conseguindo a atenção que quer, ela caminha até ficar de frente para ele, se posicionando de maneira eficaz entre nós, suas costas para mim.

— Eu esperava que fosse ser só eu e você. Mas, se quiser que sejam três... posso chamar mais uma? Minha amiga também adoraria participar.

Meus olhos pegam fogo de irritação pelo que ela supôs. Ainda assim, Flynn recebe a oferta dela da melhor maneira possível, como se o convite para sexo a três, ou a quatro, no caso, fosse algo rotineiro. Ele desce e sobe as mãos nos braços da loira, mais a reconfortando do que seduzindo.

— Agradeço, mas vamos deixar para outra hora. — Ele me observa, como se pedindo desculpas.

Com apenas um revirar de olhos e um gesto de despedida, me viro para voltar à festa. Meu lugar não é aqui fora com Flynn, de qualquer maneira. Não quando o homem com quem sonhei por metade da vida está me esperando do lado de dentro e vai embora amanhã para recomeçar a turnê.

CAPÍTULO SETE

FLYNN

— O fodido precisa da porcaria de uma cafeteira — resmungo, tirando uma embalagem de suco de laranja da prateleira mais alta na geladeira. Eu a ergo, esperando sentir algum peso, mas está tão leve quanto uma pena. Sacudindo, noto que não há qualquer som de suco dentro. É claro.

Uma mão quente nas minhas costas nuas me surpreende.

— Bom dia — balbucia uma voz sedutora. Eu me viro e encontro uma mulher nua. Ela é alta, apenas alguns centímetros mais baixa que eu, provavelmente tem quase um metro e oitenta, com cabelo loiro descolorido apontando em todas as direções e pele bronzeada. O corpo é torneado e firme, o qual geralmente não faz meu tipo, mas, cacete, ela é gostosa.

— Bom dia. Nolan ainda está dormindo?

— Ele ronca.

Dou uma risada.

— Não brinca. Tente dormir no ônibus com ele. O ronco faz tudo tremer mais que as vibrações do motor. Além de não ter cafeteira.

— Você é o Flynn, né?

— Sou.

A Mulher Nua se serve um copo de água e bebe, em seguida, reenche-o e oferece o copo a mim. Eu o pego e mando metade para dentro.

— Eu gosto de chuva, Flynn — diz ela com a voz rouca enquanto pressiona as palmas no meu peito exposto. Estou de cueca *boxer*, mas não me dei o trabalho de vestir a calça que deixei perto do sofá quando cheguei na noite passada. Estava tudo silencioso quando entrei; presumi que Nolan estivesse sozinho ou ainda não tivesse chegado.

— Acho que não vai chover hoje.

Ela desce a mão e aperta minha ereção matinal.

— Você poderia fazer chover. Uma chuva dourada pela manhã é sinal de que o sol vai brilhar pelo resto do dia.

Eu me engasgo no último gole de água.

— Hummm... obrigado, mas estou atrasado. — Leia-se, atrasado para dar o fora dali, porra. Dou alguns passos em direção ao sofá para recolher minhas coisas, mas não consigo me segurar. — Olha, Nolan ama ser acordado com uma chuva pesada.

Os olhos da mulher brilham com animação, e ela volta rapidamente ao quarto. Nolan sabe escolhê-las. É melhor eu desaparecer o mais rápido possível; ele vai acabar comigo quando for acordado por algo quente e amarelo no rosto que não é um raio de sol.

Dou uma passada na Becca e mato o tempo com Laney por algumas horas antes de tomar um banho rápido. Troco o café de sempre por um chá quente na tentativa de confortar minha garganta rouca. Ela está pegando fogo por causa da festinha cheia de fumaça depois do evento que fez a comemoração de lançamento do álbum da Easy Rider parecer uma festa de padres.

Diferente da maioria das últimas noites, voltei para casa sozinho no fim da festa. Apesar de, com certeza, não ter sido por falta de oportunidade. Os caras da Easy Ryder podem até ser uns dez anos mais velhos que nós, e as fãs são mais velhas, mas isso não quer dizer que as coisas minguaram para eles. Pelo contrário, na verdade. As gostosonas de trinta e poucos anos são mais agressivas que as mulheres que acabaram de completar dezoito e tendem a seguir a In Like Flynn por aí.

Chego na Pulse Records às três em ponto. Compromissos à tarde são quase sempre uma certeza para os músicos. Hoje, Nolan e eu seremos apresentados à nossa gestora de ensaios — a pessoa designada para nos manter na linha enquanto nos preparamos para fazer parte da turnê Wylde Ryde. Ela não vai ter problema algum com a In Like Flynn, que chega para os ensaios na hora marcada, mas espero que não se irrite com Nolan e o resto dos caras.

Nolan chega andando de um jeito que deixa claro seu estado de ressaca pesada, talvez até ainda um pouco bêbado. Tabby, a gestora, dá uma olhada nele e fala que vai buscar uma vitamina proteica.

— Como foi sua manhã? — Recostando-me na cadeira, uno os dedos atrás da cabeça e me acomodo para desfrutar do entretenimento.

Nolan resmunga.

— Não sei se a noite já acabou e a manhã começou.

— Geralmente, chamo de manhã qualquer coisa que acontece antes de eu tomar um *banho*. Sinto que meu *banho* matinal é uma espécie de renascimento. Quase como um *batizado*.

Nolan me lança um olhar que me deixa claro que sabe que estou tramando alguma, ainda assim, ele não faz ideia do que raios seja.

— Mas que droga... o que tem de errado com você hoje?

— Nada. — Meu rosto entrega que estou mentindo.

Minutos depois, Tabby volta com a vitamina de Nolan.

— Pronto para começar?

— Desculpa. Preciso ir ao banheiro antes de começarmos. Poderia me dar um minutinho, Tabby?

— Sim, é claro. Sem problema. Nolan e eu vamos aproveitar para nos conhecermos.

— Você tem certeza de que não precisa ir ao banheiro, Nolan? — pergunto ao me esticar e me levantar da cadeira.

— Que porra há de errado com você? Não pode mais mijar sozinho? — Ressaca adicionada à suspeita resulta em um pavio curto para meu baixista e amigo de longa data.

Dou um tapinha nas costas dele ao passar pelo assento em que se jogou e me inclino para baixo para que só ele me escute quando digo:

— Pensei que talvez quisesse ficar parado em frente ao mictório. Ouvi falar que você gosta de chuva dourada.

Passando mal, de ressaca, bêbado ou não, Nolan se levanta em um pulo e me persegue pelo andar todo. Vou chutar que Tabby acabou de ter um gostinho bem apurado do que terá que aguentar nos próximos meses.

Falei para mim mesmo que participaria da reunião e, depois, iria embora. Não perderia tempo ali como um filhotinho em busca de migalhas de algo que ele não tinha razão alguma para farejar. Mas ali estava eu pela quarta vez passando pelo estúdio em que eu sabia que ela trabalhava. Resmungo comigo mesmo e vou buscar o café que evitei mais cedo antes de ir até o centro da cidade.

Decidindo que um pouco de ar fresco vai me fazer bem e ajudar a clarear a cabeça, vou até a entrada principal. No reflexo das portas de vidro do saguão, um par de pernas chama minha atenção. Nunca as vi antes, mas sei a quem pertencem antes de erguer os olhos e assimilar o rosto lindo dela.

Seguro a porta aberta e espero Lucky passar. Ela está ocupada mexendo no celular e não olha para cima até estar prestes a cruzar a entrada.

— Obrigada — diz ela, então, seus olhos focam no meu rosto e uma expressão de surpresa aparece.

— Flynn?

— Ao seu dispor. — Curvo a cabeça e abro ainda mais a porta, gesticulando para que ela passe.

Ela sorri, mas semicerra os olhos para me estudar.

— Você está me seguindo, sr. Beckham?

A maneira como meu sobrenome sai dos lábios dela me deixa momentaneamente grato por Lucky saber que sou o sr. Beckham, porque eu poderia, sem dúvida, me perder naquela mulher e esquecer o meu nome.

— Não era para eu estar atrás de você se estivesse te seguindo?

— Acho que sim... — Ela vai parando de falar, cheia de suspeita.

— É você que está me seguindo, né? — falo, impassível.

— O quê? Não! Eu não estou te seguindo. Estava de saída. Eu não...

— Relaxe. Estou brincando.

— Ah.

Sem pensar, apoio a mão na parte baixa das costas dela e a guio pelo restante do caminho até o lado de fora do prédio. Parece natural, certo até, então não me afasto mesmo depois de sairmos.

— Sua voz parece rouca... Está te incomodando?

Não está.

— Talvez um pouquinho.

Com preocupação nos olhos, Lucky para e leva as mãos até meu pescoço.

— Sente alguma coisa quando eu toco aqui?

Não. Apesar de algumas outras partes do meu corpo sentirem seu toque.

— Sim.

— Você tem que retreinar sua voz ou vai acabar ficando sem ela. Passe no estúdio. Pelo menos, me deixe te ensinar algumas técnicas novas para ajudar a amenizar a tensão nas cordas.

Se ela fosse qualquer outra mulher, com o jeito que meu corpo reage ao redor dela, eu estaria detalhando as técnicas que gostaria de mostrar a ela em troca. Mas não faço isso. Ela não é simplesmente qualquer mulher... é a mulher da *droga do Dylan Ryder*. Eu deveria me afastar, não chegar nem perto da tentação. Mas viver a vida sem tentação é como ter um coração que não bate. E sou músico. Preciso de uma batida boa e forte.

CAPÍTULO OITO

LUCKY

Encaro o relógio com olhos sonolentos, e tudo que quero é me virar na cama e fingir que hoje não é hoje. Mas é. A luz do sol cheia de energia viaja para dentro do quarto pelas cortinas abertas e repousa bem no meu rosto. Nuvens escuras e chuva combinariam mais com meu humor para o dia que enfrentarei.

A vida que queremos geralmente não chega fácil. Esse era um dos ditados populares preferidos do meu pai. Eu costumava ignorar a maioria, às vezes até revirava os olhos quando ele os falava em voz alta. Eu tinha ouvido as palavras centenas de vezes, mas nunca as *escutado* de verdade. Não até ter acordado um dia e percebido que estava com vinte e cinco anos e estagnada. Não só em relação ao canto.

Acomodada em uma vida confortável, resisto à maioria das mudanças. Minha carreira, meus amigos e até meu relacionamento com Dylan. Ele é mais velho e vive em um ritmo mais acelerado que o meu. Não quero deixar mais um dos meus sonhos para trás, então comecei a me consultar com o dr. Curtis outra vez. Trabalhamos juntos no meu medo de palco por quase quatro anos, antes de eu finalmente desistir. Seis meses atrás, decidi que estava na hora de tentar de novo. Percebi que eu tinha mais medo do arrependimento do que das mudanças.

Quando o dr. Curtis e eu criamos um plano de doze passos para combater o medo de cantar no palco, me pareceu fácil. Os planos estavam todos no futuro, não no aqui e agora. Hoje, o dia do acerto de contas chegou.

Passo um: Admitir que você tem um problema.

Isso foi mamão com açúcar.

Passo dois: Abandonar o passado.

E foi assim que vendi metade do Lucky's para Avery. Me tornei uma sócia oculta e nada mais. Feito.

Passo três: Arranjar um emprego que envolva música.

Preparadora vocal na Pulse Records. Feito. Estou progredindo. Ninguém pode me parar agora.

Passo quatro: Cantar para uma plateia pequena de amigos em um palco pequeno.

Nesse passo, vem o barulho de agulha arranhando o disco. Aí está a razão do meu coração acelerado hoje cedo. Já passei horas debatendo a definição de "uma plateia pequena". Minha definição era Avery e Jase. De alguma forma, deixei Avery me convencer a adicionar mais três pessoas. Cinco era, com certeza, uma plateia pequena. A ideia de cantar na frente de uma única pessoa fazia minhas mãos suarem. Duas me deixava tonta. Não consigo nem imaginar como vai ser com cinco.

Para piorar tudo, tenho que sobreviver a um dia cheio no trabalho, que inclui uma sessão individual de uma hora com Flynn. Não é que eu não queira ajudá-lo... é que quero *muito* ajudar Flynn. Talvez esteja um pouco animada demais.

Passei a vida toda ao redor de músicos. Famosos, infames, até lendas — parei de ficar nervosa perto deles há anos. Mas tem algo em Flynn Beckham que me deixa ansiosa. Ele é diferente. É claro, por fora, é um astro do rock, todo bonitão e confiante, com aquela arrogância despreocupada que vem de anos sendo elogiado por múltiplos talentos. Ainda assim, de alguma maneira, não parece afetado pela fama. É brincalhão. E reconfortante. De um jeito esquisito, me pego pensando que meu pai teria gostado dele.

O primeiro passo para avaliar a saúde vocal de um cantor é observar. Peço ao artista para recitar as palavras da música que cantou por último, assim consigo examinar a postura vocal durante a fala e a entoação rotineira.

— Só um verso já está bom. Quero ver como você filtra os sons laríngeos pelo trato vocal.

Flynn dá de ombros.

— Se você acha que basta... — Então, ele começa a recitar alguns versos.

When life gets rough, I like to hold on to my dream of
Se a vida se complica, eu me apego então ao meu sonho de

Relaxing in the summer sun, just lettin' off steam.
Ficar no sol, relaxando a pressão.

As palavras são vagamente familiares.
— Isso é de alguma das suas músicas?

— Não. — Ele não me oferece mais nenhuma explicação.

— É familiar, mas não sei de onde. Quem canta?

— O Olaf.

— Olaf?

Ele dá um sorriso.

— É da trilha sonora de *Frozen*.

— Essa foi a última música que você cantou?

— Eu a cantei três vezes hoje cedo.

— É fã da Disney?

— Minha sobrinha, Laney, ama essa música.

Brincos, anéis, couro preso ao redor dos pulsos, pele tatuada, barba por fazer, cabelo desarrumado de um jeito sensual — e canta músicas da Disney para a sobrinha. O interior desse homem talvez seja tão bonito quanto o exterior.

— Essa é a coisa mais doce que já ouvi. Quantos anos ela tem?

— Quatro.

— Ela sabe que o tio é um astro do rock?

— Com certeza, não. Você sabia que seus pais eram astros do rock?

Eu rio com a ideia.

— Com certeza, não. Meu pai era um pateta e tanto.

— Bem, tenho certeza de que é assim que Laney se sente. Sou o tio que a deixa comer besteira e sair de casa de pijama. Ela fica pulando quando chego, mas é basicamente porque a suborno para me achar legal.

— Parece mais que ela te acha legal porque conhece seu verdadeiro eu.

— Você achava seu pai legal?

— Não até eu virar adulta. Lembro de uma vez em que eu devia ter uns doze anos e estávamos caminhando pela rua, e uma mulher veio correndo até ele para pedir um autógrafo. Ela abriu a camisa com tudo, bem ali no meio da rua, para que ele autografasse o seio dela, e ela não estava de sutiã.

— O que seu pai fez?

— Puxou a camisa dela para fechá-la e a mandou respeitar a filha dele. Pensei que ela tivesse escapado de algum hospício para fazer aquilo com o meu pai. Quer dizer, ele era só o meu pai.

— Você via quem ele realmente era. Todas as outras pessoas viam o que queriam ver. A parte difícil da fama é lembrar com quais expectativas você tem que lidar. É fácil fazer o que os fãs esperam. Satisfazer Laney é muito mais complicado.

— Legiões de mulheres ficariam devastadas se soubessem que seu coração já tem dona. Laney é uma garotinha de sorte.

— Estou guardando um espacinho para mais uma, não se preocupe. — Ele dá uma piscadela. Só consigo pensar que aquela menina é sortuda pra caramba, e parte de mim queria que o nome da dona do outro espacinho também começasse com L.

Aguentar Flynn cantando é incrivelmente difícil. Quem diria que as músicas de *Frozen* podiam ser tão sensuais... A maneira como a garganta dele se move, o jeito como a boca acaricia cada sílaba do som baixo e rouco que escorre dos lábios. Eu deveria estar observando a postura, a respiração, a forma como a laringe dele força as palavras para fora — mas, em vez disso, estou focada na beleza da boca e em como o som da voz desliza pelo meu corpo, deixando-o quente e estremecido ao mesmo tempo. Estou perdida quando a música termina e sequer o observei de verdade até agora.

— Então... seja sincera, o que estou fazendo errado?

Hummm... absolutamente nada, pelo que vi. Tudo estava perfeito. Não mude nada. Droga.

— Você poderia repetir? Talvez com uma música diferente, que você não canta há algum tempo. Assim, os sons serão menos familiares para o corpo. Às vezes, isso pode me ajudar a ver tudo de um jeito diferente. — Pelo menos, fiz parecer real quando coloquei as palavras para fora.

Ele canta de novo, e desta vez me obrigo a observá-lo.

— Hummm... sua postura é ótima. A maioria das pessoas tende a favorecer um lado do pescoço, o que as faz se inclinar um pouco quando falam, algo que fica mais evidente quando cantam, e isso pressiona os músculos ao redor das cordas vocais. Seu alinhamento está perfeito.

— Obrigado, é só mais uma coisa na minha lista de perfeições — diz ele com uma arrogância provocante que, pelo pouco que o conheço, sei não ser real.

— Você não me deixou terminar.

— Agora não pode me falar que não sou perfeito. Eu já estava me deliciando com os louros.

— Na verdade, foi perfeito... mas quase perfeito demais. O que me faz pensar que você geralmente não se posiciona assim quando canta.

— Essa não é a maneira que geralmente canto. No palco, costumo ter uma guitarra no ombro. Mesmo se não a estou tocando, ela está lá.

— Bem, preciso te ver segurando o instrumento para analisar direito, então.

As sobrancelhas de Flynn se arqueiam, e o sorrisinho malicioso não me passa despercebido.

— A *guitarra*. Preciso ver você segurando a *guitarra*.

— Que pena. — Ele dá de ombros, o sorriso brincalhão ainda no rosto. — Mas tudo bem, é você quem sabe. Qualquer instrumento que quiser me ver segurando, por mim, tudo bem.

— Que grandioso da sua parte dizer isso.

— Então voltamos a falar do outro instrumento?

Reviro os olhos, apesar de a conversa estar me afetando mais do que deixo transparecer.

Já passa das seis quando terminamos, apesar de parecer que se passaram quinze minutos, não duas horas.

— Tenho que correr. Vou ajudar Avery no Lucky's hoje à noite. Ela não está conseguindo encontrar uma garçonete.

— Talvez eu dê uma passada lá com alguns dos caras da banda. Quer dizer, se não tiver problema para você...

— Tenho certeza de que Avery ficaria animada com a sua visita. O nome do lugar vai estar na boca de todo mundo se a In Like Flynn aparecer por lá.

Flynn se inclina na minha direção, e a barba por fazer na mandíbula roça minha bochecha.

— Não é a Avery que quero ver animada com a minha visita. — Ele beija minha bochecha e desaparece, como se essas palavras não fossem me deixar perturbada por horas.

CAPÍTULO NOVE

LUCKY

NOVE ANO ANTES. DEZESSEIS ANOS DE IDADE

— Está animada, princesa? — Meu pai coloca na boca um quadradinho da barra de chocolate meio amargo da Hershey's que dividimos todo dia.

— Mal posso esperar. Faz seis meses que não a vejo.

Meu pai hesita por uma fração de segundo, mas logo sorri.

— Quis dizer você subindo no palco mais tarde.

— Ah, sim. Isso também, pai.

— Está nervosa?

Não sei se está perguntando da minha mãe ou de cantar, então dou uma resposta que, acredito, vai satisfazê-lo de qualquer maneira:

— Um pouco. — A verdade é que estou nervosa para ver minha mãe de novo. Não sei o porquê. Eu não estava nervosa para cantar no palco do Lucky's pela primeira vez até meu pai me dizer que minha mãe viria assistir. Então minhas palmas começaram a suar toda vez que eu pensava em me apresentar... na frente de Iris Nicks.

— Você vai se sair muito bem. Nasceu para estar no placo. Eu queria ter metade do talento que você tem. — Meu pai beija minha testa.

Já cantei para multidões. Há alguns meses, a competição de talentos na escola estava lotada quando me apresentei — todos os assentos com crianças que eu teria que ver na escola no dia seguinte, mas não hesitei ao subir no palco. Me lembro de estar parada atrás da cortina, vendo as gêmeas Massey fazerem sua apresentação de ginástica artística enquanto esperava minha vez. Meus olhos escanearam a plateia, e uma sensação de ansiedade começou a surgir na boca do estômago quando a plateia explodiu em aplausos assim que as gêmeas pousaram depois das cambalhotas finais. Eu era a próxima. Então, logo antes de subir no palco, avistei um homem parado em um canto ao fundo da plateia. Braços cruzados, postura ereta, uma expressão orgulhosa no rosto sorridente. Meu pai. O apresentador chamou meu nome, e respirei fundo antes de ir devagar até o centro do palco. As luzes me cegaram com relação a tudo que havia embaixo. Mas eu sabia que ele estava lá. Cantei a plenos pulmões, como se ele fosse a única pessoa me vendo. De alguma maneira, ele era tudo de que eu precisava.

Hoje, minha mãe chega meia hora antes do horário da apresentação. Um alvoroço marca a entrada dela, como sempre. Ela nunca está sozinha. Observo do canto enquanto ela beija meu pai, cumprimentando-o. *Nos lábios.* Ele sorri e esfrega as mãos nos braços dela. Meus pais, sem dúvida, têm um relacionamento esquisito. Metade dos meus amigos têm pais divorciados, mas a maioria não consegue se olhar nos olhos. Talvez porque meus pais nunca se casaram, a separação deles, quando eu tinha cinco anos, foi muito mais harmoniosa.

Minha mãe olha ao redor da sala, e seu sorriso se ilumina quando seus olhos encontram os meus. Ela vem até mim de braços abertos, e é preciso toda a minha marra de adolescente de dezesseis anos desapegada para não correr até ela. Não me entenda mal, eu amava morar com meu pai, o que eu queria era poder ver Iris mais vezes.

Cerca de uma hora mais tarde, está na hora da apresentação. O Lucky's está lotado, apesar de ser uma tarde de domingo. É uma mistura estranha dos amigos músicos dos meus pais, pessoas da indústria e alguns colegas da escola. Avery está parada ao meu lado na lateral do palco enquanto sou apresentada. Com um empurrãozinho dela, dou alguns passos até parar bem no meio do palco. Meus olhos vasculham a plateia.

Ao contrário daquela vez que cantei na escola, não há nenhuma luz cegante para atrapalhar minha visão. Na verdade, vejo todos os rostos — todos os rostos que me observam.

Olhos se conectam com os meus. Cheios de expectativas. Esperando. Assistindo. Eu simplesmente fico parada. Um cervo imóvel diante dos faróis. Minha mãe está sentada bem no meio da primeira fileira. Ela assente, como se dissesse: "Vamos, comece a cantar logo". Mas não faço isso. Procuro desesperadamente meu pai. Ele está em pé nos fundos. Nossos olhares se encontram, e fico um pouco mais tranquila ao encontrá-lo. Desço os olhos até os pés dele e faço que sim para a pequena banda parada atrás de mim, que começa a tocar. Trinta segundos depois, estou dando tudo de mim e não consigo enxergar ninguém, apesar de nada ter mudado.

CAPÍTULO DEZ

LUCKY

Faz dois dias desde que tive notícias de Dylan. A voz sensual dele faz o que sempre faz comigo desde os meus catorze anos. Sorrio como uma adolescente quando ele diz que está com saudade.

— Também estou com saudade de você.

— E quais são os planos para hoje à noite?

— Na verdade, estou a caminho do Lucky's. Avery ainda tem que contratar uma garçonete, então vou cobrir o turno.

— Por que você sempre está disponível quando ela precisa, mas nunca quando eu preciso?

— Quando foi que você precisou de mim?

— Eu preciso de você agora. — Dylan queria que eu o acompanhasse na turnê. Ele queria que eu vendesse o Lucky's de vez e viajasse com a Easy Ryder. Isso tem sido motivo de conflito entre nós ultimamente, e parte da razão pela qual decidi que estava na hora de voltar a me consultar com o dr. Curtis.

— Você não *precisa* de mim. Você me quer. É diferente.

— Você fica repetindo isso, mas está desprezando minhas *necessidades*.

— É mesmo? Pensei que eu me saísse muito bem satisfazendo suas necessidades.

— Quando você está por perto, sim.

— A gente vai se ver daqui a menos de duas semanas. Vou ao show em Atlanta. Lembra?

— Duas semanas é muito tempo.

— A distância faz o coração querer mais, você sabe disso.

— Besteira. Não entendo o motivo de você não poder vir comigo.

— Você sabe o motivo. — Já tínhamos falado disso uma dúzia de vezes, e ao celular, enquanto eu estava a caminho do Lucky's, não era o meio ideal para voltar a tocar no assunto. Ele não entende por que preciso seguir meu plano. Porque não estar no palco está estagnando mais do que só minha carreira como cantora. Tenho que me libertar para seguir em frente. — Hoje à noite, vou subir no palco quando o Lucky's fechar. — Dizer isso em voz alta faz uma nova onda de náusea me atingir.

— Vai se sair muito bem. Apesar de aquele palquinho não chegar perto do seu nível.

— *Você* cantou naquele palco uma vez.

Algumas vozes bêbadas soam ao fundo. Dylan cobre o aparelho, mas logo volta.

— Tenho que ir. Preciso passar o som.

— Tudo bem. Boa sorte no show de hoje.

O bar está cheio, mas isso não me impede de verificar a hora no celular a cada três minutos. A maneira como observo os minutos passarem faria qualquer um pensar que uma bomba está prestes a explodir. Na verdade, com o quanto me sinto aterrorizada, esperar por uma detonação talvez fosse mais fácil.

Limpo uma mesa e sigo em direção ao bar com novos pedidos de drinques, totalmente distraída com os arredores. É quando uma voz familiar me cumprimenta. Eu pulo de susto, e o som basta para me tirar da preocupação obsessiva com quantos minutos faltam até eu estar de frente para o pelotão de fuzilamento. A bandeja toda balança nas minhas mãos instáveis, então, se inclina, e meia dúzia de copos vazios caem no chão de madeira, se estilhaçando em um milhão de pedacinhos.

— Merda! — Caio de joelhos e tento varrer o acidente com as mãos, mas tudo que faço é cortar os dedos com pequenos cacos.

— Tudo bem? — pergunta Flynn. — Desculpa. Não quis chegar de surpresa. Pensei que tivesse me visto. — Ele está de joelhos, tentando me ajudar a recolher a bagunça que fiz.

— A culpa não é sua. Eu... É que estou um pouco preocupada hoje.

— Um pouco? Meu tio Nathan que sofre de Parkinson tem mãos mais estáveis que as suas agora — diz Avery. Assim que ergo os olhos, ela aponta na direção dos fundos. — Vá! Você precisa de um intervalo. Jase e eu cuidamos disso. Pode demorar o tempo que quiser.

— Tem certeza?

— Eu insisto. — Ela aponta o dedo para o homem ao meu lado. — Você. Flynn. Vá com ela — ordena Avery. Ela entrega uma garrafa a ele. — Leve isso. Ela vai precisar.

Um minuto depois, estamos do lado de fora. O ar fresco me atinge, e de repente estou curvada com as mãos nos joelhos, tragando o ar como se tivesse sido privada dele.

Flynn envolve os braços na minha cintura e me abraça com força — ele está com medo de que eu caia.

— Você está bem?

Inspiro rápido algumas vezes antes de responder:

— Estou. Desculpa. Ataque de pânico. Faz tempo desde que tive um desses. Me esqueci do que podem fazer comigo.

Estamos no beco atrás do bar. De maneira surpreendente, está vazio. O comum é haver alguns fumantes poluindo o ar ali. Flynn esfrega minhas costas enquanto tento recuperar a compostura.

— Quer conversar a respeito disso? — pergunta ele enquanto minha respiração volta ao normal.

Dois caras tropeçam, fazendo barulho no beco, e acendem os cigarros antes de sequer terem saído totalmente pela porta. Flynn olha para eles, então, para mim e pega minha mão.

— Venha. Vamos dar uma volta.

Com os dedos entrelaçados, saímos em silêncio e caminhamos pela esquina até um banco logo em frente ao Bryant Park. Já passa da meia-noite, e a rua está silenciosa, ainda mais para Nova York.

— Então... eu queria pensar que você ficou tão feliz ao me ver, que não conseguir conter a animação. Mas algo me diz que não foi isso que aconteceu. — Flynn abre a garrafa de Jack Daniels que Avery entregou a ele e a oferece a mim.

Bebo um gole. Meu rosto franze com o gosto.

— Obrigada por caminhar comigo. Na verdade, já estou me sentindo melhor. — Estendo a garrafa aberta de volta a ele.

Ele a leva até os lábios, mas logo para.

— Fico feliz por ter ajudado. Espero que seja por causa da minha companhia, não do álcool. — Ele toma um golinho e sorri. — Então, me conte o que está acontecendo. O que te deixou tão nervosa?

— É só... ansiedade com relação a algo que preciso fazer.

— Vai terminar com Dylan? — A voz dele soa esperançosa.

— Não. Nada disso.

Ele leva a garrafa até a boca outra vez, murmurando antes de beber:

— Que pena.

O primeiro sorriso real do dia ameaça meus lábios.

— Você é tão charmoso que chega a ser ridículo, sr. Beckham. As mulheres devem ficar caidinhas por você.

— Não as que eu gostaria que ficassem — diz ele e me oferece a garrafa, mas a recuso. — Então converse comigo. O que deixou seu corpinho sensual nesse estado agora à noite?

— Não é nada, é sério. Eu... — É difícil admitir meus medos para qualquer pessoa, ainda mais para um cara que faz o que mais temo praticamente todos os dias, cantando de um jeito que parece ser tão fácil quanto respirar. — Eu meio que tenho medo de palco.

— Certo... — fala, esperando mais.

— E eu deveria cantar no bar hoje.

— Quando foi a última vez que subiu em um palco?

— Faz oito anos.

— Uau. Faz tempo. Você chegou a tentar outra vez antes de hoje?

— Não. — Dou uma risadinha, sabendo como devo soar ridícula. — Tenho tentado reunir coragem.

Espero que ele ria da minha confissão, mas ele não ri.

— Você sempre teve medo, ou alguma coisa aconteceu que te deixou assustada?

— Uma mistura das duas coisas. — É verdade. Bem, mais ou menos. Eu sempre ficava nervosa quando subia no palco, mas... um dia... tudo mudou.

— Quando você costumava subir no palco, o que acalmava seus nervos quando tentavam assumir o controle?

Não tenho que pensar na resposta. Ainda assim, tiro um minuto para me preparar antes de falar.

— Meu pai. — É irônico como o homem podia ser fonte da minha coragem e, agora, parte grande do meu medo.

Flynn segura minha mão e a aperta. Tem algo tão reconfortante no jeito que ele me olha, que me espera continuar... Faz com que eu sinta que ele realmente quer ouvir tudo que tenho a dizer — como se cada conversa fosse uma camada retirada, mas o objetivo dele não era me despir. Em vez disso, ele me deixa sentindo protegida.

— A primeira vez que subi no palco, sem ser na escola, foi aqui no Lucky's. Eu estava nervosa. A plateia estava cheia de rostos que eu já tinha conquistado antes de cantar a primeira nota. Meus amigos, amigos da minha mãe, colegas do meu pai... Não era uma plateia difícil. Mas subi lá e, ainda assim, congelei. Dei uma olhada no lugar. Todo rosto sorridente em que meus olhos pousavam fazia meu coração bater mais forte no peito. Até que encontrei meu pai na multidão. Ele estava radiante, orgulhoso. Me ajudou a relaxar, apesar de eu ainda não ter certeza de que poderia continuar sem ele. Então, olhei para baixo e vi que ele estava descalço.

— Descalço no bar?

Sorrio, me lembrando daquele momento exato. Olhar para seus dedos inquietos, o espírito de quem meu pai tinha sido, de alguma maneira, abriu caminho pela minha tensão e me trouxe alívio.

— Meu pai sempre tocava descalço. Gostava de sentir o pedal da bateria na sola do pé e a vibração que percorria as tábuas de madeira e subia pelas pernas. Mas era mais que isso. Ele dizia que o chão sob os pés o fazia se sentir ancorado... de alguma maneira, equilibrado. Isso o ajudava a se esquecer de todo o resto e dar tudo que tinha ao som. — Minha voz falha perto do fim.

Flynn passa o braço ao meu redor e me puxa para perto. A sensação é boa, reconfortante. Fecho os olhos, mas isso não impede que algumas lágrimas rebeldes escorram. Meu pai era tudo para mim.

Apesar de ele me manter fisicamente perto, Flynn me dá o espaço mental de que preciso por alguns minutos antes de falar:

— Ele vai estar com você hoje à noite. Com um sorrisão e pés descalços. Pode até não estar mais na plateia, mas isso não significa que não vai poder te ver. Você só precisa fechar os olhos e enxergá-lo.

Encontro os lindos olhos azuis de Flynn.

— Ele ia querer que eu cantasse.

— Então é isso que você precisa fazer — declara ele com confiança. — Quer saber qual é o meu segredo para acalmar o nervosismo no placo?

— *Você* ainda fica nervoso?

— É claro que fico. — Ele dá de ombros. — Tem dias que são piores que outros. Não faço ideia do que faz uma apresentação ser mais fácil do que outra. Dá para culpar o lugar ou o tamanho da plateia... mas, para mim, não tem padrão.

— Bem, me conte seus segredos, astro do rock.

— Vou te contar. Mas se isso vazar, talvez acabe com a imagem de astro do rock. Então você não pode dizer nada.

Gesticulo sinalizando que juro.

— Pode confiar em mim.

— Recito a letra de uma música na cabeça e dou uma volta no palco.

— Isso não me parece tão ruim.

— A música é... *Brilha, Brilha, Estrelinha.*

— Ah. — Solto uma risadinha. — Acho que isso afetaria um pouco sua imagem de roqueiro *bad boy.*

— Você sabia que ela tem cinco estrofes?

— *Brilha, Brilha*? Quer dizer que tem mais coisa que "Quero ver você brilhar / Lá no alto, lá no céu / Num desenho de cordel"?

— Sim. Muito mais. Grande parte do mundo não conhece as melhores partes.

Balanço a cabeça, entretida, mas intrigada com o entusiasmo dele.

— Por que só aprendemos duas estrofes na infância se há cinco? E, mais importante que isso, por que *você* conhece os cinco?

— Não sei por que nos privaram dos outros três. Mas os descobri na faculdade. Fiz um curso de Astronomia. Escrevi um artigo que falava do que faz as estrelas parecerem brilhar, e dei o título de "Brilha, Brilha, Estrelinha, Quero Ver Você Brilhar". Pesquisei a letra para me certificar de que estava certo, já que quase todo mundo canta errado coisas que aprendem na infância, e encontrei a música toda.

— Fez Astronomia, é? Quanto mais te conheço, mais descubro que você é um enigma e tanto, Flynn Beckham.

— Você gosta de enigmas?

Dou uma risada para ignorar o flerte inofensivo, mas não consigo pensar em outra coisa, exceto... droga, eu gosto de enigmas.

Conversei com Flynn naquele banco em frente ao parque por mais quase meia hora. Ele me contou um dos versos perdidos de *Brilha, Brilha, Estrelinha*, mas se recusou a me contar os outros. Prometeu que eu ficaria sabendo o resto da canção clássica quando tivesse terminado minha apresentação. Meu prêmio — com o qual ele me honraria depois de eu ter cantado. Isso significava que ele planejava ficar para minha performance, fazendo minha plateia crescer monumentalmente em vinte por certo, de cinco para seis. De um jeito estranho, me senti mais reconfortada do que estressada sabendo que ele estaria lá.

Mas isso não quer dizer que passei o resto da noite me sentindo calma — de jeito nenhum. Derrubei outra bandeja, errei metade dos pedidos e dei um troco de vinte dólares para meu último cliente por um drinque de oitenta dólares... que ele pagou com apenas uma nota de vinte.

Mas consegui ficar até o fim sem sair correndo, pelo menos. Agora, parada ali trancando a porta enquanto o último cliente saía cambaleando do Lucky's, sinto o nervosismo começar a tomar conta. Um corpo se aproxima por trás de mim no corredor apertado. Sei quem é sem ter que me virar, mas estou tão nervosa que saber disso não me impede de me assustar.

— Desculpa. Eu não queria te assustar de novo. — A voz de Flynn soa baixa, acalentadora.

— É que estou um pouco...

— Eu sei. Por isso te segui até aqui. Imaginei que fosse fugir atrás do cara bêbado que acabou de ir embora, ou fosse precisar de ajuda para se acalmar.

— Ainda estou aqui.

— Percebi. Então... pensei em já te dar uma pequena recompensa agora.

Hummm... sim, por favor.

— Ah, é? — Eu me viro e fico de frente para ele. — E qual é a recompensa por eu não ter saído correndo?

Flynn se inclina para a frente, e todos os pelinhos do meu corpo se eriçam para recebê-lo no meu espaço pessoal. Traidores. Sinto a respiração dele no meu pescoço enquanto ele sussurra no meu ouvido:

— "À noite, agradece o viajante / ao suave brilho dançante. / Não saberia o caminho correto / se ela não fosse brilhante."

Quarta estrofe. Ele tinha me dado a terceira no banco do parque.

Há um minuto, eu estava ansiosa com a ideia de subir no palco. Agora, estava ansiosa por uma razão totalmente diferente.

— É linda. Pena que passei tantos anos sem conhecer.

Os olhos de Flynn vagueiam até minha boca.

— É mesmo.

Antes de subir no palco, me lembro de quando eu tinha sete anos. Meu pai me levou à piscina pública em Long Island. Ele estava ocupado gravando faixas de bateria para um álbum de estúdio com a banda. Tínhamos passado pela piscina três dias antes de ele me levar. Encarei desejosa o trampolim alto todos os dias que passamos por ali. Eu nadava bem — piscinas de hotel eram uma das minhas partes preferidas de viajar com a banda —, mas nunca estive em um trampolim. Eu sentia uma mistura de animação e nervosismo. Quando entramos na área cercada da piscina, mal consegui respirar. Eu quis desistir. Mas meu pai estava animado por mim, e não quis decepcioná-lo. Então fui até o fim da fila e me forcei a lhe dar um sorriso enquanto ele esperava na beira da piscina. Quando chegou minha vez, subi as escadas com pressa. Ainda com mais pressa, caminhei até a ponta do trampolim, dizendo a mim mesma que eu simplesmente continuaria andando. Arrancaria o curativo do medo em um único puxão rápido, e caminharia pelo trampolim. Dei três passos. Então, meus joelhos congelaram e me paralisaram. Não consegui dar outro passo.

Hoje não foi diferente. Meu público de seis pessoas está sentado paciente nas cadeiras enquanto ando confiante em direção ao palco. É claro que a confiança é falsa, mas é tudo que tenho. Chegando à beira do palco, que fica a só três degraus do chão, e subo a escada com passos saltitantes. Dou mais dois passos até o centro do palco. E meus joelhos congelam. Tenho sete anos outra vez.

Inspiro fundo algumas vezes, como se a respiração fosse purgante.

Não ajuda.

Fecho os olhos e tento de novo.

Inspirar.

Expirar.

Preciso fazer isso. *Oito anos*. Faz oito anos, isso é tempo demais. Eu amo cantar. Imagine ter a coisa que você ama mais que tudo no mundo bem na sua frente todos os dias. Só que essa coisa está atrás de um vidro impenetrável e você pode vê-la, mas nunca alcançar. Nunca tocar. É assim que me sinto há oito anos. Mas os meus joelhos... eles simplesmente não querem se mover.

Fecho os olhos e tento de novo. Eu quero isso.

Inspirar.

Expirar.

O martelar no meu peito faz barulho. Parece que meu coração pode explodir de verdade. Ergo a mão e esfrego o ponto de tensão.

Começo a suar.

O salão está quieto de maneira sinistra, mas sei que há seis pessoas sentadas a poucos passos de distância.

— Lucky — diz Avery com a voz suave. Ela está sondando o terreno, incerta de como posso reagir.

Ouvi-la não me livra do pânico, mas me acalma um pouco. Engulo em seco e forço os olhos a se voltarem para o salão, sem me dar tempo para pensar nos prós e contras.

Avery me observa com atenção. Ela tenta sorrir com o rosto preocupado.

Como se através de uma névoa, meus olhos se movem devagar pelos demais presentes. Vejo Jase e Levi, o DJ de hoje à noite; e dois de nossos amigos. Estão todos sentados junto ao redor de uma mesa, dando seu melhor para não parecerem transtornados com o que estou fazendo, mas os rostos não escondem a preocupação. Então, dou uma olhada por cima de suas cabeças e meus olhos encontram Flynn. Ele está encostado de maneira casual na parede dos fundos, e sorri para mim. Tento sorrir de volta, mas falho de forma miserável.

Acreditando que uma grande distração me ajudaria, meus olhos escorregam mais para baixo. Pelo pescoço de Flynn até os braços tatuados e cruzados de um jeito casual no peito masculino definido. Analiso a cintura estreita, e meus olhos se demoram nas coxas envoltas pelo jeans.

Então, eu noto.

Ele está descalço.

Não consigo me lembrar de nenhum homem alguma vez ter feito algo tão doce por mim em toda a minha vida. Exceto, talvez, pelo homem que ele está copiando.

Encarando os pés dele, meu foco muda. Não estou pensando que estou no palco... naquele *último dia* no palco. Em vez disso, encaro os dedos agitados de Flynn e penso: "Cacete, até os dedos dele são sensuais".

Os cantos da boca dele se curvam para cima, e meus olhos os acompanham. Os lindos olhos azuis de Flynn dançam com triunfo — ele sabe que me afetou.

Um minuto depois, canto para a plateia de seis pessoas. Quatro estrofes de *Brilha, Brilha, Estrelinha.*

A alegria que todos sentimos quando acabo se transforma em três horas de celebração. O sol está nascendo quando todos cambaleamos até a rua do Lucky's. Jogo os braços ao redor do pescoço de Flynn e lhe dou um abraço apertado, agradecendo-o pela vigésima vez. Em resposta, ele me abraça de maneira igualmente forte, percebo. Não sei se é o álcool, as emoções da noite ou simplesmente o homem em quem estou apoiada, mas, por alguma razão, não quero soltá-lo. Estar nos braços dele me acalma, me faz sentir algo que não sinto há muito tempo. Não sei dizer exatamente o que é, só que gosto. Talvez muito.

Cedo demais, Flynn chama um táxi para mim e Avery, e me dá um beijo gentil na bochecha antes de me ajudar a entrar no carro. Fico decepcionada por ele não vir com a gente — não estou pronta para a noite acabar. Não estou pronta para seja lá o que esteja acontecendo entre mim e Flynn acabar. Na metade do caminho até minha casa, percebo que ele não me contou a quinta estrofe.

Não tenho que esperar muito. Só até sua mensagem chegar.

CAPÍTULO ONZE

FLYNN

Percorro a distância curta até a casa de Becca, em vez de voltar para a de Nolan e dormir. Não duvido de que haja uma festa rolando na casa dele que ainda vai estar bombando, com o índice de mulheres para homens tendendo favoravelmente a favor da banda. Mas não estou no clima para continuar festejando em uma cama cheia de fãs hoje à noite.

Uso minha chave para entrar no apartamento sem fazer barulho, tomando cuidado para não acordar ninguém. A caminho do quarto de hóspedes, passo pelo quarto de Laney. A porta está aberta, então dou uma olhadinha no interior. Minha sobrinha está apagada, abraçada com a Elsa gigante que ela me convenceu a comprar na última vez que visitei. Ela é adorável mesmo dormindo.

Com as cortinas fechadas, o quarto de hóspedes está um breu, apesar do sol já surgir no horizonte do lado de fora. Não me dou o trabalho de tirar a colcha. Em vez disso, me deito na diagonal no edredom macio que minha irmã deixa preparado para minhas chegadas imprevistas. Inspiro fundo — estou cansado, pronto para deixar o corpo repousar até minha sobrinha perceber que estou aqui e pular em mim toda animada bem cedinho.

Sem me levantar, fico apenas de cueca *boxer* e jogo tudo no chão, exceto o celular. Digito uma mensagem rápida antes de desligar o aparelho.

No céu escuro, você fica

E, às vezes, na janela avista

Porque o olho nunca fecha

Até que o sol brilha.

O som da risadinha de Laney é quase sempre como acordo quando durmo na casa da minha irmã. Mas não hoje. Em vez disso, é o zumbido constante da campainha aguda. Alguém está pressionando o botão de maneira insistente a cada dois segundos, ou o negócio está quebrado, com o som pifado. Cobrir o rosto com um travesseiro não abafa o barulho o bastante para poder ignorá-lo. Pelo bem de quem quer que esteja do outro lado da porta, é bom que a porcaria da campainha esteja quebrada.

— Droga — resmungo. Sem nem me preocupar em dar uma espiada no olho mágico, abro a porta com tudo. A raiva que sinto por ter sido acordado só piora quando vejo quem é o arrombado apertando a maldita campainha.

Meu cunhado.

Ou, na verdade, meu ex-cunhado. O que Becca viu nesse babaca, não faço ideia.

— Mas que merda...?

— Ninguém vinha abrir a porta.

— Talvez signifique que não tem ninguém em casa. Então, vaze, seu panaca. — Começo a empurrar a porta para fechá-la, mas o otário enfia o pé no vão.

— Elas estão em casa? Rebecca e Helaine.

— Bec e Laney. — Deus, esse cara é tão metido a certinho. Um babaca de primeira. — Eu não sei.

— Como é que você não sabe? O apartamento não é tão grande assim.

— Eu estava dormindo. E, sim, o lugar é bem pequeno... comparado com o lugar em que você vive com sua estudante de vinte e dois anos. Ou já a traiu e substituiu por alguém da leva nova de alunas?

Ele ignora a maior parte da minha altercação.

— São quatro da tarde, e você ainda estava dormindo?

— Eu trabalho de noite.

Ele solta um arquejo.

— Trabalha? Você canta umas músicas e transa com adolescentes caidinhas por você depois das apresentações. Eu dificilmente chamaria isso de trabalho de verdade.

Sorrio. E dou um passo, invadindo o espaço pessoal dele. Me curvo uns quinze centímetros para olhá-lo nos olhos.

— Por que não traz sua nova esposa para ver meu show? Assim ela pode ficar caidinha por alguém que tem uma idade mais parecida com a dela.

— Vá se foder.

— Caia fora daqui, ou vai acabar com alguns dedos quebrados quando eu bater a porta com tudo.

— Chame a Rebecca primeiro.

Dou um passo para dentro do apartamento e bato a porta com força. Sei que Becca não está em casa, ou teria aparecido na porta e se colocado entre nós em, no máximo, dois segundos. Mas caminho pelo apartamento para verificar, de qualquer maneira. As camas estão arrumadas, e sem sinal de Bec ou Laney. O babaca toca a campainha de novo antes de eu sequer estar de volta à porta.

Gosto do pulinho assustado do professor covarde quando abro a porta de novo.

— Elas não estão em casa. Vaze.

— Onde elas estão?

— Fora de casa. — Tento fechar a porta outra vez, mas ele enfia o pé de novo. Essa coisa, com certeza, vai inchar mais tarde. Quem ainda usa sapatos sociais?

— Poderia entregar isso para a Rebecca? — Ele me estende um envelope.

— O que é isso?

— Não interessa.

— Então entregue você a ela.

— Pegue logo. É um cheque. Para a festa de aniversário de Helaine.

— Você não vai comparecer outra vez?

— Nós temos...

Agarro o envelope e fecho a porta com tudo na cara dele. Por sorte, dessa vez ela fecha.

Depois de um banho rápido e de me abster de tirar a barba por fazer há dois dias, ligo o celular e encontro uma resposta para a letra de *Brilha, Brilha, Estrelinha* que enviei na noite passada.

Eu talvez tenha me ninado antes de dormir com certa canção infantil ontem à noite.

A raiva da visita do otário se dissipa com uma facilidade surpreendente. Antes que eu possa responder, meu celular apita de novo.

Obrigada pela noite passada. Eu não teria conseguido sem você lá por mim.

Fico feliz por ter ajudado. Sua voz é incrível. Seu lugar é no palco.

Você faz bem para a minha confiança. Eu te devo uma. Outra sessão de preparação vocal, talvez?

Você me deve uma, é?

Devo.

Está ocupada agora?

O que você tem em mente?

Deixo um recado ao lado do cheque do babaca e, uma hora mais tarde, estou em frente à porta dela.

— Então, quantos anos ela vai fazer?

— Cinco.

— Cinco, hum. De que tipo de coisa ela gosta?

— *Frozen.* Ela está basicamente obcecada por tudo de *Frozen.*

Lucky fecha a porta da frente e a tranca. Então, joga as chaves na bolsa e sorri para mim.

— Bem, sou toda sua. Aonde vamos primeiro?

Toda minha. Gosto de como isso soa.

— Eu meio que estava esperando você me dizer aonde ir. Nunca fui uma garotinha de cinco anos.

Ela me leva até uma escada, e abro a porta para que ela passe na frente. É a primeira vez que a vejo em roupas casuais. Ela está com uma daquelas calças pretas justas de ioga com cintura baixa. Parece mais uma segunda pele, envolvendo as curvas da bunda bem-marcada. E uma regata branca com uma jaqueta jeans de manga três quartos. Os pés estão em um Converse ciano. Gosto muito da vista enquanto nos dirigimos até o piso, três andares abaixo.

Ela se vira para falar comigo, notando meus olhos colados em sua bunda. Em um primeiro momento, penso que vai me dar uma bronca, mas ela deixa para lá. Em vez disso, abre a porta que dá na rua.

— Que tal a FAO Schwarz?

Estamos parados na calçada logo em frente à saída. Pessoas vêm e vão de todas as direções.

— Nunca fui lá. Me parece bom.

— Fica a uns dois quilômetros e meio daqui. Quer andar ou ir de metrô?

— Gosto de andar. Mas você quem sabe.

— Vamos andar, então.

Nossa conversa flui tranquila no primeiro quilômetro e meio. Falamos de tudo, desde sua amizade com Avery até minha primeira banda no ensino fundamental. Quando passamos por um mercadinho, ela pergunta se podemos entrar.

— Está com fome?

Ela esvazia a prateleira com barras meio amargas de Hershey's e as coloca no balcão. O caixa conta nove delas.

— Elas são difíceis de achar. E as minhas estão acabando. Esse mercado é um dos poucos que ainda as vende.

— E você precisa de tantas assim porque...?

Ela dá de ombros.

— Como metade de uma barra todo dia no café da manhã. A culpa é toda do sr. Hershey pelo tamanho da minha bunda.

— Me lembre de mandar um cartão para agradecê-lo.

Ela balança a cabeça e joga as barras na bolsa. Estamos a dois quarteirões de uma loja de brinquedos, parados em um sinal vermelho, quando somos interrompidos por uma garota. Ou talvez seja uma mulher. O corpo é de mulher, noto, já que a maior parte dele está exposto, mas o rosto ainda parece jovem.

— Com licença, você não é Flynn Beckham?

Isso tem acontecido mais e mais ultimamente. Depois do reality show, causei alguns tumultos por um tempo, mas, então, as coisas se acalmaram. Agora, com o anúncio de que a In Like Flynn estará na turnê da Easy Ryder, e com o lançamento próximo do nosso novo álbum, tenho recebido mais e mais atenção dos tabloides. O que significa ser reconhecido na rua.

— Sou eu mesmo.

Os olhos dela se iluminam.

— Eu poderia tirar uma foto com você? As garotas do meu dormitório nunca vão acreditar que esbarrei com você na rua se eu não tiver provas.

Dou uma olhada para Lucky, e ela sorri. Acredito que esteja mais acostumada com a atenção do que eu. Considerando os pais dela e... o namorado.

— É claro.

A garota se aproxima, pressionando o peito no meu, e sorri ao estender o iPhone e tirar uma dúzia de fotos.

— Ela é sua esposa? — Ela lança um olhar incomodado a Lucky, mas logo volta a me olhar, como esperado.

— Hummm... não.

— Posso te pagar uma bebida mais tarde?

Tenho certeza de que nunca vou me acostumar a ser chamado para encontros. Lucky vê o desconforto no meu rosto e agarra minha mão, entrelaçando nossos dedos antes de falar direto com a garota:

— Podemos não ser casados, mas somos exclusivos, querida. — Então, ela volta sua atenção a mim. — O sinal está verde, amor.

Sorrio e sigo minha mulher, as mãos dadas.

— Obrigado.

— Sem problema. — Ela sorri. — Você me salvou ontem. Era o mínimo que eu podia fazer. Mas acho que precisa começar a usar boné e óculos de sol.

Pelo resto do caminho até a FAO Schwarz, não largo a mão dela, e ela também não tenta se afastar. Abro a porta com a mão esquerda, mesmo sendo um movimento esquisito e nada natural, só para que eu não tenha que abrir mão do contato.

— Você primeiro — digo. Ela segue pela porta, então, sem qualquer aviso, se vira e começa a falar. Ela para no meio da frase quando, de novo, pega meus olhos colados na bunda dela. Dessa vez, não me deixa passar impune.

— Está vendo algo de que gosta? — Ela arqueia a sobrancelha.

— Você não faz nem ideia — respondo com um sorriso torto. — É errado dizer que você tem uma bunda maravilhosa?

Sorrindo, ela inclina a cabeça para o lado.

— Não sei. Semana passada, eu estava usando aquela calça de couro que tinha acabado de comprar, e perguntei para Avery o que ela achava. Ela me fez dar uma voltinha e me disse que minha bunda estava ótima. Então acho que é aceitável dar nossa opinião honesta a respeito de partes do corpo de amigos.

— Bom saber. — Então, dou uma inspecionada sem pressa nela, começando por baixo e subindo com calma. Meus olhos se demoram no pedaço de pele à mostra entre a calça de ioga e a regata. Subindo mais, dou o que só pode ser chamado de olhar faminto aos seios volumosos. Então, por fim, meus olhos encontram os dela.

Ela ergue uma sobrancelha questionadora, mas não diz nada.

— Sou um bom amigo. Só quis me certificar de que estava na posição de te dar mais opiniões sinceras a respeito de partes do seu corpo.

Ela balança a cabeça.

— Fala sério, *amigo*.

Passamos mais de duas horas perambulando pela FAO Schwarz, mas ainda não escolhi um presente para a festa de aniversário da Laney amanhã. O tapete de piano gigante que vi nos filmes, como em *Quero Ser Grande*, nos manteve ocupado por mais de uma hora. Pulamos de um lado para outro e tocamos sons reais com os pés, o que, a certa altura, atraiu uma plateia. Lucky pegou minha mão e me puxou para longe quando notou algumas mães sussurrando e tirando os celulares das bolsas.

Já vimos quase a loja toda quando paramos em frente a uma vitrine. Não há qualquer deliberação ou discussão, simplesmente sorrimos um para o outro, e eu pego a caixa e sigo para o caixa — apesar de eu saber que minha irmã vai me matar.

Acompanho Lucky de volta ao apartamento dela, porque ainda não estou pronto para deixá-la. Caminhamos despreocupados, rindo o tempo todo até chegarmos ao prédio dela. Então, ela enrola um tempinho, brincando com as chaves antes de olhar para mim.

— Quer subir? Posso embrulhar isso para você. Tenho um monte de papel de presente, e imagino que você não tenha.

Sei que não deveria. Porque, sejamos honestos, *eu queria muito*. Estou prestes a aceitar a oferta dela quando seu celular toca. O toque não deixa dúvida de quem está ligando. *Betrayed*. A música mais popular da Easy Ryder toca a toda altura na mão dela. Ela encara a foto na tela.

— Desculpa. Posso ligar para ele mais tarde.

— Não. Está tudo bem. E, de qualquer maneira, já estou indo.

Seu rosto murcha um pouquinho, mas ela se recupera rapidamente com um sorriso tranquilo. Eu me inclino e beijo sua bochecha. É inocente o bastante, meus lábios não se demoram, mas, quando começo a me afastar, Lucky envolve os braços ao meu redor e me abraça. Com força. Nunca fui de expor muito minha vida, mas a vontade de beijá-la até não poder mais em público é quase instintiva.

— Obrigada de novo por ontem à noite, Flynn. Foi muito importante para mim.

Me afastando, nossos olhos se encontram bem quando a música para no meio de um verso. Dylan Ryder pode até ter parado de cantar, mas ele está parado entre nós agora. E, caralho, como quero empurrá-lo para longe do nosso caminho.

CAPÍTULO DOZE

LUCKY

Pensei em ligar para Flynn a semana toda, mas, no fim, não liguei. Na quinta-feira, cheguei até a digitar uma mensagem, apesar do meu dedo, por fim, clicar em Deletar depois de pairar acima de Enviar por um bom tempo. *O que Laney achou do presente?* A mensagem era inocente o bastante. Mas a verdade era que qualquer coisa relacionada a Flynn Beckham parava de ser inocente cerca de dez minutos depois que eu me encontrava com ele.

Desembarco atordoada do avião em Atlanta. Dylan vem me buscar no aeroporto. Não nos vemos há duas semanas. Estou ansiosa para revê-lo. Bem, em grande parte estou ansiosa para revê-lo. Mas tem alguma coisa revirando minha barriga que também me deixa nervosa em relação ao reencontro, apesar de eu não ter certeza do motivo.

Na escada rolante, descendo em direção à restituição de bagagens, fico surpresa quando vejo Dylan ali embaixo. Pensei que ele ficaria no carro e que um de seus seguranças viria me encontrar. Ele está usando um boné de beisebol, óculos escuros e um moletom cinza com capuz por cima do boné, mascarando parte do rosto. Combine isso com um jeans desbotado e tênis, e ele realmente passa despercebido na multidão. A Easy Ryder teve sete álbuns de platina em dez anos, fez cinco turnês consecutivas esgotadas, e a maioria das pessoas tem pelo menos uma música deles no iPod — até homens. Passar despercebido na multidão com certeza não é rotina para Dylan Ryder.

Ele está mexendo no celular, mas ergue o rosto bem quando chego ao andar. Os óculos de sol protegem o olhar, mas sei, pela curva no canto da boca, que ele está olhando para mim. Ele não dá sequer um passo em frente; em vez disso, espera que eu vá até ele.

Nenhum de nós diz nada, mas, quando chego até ele, Dylan passa os braços ao redor da minha cintura e me puxa para perto, a boca selando a minha de um jeito possessivo. É mais um beijo bem-vinda-de-volta que uma militar receberia do que o cumprimento de um homem tentando não chamar atenção para si.

— Bem, estou surpresa. — Suspiro quando ele me solta.

— Porque estou aqui ou com o beijo?

— Os dois, acho.

— Bem, não deveria. Eu te disse que viria te buscar.

— Eu sei, mas imaginei que fosse me esperar do lado de fora.

— Acho que eu estava com saudade da minha garota. — Ele me dá um selinho. — Tenho mais surpresas para você mais tarde. — Ele dá uma piscadela.

Tentando evitar mais atenção do que já acumulou, Dylan olha para baixo enquanto nos encaminhamos até a restituição de bagagens. Felizmente, minha mala é uma das primeiras a chegar. Algumas mulheres do outro lado da esteira já estão cochichando e apontando na nossa direção quando vamos para o carro.

— Oi, Johnny — digo para o homem que mais parece o Hulk de terno escuro, que sai do carro para abrir a porta traseira do Escalade para nós.

— Srta. Valentine. — Ele assente. A equipe de segurança de Dylan é amigável, como sempre.

Antes de Johnny se afastar da calçada, a mão do astro do rock já está deslizando sob a minha saia.

— Pare — sussurro em aviso e o encaro feio.

— Por quê? — Ele me puxa para perto e os lábios encontram meu pescoço.

Eu me afasto.

— Hummm... porque não estamos sozinhos.

— Ele já viu coisa muito pior.

Eu namoro uma celebridade, não é como se eu achasse que ele fosse virgem. Longe disso. Mas a lembrança das coisas descuidadas que ocorreram na presença de outros ainda machuca.

— Valeu por lembrar.

— Fala sério, Lucky. Não foi o que eu quis dizer. Sei que você entendeu.

Tento deixar isso de lado. Faz duas semanas que não o vejo, e eu deveria estar animada por ele estar tão desesperado para colocar as mãos em mim.

— Eu sei. É só que... aqui não.

— Mas tenho que ir direto para a passagem de som. — Ele faz biquinho.

— Então parece que vai ter que esperar até esta noite.

Dylan resmunga.

— Odeio esperar.

Eu me inclino e sussurro no ouvido dele:

— Mas quem espera sempre alcança.

Posso até ter passado metade da vida em um bar, mas nunca soube beber muito. Talvez tenham sido os anos observando os bêbados passarem vergonha no Lucky's o que me azedou com relação à intoxicação pública. Não é que eu não beba... Deus sabe que Avery e eu tivemos certas noites que se tornaram manhãs que eu gostaria de poder esquecer. É que minha bebedeira tende a se limitar a quando não estou em um evento público. Hoje à noite, no entanto, talvez eu abra uma exceção — meu nervosismo está mais forte que eu, por alguma razão.

Dylan deveria me levar ao hotel depois da passagem de som à tarde. Em vez disso, alguns defeitos nos equipamentos e um problema com o som do lugar nos segurou até o show à noite. Aparentemente, o anfiteatro tinha passado por uma reforma recentemente que deveria ter acabado, mas materiais defeituosos causaram um atraso. A empreiteira tentou fechar um machucado, que, na verdade, deveria ter levado pontos, com um curativo, selando temporariamente o teto com madeira, o que não absorve o som da forma esperada, enviando reverberações desbalanceadas que se espalham pelo local do evento.

— Desculpa, querida. — Dylan surge por trás de mim no saguão dos bastidores. — Vou te compensar mais tarde.

— Não tem problema. Jack me fez companhia. — Eu me viro e envolvo os braços no pescoço dele, minha voz talvez um pouco debilitada.

— Quem é Jack? — Não tem qualquer sutileza na voz dele.

Semicerro os olhos. Isso talvez me ajude a focar, considerando meu estado bêbado.

— É ciúme que estou notando no homem para quem jogam calcinhas toda noite?

— Você sabe que não sou de compartilhar, Lucky.

— Relaxe. Jack não é um homem, bobinho. Mas, se fosse, você com certeza teria competição. Ele me deixa toda quente por dentro.

— Quanto você bebeu?

Ergo o indicador e o polegar para dizer que pouco.

— Só um tantinho.

— Um tantinho, é? Acho que você e o sr. Daniels acabaram se envolvendo mais do que só em uma rapidinha. Porra — ele grunhe. — Talvez eu esteja com ciúme da garrafa de Jack.

Dou uma risadinha, apesar de eu não ser disso. É o álcool fazendo tudo parecer mais engraçado do que realmente é.

Dylan prende meu cabelo atrás da orelha.

— Tenho que dar uma passada na festa depois do show. A gravadora convidou alguns dos nossos maiores patrocinadores. Mas não temos que ficar muito tempo. Depois, serei todo seu por vinte e quatro horas.

— Não serão bem vinte e quatro horas. Meu voo é amanhã às quatro. — Já que eu tinha acabado de começar em um emprego novo, a visita seria curta. Não posso faltar no trabalho na segunda-feira.

— Veremos — diz Dylan de maneira enigmática enquanto se inclina para a frente, sua boca encontrando meu pescoço. Já discutimos no telefone a respeito da minha partida na tarde de domingo. Ele queria que eu ficasse até que a banda saísse de Atlanta na noite de segunda-feira, mas o emprego novo é importante para mim. O momento entre nós estava bom, e não quero arruiná-lo ao reviver a discussão que tivemos, então a deixo guardada para amanhã. Além disso, a boca de Dylan no meu pescoço está me deixando toda derretida.

Dylan e eu assistimos ao número de abertura da lateral do palco. Resin é uma banda britânica que tem ganhado popularidade desde o começo da turnê. Já eram famosos na Europa, mas as estações de rádio nos Estados Unidos estão começando a abrir mais e mais espaço para eles. Não surpreende terem escolhido partir bem quando a turnê Wylde Ryde vai dar início a seis meses de datas extras. Pelo menos dessa vez, quando Flynn surge na minha cabeça, tem um motivo. A In Like Flynn vai substituir a

Resin daqui a menos de dois meses. Meus olhos voam em direção a Dylan quando penso nisso... como se ele pudesse notar que estou ansiosa para tais shows.

Dylan Ryder se apresenta maravilhosamente bem. Como sempre, não consigo me impedir de assisti-lo com admiração. Quando canta no palco, uma pequena parte minha ainda se sente como a adolescente de catorze anos que o idolatrava de longe. Como a garota que se deitava na cama, encarando o pôster dele. Mas, hoje à noite, aguento apenas duas canções. A música ainda toca nos bastidores, então não tenho como fugir — mas opto por não o ver cantar.

Me sirvo outro copo de Jack com Coca-Cola e me acomodo no sofá na área separada para a banda. Todos os membros, exceto Dylan, compartilham um cômodo enorme nos bastidores. Dylan, é claro, tem um só para ele.

Algumas fãs estão ali perto, esperando os caras terminarem. Isso me faz imaginar de quem é o trabalho de escolher as mulheres que têm acesso aos bastidores. Será que alguém da equipe de segurança anda pela plateia com uma lista de requerimentos? *Tamanho G? Ok. Saia curta? Ok. Você se engasga fácil, querida? Não? Ótimo, ok.*

Engulo o pensamento junto com metade do conteúdo do copo. Com certeza, não sinto dor alguma. Minha mente volta a Flynn. O álcool atrapalha meu bom senso, e envio uma mensagem antes que eu tenha a chance de pensar duas vezes.

O que Laney achou do presente?

Pelo menos, a mensagem não soa arrastada como minha voz.

Ele responde dentro de um minuto.

Ela amou. Minha irmã... nem tanto.

Não dá para deixar todas as garotas felizes.

Isso é uma pena. Aposto que conheço uma garota que consigo fazer sorrir.

Ele não sabe que estou sorrindo desde a primeira resposta.

Promessas de sorrisos a distância... Você deve ter uma confiança e tanto, sr. Beckham.

Ah, eu tenho. Você está pronta?

O sorriso enorme ainda não deixou meu rosto.

Mal posso esperar.

Meu celular fica em silêncio por um instante. Estou ansiosa com a possibilidade de ele não responder de novo. Por fim, o aparelho apita. Não é uma mensagem, mas um vídeo. Clico para ver. A câmera foca em uma garotinha segurando um microfone. Ela usa uma tiara de princesa, sapatos de plástico com salto e uma saia feita de tule roxo. E meia dúzia de fios com contas estão pendurados de seu pescoço até a barriga.

A voz de Flynn a direciona por trás da câmera:

— Para quem você dedica a música que te ensinei hoje, Laney?

— Eu dedico a música para... — Ela franze o rosto e dá um passo em direção à câmera, então, sussurra alto: — Esqueci o nome dela, tio Sinn.

Flynn ri fora da câmera.

— Lucky — murmura ele.

Animada, Laney volta ao lugar e ergue o microfone.

— Eu dedico a música para Lucky. — Logo, ela abaixa o microfone e diz: — Ela tem um nome engraçado, tio Sinn.

Flynn solta uma risada.

— Não é mais engraçado que Laney.

— Sim. Mas meu nome de verdade é Helaine. Qual é o nome de verdade de Lucky?

Apesar de eu não poder vê-lo, sei que está sorrindo.

— Não sei, Laney. Vou ter que perguntar para ela. Posso te contar depois?

Ela assente com profusão.

— Está pronta agora?

Ela faz que sim.

Flynn se inclina para a frente e aperta o botão para ligar a máquina de karaokê de *Frozen*. A máquina que ele carregou por mais de um quilômetro na caminhada da FAO Schwarz até meu apartamento. Afeto se espalha pelo meu corpo todo quando escuto a primeira nota. Sorrio de orelha a orelha enquanto Laney canta *Brilha, Brilha, Estrelinha.*

Todas. As. Cinco. Estrofes.

Penso naquela princesinha sentada no colo do tio, um astro do rock todo tatuado, enquanto ele ensina a canção a ela. Meus ovários estão prestes a explodir.

Estou com um sorriso ENORME no rosto.

Talvez eu tenha jogado sujo. Ela é adorável.

Ela puxou ao tio.

Vou ter que te trazer para conhecê-la quando eu estiver de volta.

Sinto meu coração apertar. Ele vai viajar? Por quanto tempo? Eu não tinha qualquer plano para vê-lo, mas saber que não vamos estar na mesma cidade me decepciona por algum motivo.

Vai viajar?

Vou pegar a estrada. Um mês fora.

Um mês? Por que isso me incomoda? Trocamos mais algumas mensagens e, logo, a Easy Ryder termina o show. O lugar todo se transforma em um turbilhão confuso.

Dylan me encontra.

— Você desapareceu no meio da apresentação.

— Eu não estava me sentindo muito bem — minto.

— Você passou tempo demais com o Jack e não comeu. Venha, tem comida no meu camarim. Vamos comer antes de irmos para a festa.

São duas da madrugada quando finalmente voltamos para o hotel. Saí para ir ao aeroporto às seis da manhã de ontem, então estou acordada há quase vinte e quatro horas. A falta de sono e a bebedeira cobram o preço e adormeço com a cabeça no ombro de Dylan no carro. Ele me acorda quando chegamos ao Gideon Hotel, mas meu nível de energia está baixo... praticamente zerado.

— Preciso tomar um banho rápido, quer vir junto? — pergunta Dylan, esperançoso, quando entramos na suíte dele.

— Estou cansada demais. — Me jogo na cama *king* convidativa.

— Não vou demorar. — Ele me beija, e tira as roupas a caminho do banheiro.

Não estou dormindo quando ele volta e deita na cama. Sinto seu corpo nu e duro nas minhas costas.

— Odeio esses eventos com patrocinadores. É um bando de caras de terno mais interessados em dar uma olhada na minha mulher do que em fazer negócio. — Ele afasta meu cabelo para o lado e beija meu pescoço enquanto a ereção me pressiona.

— Você está doido. Ninguém sequer me nota quando entro em uma sala com você.

Ele estende o braço e segura meus seios.

— Talvez... se você os cobrir, alguns dos homens na sala possam focar mais em mim.

Eu me viro para encará-lo.

— Você está falando sério? Eu praticamente não deixei nada à mostra hoje.

Dylan puxa minha camisa para cima e o bojo do sutiã para baixo. Sua cabeça mergulha no meu seio exposto.

— Prefiro manter o que é meu escondido.

— Diz o homem que fez metade do show hoje sem camisa.

— É diferente. Vendo uma certa imagem. — A língua brinca com a pontinha do meu mamilo.

— E se fosse eu no palco usando pouca roupa porque faz parte da minha imagem?

Ele gira a língua até o mamilo ser um cume duro, então, fala antes de seguir para o outro seio:

— Não quero nem pensar nisso. Sou grato por você ficar feliz nos bastidores.

Dylan ainda está dormindo quando acordo na manhã seguinte. Na verdade, é quase tarde. É uma raridade eu dormir até tão tarde; por outro lado, não tenho o costume de beber muito. E tenho um voo para pegar às quatro. Desperdicei o pouco tempo que tínhamos juntos ontem bebendo uma quantidade copiosa de álcool que eu sabia que não aguentaria, então, dormi metade do dia seguinte para me recuperar. Saio sorrateiramente da cama, me esforçando para não acordar o homem nu deitado na diagonal no colchão, e vou ao banheiro tomar um banho.

Deixo a água escorrer pelo corpo, esperando que ela acalme o latejar crescente na minha cabeça, mas não tenho tanta sorte. Acho que talvez o banho esteja me fazendo sentir ainda pior. O chuveiro pulsante deveria passar a sensação de uma massagem leve, mas parece mais com pequenos martelos acertando meu crânio. Nada bom. Finalizo com pressa e cambaleio para fora, pior do que quando entrei.

Preciso de café.

E de aspirina.

E de mais café para fazer a aspirina descer.

Por sorte, sempre levo comigo um mini kit de primeiros socorros na mala de viagem. Por baixo das embalagens inúteis de gaze e da tesoura para tirar pontos — fala sério, quem tem que tirar os próprios pontos? —, encontro a pequena embalagem de Tylenol que já vi ali nas poucas vezes que abri o estojo.

Ótimo, o remédio venceu há três meses.

Eu o engulo mesmo assim, usando apenas um gole de água da pia do banheiro. Muito feminino da minha parte.

Dou o meu melhor me arrumando, prendendo o cabelo em um rabo de cavalo, passando hidratante, uma camada leve de máscara de cílios e algumas borrifadas de perfume. O aroma me deixa com náusea.

A voz de Dylan me assusta quando volto na ponta dos pés para o quarto.

— Você tomou banho sem mim. — Ele está deitado de barriga para baixo, ainda com o rosto no travesseiro e a bunda tentadoramente exposta. — E já se vestiu. Quando ouvi a água desligando, esperei que eu tivesse usado todas as toalhas grandes ontem à noite, porque assim você teria que usar uma das pequenas. Estava ansioso para te ver toda molhada e enrolada em uma toalha pequena.

Dou um sorriso. Ele nem sequer tirou a cabeça da cama, mas já tem uma visão clara do que esperava ver. Vou até o colchão e me sento perto de onde Dylan está deitado.

— Desculpa te decepcionar, mas meu voo é em algumas horas, e preciso sair daqui a pouco.

— Não.

Não sei se disse que não preciso sair daqui a pouco ou se quer discutir de novo a respeito do meu retorno à noite.

— Sim — retruco. — Não faço ideia de como é o trânsito aqui no domingo, mas o aeroporto fica a pelo menos meia hora de distância, e meu voo é daqui a três horas.

— Você não precisa pegar o voo hoje. — Então acho que ele quis dizer não para as duas coisas.

— Sim, preciso.

— Não precisa.

Suspiro.

— Eu te falei, Dylan. Tenho um emprego novo e não quero pedir folga tão cedo.

— Não precisa pedir folga. Houve uma mudança no seu emprego.

Congelo.

— Do que você está falando?

— Você foi transferida.

— Transferida?

— Sim. No próximo mês, estará em turnê com a Easy Ryder.

— O quê? Por quê? — Por que a gravadora mandaria uma preparadora vocal viajar com a banda? Ninguém tem problema algum, pelo menos, não que eu saiba. — Um dos caras está tendo problemas com a voz?

— Não. Mas a garota do Linc vai dar à luz os bebês algumas semanas antes do esperado, e ele vai ter que ficar em casa por umas semanas. — Linc Osborne era o baixista da Easy Ryder e cantava algumas das músicas no álbum novo. É um tenor com um falsete de matar, e as canções que ele performa são bem populares. A namorada está grávida de gêmeos, e os médicos a colocaram de repouso na cama há meses, tentando adiar o parto o máximo possível.

— Eu não entendo o que isso tem a ver comigo.

— Arranjei alguém para substituí-lo… mas a gravadora está preocupada. Ele teve problemas com a voz e cantará algumas semanas mais cedo do que deveria. São só duas músicas por noite. Estão tomando cuidado, só isso.

— Então querem que eu trabalhe com ele? Enquanto vocês estão em turnê?

— Sim. — Dylan me puxa até que me deito na cama. Em um piscar de olhos, estou debaixo ele. — E isso significa que nós dois conseguimos o que queríamos. Eu te terei por um tempo, e você não terá que faltar no trabalho.

Não sei bem como me sinto em relação a ter que passar semanas no ônibus da turnê com a banda. Com Dylan. Acho que algumas semanas juntos talvez me ajude a levar o relacionamento ao próximo nível. Dylan tem me pressionado, desejando mais, mas tenho hesitado. Ainda assim, há uma sensação irritante no meu estômago.

— Fale alguma coisa. Pensei que ficaria feliz.

— E estou — digo, mas a hesitação está clara na minha voz. Nem eu acredito em mim.

— Acho que preciso te mostrar como vai ser divertido ser minha colega de quarto no ônibus. — Dylan nos rola para que eu fique em cima dele. Posso sentir sua alegria pressionando minha barriga.

— Mas... mas eu preciso das minhas coisas.

— Eu te compro coisas novas.

— Mas e...

— Lucky, relaxe, ok? Pensei que ficaria animada por vir com a gente na turnê.

— E estou... — *Estou?*

— Vou colocar Avery em um avião para passar o fim de semana com você, assim que chegarmos em Austin. Vai ter um festival e um monte de festas. — Dylan *não* gosta de Avery. Então sei que ele está tentando.

O polegar e o indicador dele inclinam meu queixo para cima, e nossos olhares se encontram.

— Você vai ter a chance de ver se nosso futuro é tudo que você imaginou.

De repente, me dou conta, pela primeira vez, que nunca imaginei nosso futuro juntos.

Como se um jantar com o vocalista da Easy Ryder não chamasse atenção o bastante, a banda toda sentada ao redor de uma grande mesa redonda é o sonho realizado dos *paparazzi*. E os membros, com certeza, não tentam passar despercebidos. Duff, o tecladista, está em uma discussão acalorada com Mick, o baterista, quando Dylan e eu nos aproximamos da mesa. Estamos um pouco atrasados, mas eu tinha um monte de coisas para fazer hoje, já que irei para Miami amanhã em um ônibus cheio de homens, não de volta para casa, como esperado.

— De jeito nenhum. Tive que ouvir esse cara roncando por meses. — Duff aponta com tudo na direção de Linc. — *Não* vou escutar você transando toda noite na cama em cima da minha cabeça.

— Talvez, se pudesse encontrar uma gostosa que quisesse trepar com o seu pintinho, não prestaria atenção no barulho que vem do meu beliche.

— Discussões a respeito de camas — sussurra Dylan, inclinando-se na minha direção enquanto tomamos nossos assentos. A parte seguinte, ele fala em voz alta: — Juro por Deus que, quando não estão brigando para ver quem vai se sentar em qual cadeira, estão discutindo a respeito das camas que têm.

— Vá se ferrar, Ryder. Se você não tivesse pegado o único quarto, também estaria participando dessas discussões, babaca.

— É por isso que fico grato por ser o rei. — Dylan se alonga na cadeira. Duff, Linc e Mick jogam pão na cabeça dele. Dylan pega o segundo pedaço e dá uma mordida. — Dê a cama debaixo para o moleque. Duff pode ir para a de cima, e você fica onde está.

— Não quero dividir o quarto com o moleque. Quantos anos ele tem? Uns vinte e quatro? Cara, lembra de como a gente agia há dez anos na nossa primeira turnê? — Mick parece quase arrependido. — Sem querer ofender, Lucky. — Então, ele continua reclamando para Dylan: — E aquele garoto é mais bonito do que você era. Não vou conseguir dormir com todas as gostosas obcecadas por ele.

— Obcecadas?

— Ele vai virar uma máquina de meter.

— Tenha modos perto da minha garota, idiota.

Ouvir a maneira que descrevem o que acontece no ônibus começa a me fazer questionar se eu tinha razão quando fiquei incerta com relação a tudo mais cedo. Dylan e eu passamos a tarde toda juntos. Sua atenção e a simplicidade do dia — compras, caminhar sem sermos reconhecidos por Atlanta — começaram a amenizar a ansiedade que passei a sentir assim que Dylan me surpreendeu com o emprego temporário. Mas, agora, a apreensão está voltando a tomar o controle.

— Por que não faz do ônibus uma área proibida para visitas? Era o que meu pai fazia.

Todas as bocas se calam, e todas as cabeças se voltam na minha direção.

— E por que estar em uma banda, se não for para transar? — pergunta Duff, horrorizado com a ideia.

— Que tal pela música? — diz uma voz que reconheço, atrás de mim.

Não pode ser.

Eu me viro.

Puta merda.

Mas como...?

E por quê?

Então, todos os pontos começam a se ligar, e enxergo a imagem toda. *O garoto. Problemas de voz.*

Eu encaro Flynn.

Ele me encara de volta.

E percebo que... estou obcecada por ele.

CAPÍTULO TREZE

FLYNN

Isso vai ser interessante.

A gravadora me disse que contrataram um preparador vocal para mim. Apesar de me sentir bem, a seguradora só cobriria a turnê se eu terminasse o período de repouso que o médico havia sugerido no meu check-up. Ele tinha me dado alta para que a In Like Flynn fosse o número de abertura da Easy Ryder dentro de dois meses, mas a oportunidade de substituir Linc chegou muito antes de o médico estar confortável para me liberar. Foi com o preparador que a gravadora convenceu meu médico e a seguradora de que eu não era um risco. Devo ser um idiota. Nenhuma vez me passou pela cabeça que me colocariam com Lucky.

Caramba, ela é linda. Isso não deveria me surpreender. Tenho me lembrado disso muitas vezes nos últimos dias na frequência alta com que pego meus pensamentos voltando a ela.

— Só um cara que é tão bonito quanto você pode dizer que faz isso pela música. — Duff bufa. — Cacete. Estou feliz de ter que ficar atrás da bateria. Eu não ia querer ficar do seu lado.

A mandíbula de Dylan fica tensa. Ele assente na minha direção.

— Sente-se, Flynn. Lembra-se da minha namorada? Lucky.

— Sim. É bom te ver. — Eu sorrio e inclino a cabeça, curioso em relação a como vamos nos portar ali.

Ela me observa e aperta os olhos, me analisando, então, sorri.

— É bom te ver também.

Há dois assentos livres, um entre Duff e Mick e outro ao lado de Lucky. Escolho o último. Quem não escolheria?

— Então, Flynn... você ronca? — pergunta Linc.

— Não que eu saiba.

— Como você prefere transar? — questiona Mick, como se tivesse perguntado as horas.

— O quê?

— Você entendeu. Como você gosta de transar? Faz barulho? Mete com força? Prefere que montem em você? Várias de uma vez?

— Pare com essa bobeira, Mick — Dylan explode.

— Ué, vou descobrir em breve, de qualquer maneira. O espaço em que dormimos é pequeno.

— Não tenha tanta certeza disso. Estou em uma seca.

— Com essa aparência? Só se esteve em um seminário.

— Não. Só não encontrei ninguém interessante *que esteja disponível.* — Lucky e eu trocamos olhares rápidos.

— Bem, uma noite no palco com a Easy Ryder, e aposto que sua seca vai acabar assim que encontrar alguém *interessante* o bastante para te ajudar com a adrenalina pós-show.

Ao longo do jantar, observo as interações entre Dylan e Lucky. Ele está interessado nela, não há dúvida. Os gestos claramente possessivos estão presentes — uma parte do seu corpo sempre parece tocar o dela. Um braço relaxado ao redor do encosto da cadeira, a mão na mesa roçando a dela, a maneira como ele se inclina em direção à mulher mesmo quando o garçom vem encher os copos de água. Um leão com um rugido silencioso.

Mas, depois de duas horas, ainda não tenho certeza do que Lucky sente por ele. Não há nada fora do comum que me faça pensar que ela talvez não corresponda ao nível de adoração... é só que o que eu vejo é... comum.

Depois do jantar, o maître vem até a mesa e nos diz que uma multidão se formou do lado de fora. Ele nos oferece a porta dos fundos, mas o gerente da banda já tinha sugerido que os caras dessem autógrafos antes de irmos. Sairemos de Atlanta logo depois da última apresentação, então hoje à noite é uma boa hora para tirar fotos. Dylan me lembra de que ainda não faço parte da banda, e o segurança me acompanha, junto de Lucky, até os fundos. Vamos direto para um SUV escuro sem sermos notados.

Sozinhos no carro, nenhum de nós diz nada por um minuto todo. Então, começamos a falar ao mesmo tempo:

— Você... — Rimos.

— Você também não fazia ideia? — pergunta Lucky.

— Nenhuma.

— Por que parece errado admitirmos que nos encontramos na semana passada?

Eu sei a resposta, e ela é simples.

— Porque pareceu certo.

Nossos olhos se encontram, e eu sinto. Sinto a maldição que se move pelo ar quando estou perto dela. Droga. E, caralho, como o cheiro dela é bom. O SUV gigante, de repente, parece pequeno demais.

Na verdade, fico grato quando a segurança vai com o SUV até a porta do restaurante, e Dylan e Duff pulam para dentro. Não sei quanto tempo mais eu poderia ficar sentado ao lado dela e não a tocar. Penso nisso no caminho todo até o hotel. E imagino o que ela teria feito se eu a tivesse tocado.

Coloco minhas coisas no ônibus antes de seguirmos para o último show em Atlanta. Não sabendo onde vou dormir, jogo a bolsa debaixo da mesa e dou uma olhada no lugar. À direita, tem uma mesa longa, equipada com uma TV de tela plana, diversos consoles de videogames e dois notebooks seguramente presos à mesa, demarcando a área comum. O restante do espaço está tomado por um sofá de couro, com lugares para a banda toda, uma poltrona reclinável combinando, duas mesas e eletrodomésticos compactos, mas eficientes.

Uma porta separa a parte da frente dos dormitórios nos fundos do ônibus. Cortinas abertas exibem os beliches que preenchem as paredes dos dois lados. São duas de cada lado, uma em cima e outra em baixo. Há um chuveiro à direita, e um banheiro à esquerda. Outra porta nos fundos leva ao único quarto individual no ônibus. *O quarto de Dylan.* O que ele vai compartilhar com Lucky.

Minha banda já saiu em turnê antes. Admito que nosso ônibus era bem diferente, mas sei, por experiência própria, que as paredes são finas e que as fãs não dão a mínima para quem esteja ouvindo. Caramba, o som que vinha dos fundos era geralmente o assunto do dia seguinte. Sorrio, me lembrando do talento que Nolan tem de imitar a gritaria que tinha ouvido na noite anterior. Mas a ideia do grito de Lucky me deixa com um gosto amargo na boca. A ideia de qualquer um a imitando me deixa, francamente, com raiva.

Em algum momento, os caras entram no ônibus. Dylan e Lucky são os últimos a chegar, e o motorista começa a seguir em direção à arena assim que todos se posicionam. O único cumprimento que ofereço é um aceno de cabeça aos dois. Eles desaparecem nos fundos.

— Bem-vindo ao nosso lar. — Mick abre bem os braços. — Se não roncar, pode ficar com a cama em cima da minha à direita.

— Obrigado.

— Você gosta de dividir? — pergunta Mick, se jogando na poltrona reclinável. Ele abre uma cerveja, apesar de ainda ser onze da manhã.

— Dividir? Tipo... uma mulher e duas espadas?

— Não tem lugar para sexo a três aqui nesse ônibus. A não ser que use o quarto de Dylan, mas imagino que ele vai dar uma pausa nisso. — Ele dá de ombros. — Eu quis dizer que, se a sua garota estiver interessada em acompanhar a banda na turnê, todo mundo sai ganhando.

— Acho que é você quem vai acabar pegando todas as garotas dele, já que Mick não consegue mais satisfazê-las — zomba Duff.

— Vá se foder. Você não divide, porque não quer que elas comparem. — Mick agarra a virilha. — A minha linguiça polonesa deixa seu cachorro-quente parecendo uma miniatura.

Lucky vem até a frente do ônibus, observa Mick se agarrando, balança a cabeça e se senta na ponta mais distante do sofá.

— Então, está dentro ou fora? — continua Mick, nem um pouco intimidado pela chegada de Lucky.

Encontro os olhos dela antes de responder:

— Não, obrigado. Eu não gosto de dividir.

Hoje é a última noite de Linc na turnê. Mal posso esperar para ver a banda e observar as interações entre os caras. Vou ter uma ideia do que esperar quando me juntar a eles no palco daqui a duas noites. Até agora, tem sido fácil. Mick e Duff são os que mais falam no grupo. Gostam de se vangloriar, e já que sei lidar bem com baboseira depois de anos aguentando Nolan, acho que não teremos problema. Nós três passamos um tempinho tocando no ônibus hoje cedo, e tenho a sensação de que passei no teste implícito deles.

Dylan, por outro lado... não sei bem o que pensar dele. Ele não é muito amigável comigo. Vive de cara amarrada, mas sinceramente não o culpo — o cara teve uma carreira com a qual a maioria das pessoas na indústria da música só pode sonhar. Apesar de ele nunca ter dito nem feito nada específico para confirmar isto, tenho a sensação de que me vê como uma versão mais nova dele. Ele só tem trinta e cinco anos, mas algo me diz que encara o envelhecimento como uma ameaça, em vez de enxergar o benefício da experiência. Não ajuda em nada a banda ter tido uma queda nas vendas no lançamento do último álbum. Uma queda a um volume que a maioria dos músicos ficaria maravilhada de alcançar. Mas os padrões da Easy Ryder não são os da maioria dos músicos.

Lucky e eu também não conversamos muito. Trocamos diversos olhares rápidos e sorrisos silenciosos em resposta a alguns dos comentários de Mick e Duff, mas, quando o saguão nos bastidores finalmente se esvazia e o resto da banda não está mais ali, nos olhamos e começamos a rir.

— Isso é esquisito — diz ela, hesitante.

— Só se fizermos ser esquisito.

Ela sorri.

— Então não vamos fazer ser esquisito. Venha. Vamos assistir ao show. Hoje provavelmente vai ser a última vez que você vai passar despercebido na multidão.

E, simples assim, seja lá o que tivemos em Nova York, está de volta.

Lucky me convence a assistir na pista, em vez de na área VIP. É um local pequeno — pequeno para os padrões da Easy Ryder, quero dizer — e só os ingressos mais caros têm assento. A seção isolada por corda designada para os VIPs está quase lotada de caras de terno cinza, todos executivos representantes de patrocinadores. Lucky deu uma olhada neles, soltou um sorriso diabólico e puxou minha mão na direção oposta.

Agora estamos no meio da multidão, entre os fãs de verdade que dançam e gritam. A atenção de todo mundo está presa ao palco, enquanto o lugar praticamente ganha vida com a Easy Ryder cantando um de seus maiores sucessos, *Burn*. Uma sequência pirotécnica começa e, entre os membros da banda, chamas se erguem do chão. Ainda assim, me pego esquecendo a apresentação, distraído pela mulher em pé ao meu lado. Lucky está dançando e aproveitando a música, deixando o clima a levar para algum lugar feliz. Observo quando ela fecha os olhos e o corpo acompanha o som com uma sensualidade que me deixa fascinado. Sentindo que a observo, os olhos dela se abrem. Lucky pisca diversas vezes, então, dá um sorriso doce quando me pega a encarando. Forço os olhos de volta à banda que eu deveria estar assistindo.

Quando Dylan chega ao refrão, o lugar todo se move em uníssono e canta junto. Corpos fazem pressão, e a mulher bêbada atrás de Lucky cambaleia, empurrando-a para frente. Eu a seguro antes que caia, e a mulher pede desculpa com a fala arrastada. Minutos depois, a banda faz uma mudança, e Linc toca a primeira nota de *Just Once More* — a música que vou cantar. Sabendo que estarei lá em cima dali a dois dias, Lucky segura meu braço e me olha cheia de expectativa. Não como Dylan, que aproveita o palco, envolvendo a plateia enquanto canta, Linc é muito mais inibido quando se apresenta. É uma música incrível, com um falsete de tirar o fôlego que as pessoas amam cantar, mas a performance sossega a plateia depois da quase histeria que Dylan criou. Não é uma coisa ruim, só é diferente. E bem longe do meu estilo. Espero que a plateia goste da minha apresentação tanto quanto gostam da de Linc.

Lucky mal consegue conter sua animação quando a música termina.

— Vai ser você lá em cima.

Dou um sorriso.

— Espero que eu faça um bom trabalho.

— Fazer um bom trabalho? Eu te ouvi cantando ao vivo. Você vai arrasar!

A mulher bêbada acerta Lucky de novo. Eu a impeço de tropeçar pela segunda vez; só que desta vez derruba um pouco de cerveja nos sapatos de Lucky quando se inclina para a frente e tenta se desculpar de novo. Lucky age com elegância e acena com a mão, dizendo que não foi nada. Em vez de esperar pela terceira vez, me posiciono atrás de Lucky e fico entre ela e a mulher.

Continuamos desse jeito nas próximas músicas, ela dançando na minha frente, e nós dois aproveitando o show e a eletricidade da plateia ao nosso redor. Nas poucas vezes que a bunda dela me roça, tenho certeza de que é inocente, mas meus pensamentos estão longe de serem.

Quando uma das músicas mais populares do gênero pop da Easy Ryder começa, Lucky se vira para me encarar e dançamos juntos. A multidão toda se move e aproveita o momento, e nos soltamos de vez, nos permitindo virar parte da plateia, em vez de parte da banda. Apesar de o espaço ser limitado, eu a giro algumas vezes, e rimos. Ao fim do último giro, ela se acomoda nos meus braços e, passando um braço ao redor da cintura dela, a mão repousando no topo da calça jeans de cintura baixa, eu a trago para perto e começamos a balançar. A realmente dançar. Minha parte da frente contra a bunda dela, minhas mãos a mantendo bem pressionada contra mim, os quadris se movendo em sincronia, esfregando-se no ritmo. Parece errado, mas, ainda assim, é bom pra caralho.

Quando a música termina, e começam a tocar algo mais pesado, mais rock, nossa dança chega a um fim natural, mas Lucky não se afasta. E não afrouxo o aperto na cintura dela.

Uma hora mais tarde, a apresentação está quase no fim, e estamos nos bastidores. Rimos, conversamos e até dividimos uma cerveja — literalmente dividimos —, nós dois bebendo da mesma garrafa. Então, a banda chega. Estão agitados por causa da apresentação, a eletricidade fluindo com eles ao darem vida ao lugar. Dylan pega uma cerveja e puxa Lucky para o lado dele. Trocamos alguns olhares de vez em quando, mas ela e eu voltamos a sermos desconhecidos.

Vou até o outro lado do lugar e passo um tempo muito necessário com Linc. Ele é mais tranquilo do que os outros caras na banda, menos arrogante e cheio de paixão pela música. Tento prevenir meus olhos de voltarem na direção de Lucky, mas, quando a boca de Dylan vai até o pescoço dela, nossos olhares se encontram. Que porra estou fazendo?

CAPÍTULO CATORZE

LUCKY

Acordo com a mesma vibração chata de quando adormeci na noite passada, só que agora o tremor constante do ônibus me chacoalha e me acorda, em vez de me ninar até a Terra dos Sonhos. A janela enorme em cima da cama está coberta por uma cortina blecaute que mantém o quarto perpetuamente no escuro. Não tenho ideia se são seis da manhã ou duas da tarde.

Deslizo para fora da cama, tomando cuidado para não acordar Dylan, e dou uma passada no banheiro. O brilho dourado do sol do começo da manhã entrando pela janela opaca me diz que meu relógio interno continua funcionando. Meu reflexo nota o efeito do ar fresco da manhã sob a camisa quando meus mamilos cumprimentam o novo dia. Eu me lavo, prendo o cabelo despenteado no topo da cabeça e escovo os dentes antes de sair em busca de um bule de café.

O banheiro fica perto das camas da banda, e, enquanto passo sem fazer barulho por ali, me pergunto em qual cama Flynn está dormindo. E se está sozinho. Ontem à noite, dançamos e agimos como dois adolescente. *Dois adolescentes que estavam muito interessados um no outro.* Começo a corar, pensando na sensação de ter o corpo dele atrás do meu. Em como os dedos cravaram minha cintura, guiando meu corpo a se mover do jeito que Flynn queria. Isso me faz me perguntar se...

Perdida em pensamento, me assusto quando passo pela porta até a área comum do ônibus. Flynn já está lá, parado em frente ao bule de café, braços bem abertos, se apoiando no balcão logo em frente, e a cabeça curvada, parecendo pensativo. E. Está. Sem. Camisa. Maravilhosamente sem camisa.

Não sei se escuta meu arquejo leve ou se sente minha presença, mas ele vira a cabeça e nossos olhos se encontram. Os olhos azuis brilham, e o canto da boca se inclina para cima. Deus, ele continua lindo até de manhã.

— Bom dia — sussurro.

Seus olhos encontram meu peito, então, voltam ao meu rosto com um sorrisinho pateta.

— Com certeza é um bom dia.

Flynn observa cada passo que dou em direção a ele. Entendo o porquê de as mulheres o acharem irresistível. Uma frase e um olhar dele bastaram para fazer com que eu me sentisse desejada. Antes de eu sequer ter bebido a primeira xícara de café. Adicione uma guitarra e uma voz angelical, e a fila vai acabar dando volta no ônibus depois da primeira apresentação.

Ele estica o braço até o armário acima da cabeça e tira dali duas canecas. Parece que não sou a única o achando irresistível hoje cedo. Meu estômago se revira um pouco com a ideia.

— Dormiu bem? — pergunto, dando o meu melhor para soar despreocupada.

— Como um bebezinho. E você?

— Dormi, por incrível que pareça. Faz tempo desde que estive em um ônibus de turnê.

— Você sempre acorda cedo assim?

— Aham. Quase todos os dias. Seis da manhã. Não importa se fui para a cama às oito da noite ou às quatro da manhã. E você?

Ele sorri antes de voltar sua atenção ao bule, que apita quando termina de ferver.

— Também. — Ele enche as duas canecas. — Açúcar e creme?

Ah. Então ele não vai levar café para alguém que passou a noite ali. Eu me animo com a ideia de bebermos café juntos e me sento à mesa.

— Sim, por favor.

Ele dá outro sorriso.

— O que foi?

Flynn dá de ombros.

— Também bebo com açúcar e creme. — Ele traz uma caneca até a mesa e me espera tomar um golinho. — Bom?

Está exatamente do jeito que gosto.

— Perfeito.

Ele se vira para ajeitar as coisas. Morar em um ônibus de turnê ensina qualquer um a guardar tudo antes que os pneus atinjam outra lombada. Sou agraciada com a visão das costas nuas enquanto ele cuida da limpeza. É firme e magra, mas musculosa, e me encanto pela maneira que os músculos ondulam quando ele se estica para colocar o leite no lugar. Eu, com certeza, não deveria estar tão excitada vendo um homem abrir a porcaria da porta da geladeira e fechá-la. Eu tinha acabado de sair do quarto que divido com meu namorado, e ele está dormindo a menos de dez metros de distância.

Flynn se vira e me pega encarando. Outro sorriso juvenil. Que droga. Por que ele tem que ser tão bonito? E aquele corpo... Obrigo meus olhos a focarem no café e bebo outro gole.

— O que você geralmente faz às seis da manhã? — pergunta ele. — Você treina ou algo do tipo?

— Treinar? Eu? Você viu o tamanho da minha bunda?

— Vi. E isso me lembra de que... — Ele se vira, abrindo o armário em cima da cabeça. Ele tira dali algumas barras de chocolate meio amargo da Hershey's. — Vi na loja antes de entrarmos no ônibus ontem à noite, então pensei em comprar caso seu estoque estivesse baixo. — Ele dá uma piscadela. — Temos que manter essa bunda em forma.

Que Deus me ajude. O homem talvez seja mais pecaminosamente doce do que minhas barras de chocolate.

— Na verdade, eu estava sem nenhuma. Obrigada — falo desconcertada, porque ele continua me olhando. Mudo de assunto com pressa. — Eu escrevo.

Ele se aproxima de mim no banco, chegando pelo lado oposto da mesa.

— E o que você escreve?

Me sinto tola por ter falado. Ninguém sabe que escrevo poesia. Nem mesmo Dylan.

— Poesia, na maior parte do tempo.

— Hum. Poesia.

— O que foi?

— Eu escrevo música pela manhã. — Ele inclina o queixo em direção ao caderno na mesa. — Mesma coisa. Pelo menos, se for boa, ok. Uma boa canção é simplesmente poesia transformada em música.

— Você está trabalhando em uma música agora?

Ele faz que sim.

— Ainda estou pensando na letra. Por ora, são só pensamentos e palavras aleatórios que precisam ser organizados. Mas tenho um conceito e, penso eu, o título. Preciso ouvir a música na minha cabeça antes de poder escrever a letra de verdade. Assim que defino o ritmo, fica mais fácil de as palavras virem.

— Qual é o título?

— *Blur*.

— Hummm... Borrão. — Dou um gole no café. — Intrigante. Do que fala?

— De como duas coisas muito diferentes podem estar próximas, conectadas. Às vezes, são opostos completos, mas a linha que as separa é tênue demais. Quando se chega perto dessa linha, vira tudo um borrão. O borrão é quase um estado de euforia entre os dois lados, mas não dá para ficar no borrão para sempre. Algo te puxa para um lado ou outro, então, não tem como voltar atrás.

— Tipo amor e ódio?

— Exatamente tipo amor e ódio. — Flynn pega o caderno e folheia as páginas, em seguida, aponta para um conjunto de palavras. O primeiro é "amor" e "ódio". Ele sorri para mim, então, cobre o resto da página com a mão. — Eu estava pensando em escrever como se fossem sonetos. Catorze versos para cada par de palavras conectadas... cada estrofe, um soneto em si. Então vamos lá, espertinha, me diga outras palavras.

— Hummm... me dê um minuto. Ainda não ingeri cafeína suficiente. — Ficamos sentados em silêncio por um tempo, então, falo: — Prazer e dor. — O rubor já tinha subido pelas minhas bochechas antes de eu sequer colocar as palavras para fora.

— Muito bom. — Ele abre o caderno e aponta para o par de palavras. — Esse par se encaixa *muito bem* no borrão. O estado de euforia do prazer enquanto se mergulha na extensão da dor... ou a dor enquanto mergulha no prazer... é êxtase. Mas, se formos longe demais, se sairmos do borrão e atravessarmos o limite, não tem volta. É dor sem qualquer prazer. Se ficar longe demais da linha, no lado do prazer, é impossível experienciar a euforia.

Eu me movo no assento, um pequeno incômodo surgindo entre as pernas enquanto o escuto. Isso me faz imaginar como seria estar no borrão com ele. Tento levar a conversa para uma direção mais clínica.

— São as endorfinas.

— São os sentimentos, não a química. Além disso, *Blur* é um título muito melhor que *Endorphins*.

Dou uma risada.

— Gênio e louco, você.

— Esses, eu não tinha anotado. Mas tem razão. O borrão entre genialidade e loucura deve ser um lugar incrível no qual se estar. Imagine o clímax que a mente alcança quando o limite entre os dois vai se aproximando. Pena que as pessoas não ficam lá para sempre, e a genialidade se transforma em loucura ao sair do borrão.

— Por que não podemos ficar no borrão?

— Não sei. Mas, uma vez que extrapolamos os limites, não tem como voltar atrás.

Passamos as três horas seguintes perdidos em conversa. Ele cantarola o ritmo que está surgindo em sua cabeça para a música. Conto a ele sobre a minha vida em um ônibus de turnê com meu pai. Ele conta histórias da sobrinha, Laney. Estamos tão focados em nosso mundinho, que quase me esqueço das outras quatro pessoas que estão com a gente no ônibus. Até Dylan abrir a porta dos fundos. Seus olhos pulam de Flynn para mim e vice-versa por um momento, então, ele vem e me dá um beijo na boca, a cabeça tão baixa que está basicamente logo acima da mesa, entre nós.

— Bom dia — diz ele. Em seguida, nos olha de novo. — Há quanto tempo estão aqui?

Flynn responde:

— Faz pouco tempo. — Ele ergue o queixo em direção ao outro lado da sala. — Tem café no bule.

Dylan se vira, abre a geladeira e resmunga.

— Não bebo café.

Um ou dois minutos mais tarde, Flynn se retira e vai tomar banho.

Dylan assume o assento de Flynn, e me pego olhando por cima da mesa para meu namorado bonitão, desejando que ele fosse outra pessoa.

Chegamos em Miami às duas da tarde. Nossa casa pelos próximos quatro dias. Dylan tem uma agenda cheia com paradas em estações de rádio e reuniões com patrocinadores, então combinamos de nos encontrarmos no local do show mais tarde. A banda nunca tocou na Arena American Airlines, então querem dar uma olhada na organização antes do check-in no hotel em que ficaremos. Flynn e eu vamos para a arena mais cedo para trabalharmos em seu preparo vocal.

O lar cavernoso do Miami Heat é intimidador, para dizer o mínimo. Com a fachada moderna e branca, detalhes em vidro e vistas convidativas da Baía Biscayne, o local me faz lembrar do quão diferente as turnês de Dylan são das que meu pai fazia. As paradas do meu pai eram bares em ruas, os quais esperavam abertos para acolher a multidão depois do show principal.

— Nossa. É lindo — falo depois que a gerente da arena nos deixa entrar. O gerente de turnê da Easy Ryder ligou mais cedo e coordenou tudo para que passássemos um tempo aqui hoje. Não há nenhum show hoje à noite, então o complexo enorme está assustadoramente silencioso.

— É mesmo — diz a gerente, e nitidamente lambe os lábios cobertos de gloss. Ela olha para Flynn como se ele fosse um filé que a deixasse com água na boca, e ela, um pit bull que não come há dias. É sério mesmo? Ela não faz ideia de qual é meu relacionamento com ele e, ainda assim, me ignora. — O que posso fazer para te ajudar? — Ela inclina a cabeça, falando com Flynn ao oferecer a ele muito mais que um passeio pelo lugar.

— Só vamos dar uma olhada e, logo em seguida, vamos para o palco, se não tiver problema.

— Você que sabe. — Ela escorrega o cartão de visitas dela no bolso frontal do jeans de Flynn. *No bolso frontal do jeans dele. É sério?* — Meu celular está na parte de trás. Me ligue se precisar de qualquer coisa.

Flynn assente.

Espero até ela estar quase longe o bastante para não nos ouvir.

— Será que dava para ela ser mais óbvia?

— Como assim?

— Não se faça de bobo comigo, sr. Beckham. Aquela mulher estava praticamente se jogando em cima de você.

— Ah. Isso.

— Sim. Isso. Você fala como se fosse normal.

Flynn dá de ombros.

— Ai. Meu. Deus. É sério?

— O quê?

— É assim que as mulheres agem perto de você?

— Às vezes. — Ele olha para baixo, quase um pouco envergonhado por causa disso.

— É como se você tivesse um serviço de quarto gratuito disponível na ponta dos dedos.

As sobrancelhas de Flynn se unem.

— Você pode, tipo, pegar o celular quando estiver a fim e escolher o que quiser no cardápio.

Estendendo a mão para mim, com um sorriso carismático enfeitando o rosto ridiculamente bonito, ele dá de ombros.

— O problema é que estou a fim de algo que não está no cardápio.

Reviro os olhos e balanço a cabeça, mas, na verdade, é para esconder o frio na barriga. Então, de mãos dadas, damos um passeio pelo estádio.

Uma hora mais tarde, Flynn está no palco, e eu, sentada na primeira fileira.

— Por que preciso ficar aqui enquanto você fica aí embaixo?

— Para que eu possa te ver em ação.

— Você quer me ver em ação? — Ele mexe as sobrancelhas.

Dou um sorriso.

— É como quando corremos na esteira, não corremos naturalmente... Os pés têm que se encaixar no espaço limitado disponível para correr, então isso nos faz mudar os passos. Quando te vejo no estúdio, é diferente de quando te vejo no palco. Se apresentar realmente ao vivo vai permitir que seus hábitos transpareçam com mais clareza.

— Você tem algum pedido? — provoca ele.

— Cante algo que seja fácil. Qual é a música mais popular que você cantava quando estava em turnê com a In Like Flynn?

— *Back on Top.*

— Certo. Cante essa.

A música é uma das mais lentas da banda, mas é a demonstração perfeita de tudo que preciso ver: alcance, extensão, falsete, reverberação, movimento. A voz dele é expressiva, grossa e poderosa em certos momentos, com uma transição impecável ao falsete que leva as mulheres à loucura. Ele canta a respeito de se sentir quebrado, escalando outra vez ao topo depois de as coisas não terem dado certo. Sua entrega é tão convincente, que me pego fascinada pela história que está contando, realmente escutando a letra quando o que eu deveria estar fazendo era observá-lo com olhos clínicos.

Quando a música está perto do fim, cantarolo junto o refrão final.

— Uau. Isso foi... incrível. Você expôs seus sentimentos em vez de cantar sobre eles. Senti tudo que você entregou.

— Obrigado — diz ele, com um sorriso modesto dessa vez. É admirável demais ele ainda não ter se acostumado com elogios.

— Você vai roubar o show. — As palavras saem da minha boca antes de eu pensar nelas. Antes de eu pensar de quem ele estaria roubando.

— Não sei bem se isso seria uma coisa boa.

Tenho certeza de que não seria. Na verdade, depois de assistir à apresentação dele, ela me deixou um tanto preocupada. Linc é um cantor bom, a voz dele complementa bem a de Dylan. Mas é isso o que ela faz: complementa. Não competem. A voz de Flynn... talvez seja uma competição acirrada com a de Dylan no palco.

— Suba aqui e cante uma comigo — fala Flynn, me surpreendendo.

Balanço a cabeça.

— Vamos. Só nós dois. Ninguém vai ver. Podemos tirar os sapatos e tudo.

Dou um sorriso forçado.

— Obrigada, mas vai ser preciso muito mais do que isso para me convencer a subir nesse palco.

— Estou disposto a tirar mais do que os sapatos, caso isso ajude.

— Quanta dedicação à causa.

— Ei. Estou aqui para o que você precisar, linda. — Ele dá uma piscadela.

— Obrigada. Fico feliz por isso, mesmo. Mas...

Flynn caminha até o fim do palco e se senta na beirada, as pernas longas quase tocando o chão.

— Venha aqui.

Mantenho os olhos nos dele por um momento antes de me levantar do meu assento na primeira fileira e ir até ele. Flynn estende o braço para me oferecer a mão. Eu a aceito sem hesitar, e ele entrelaça nossos dedos.

— Esse palco só é mais alto. Não é diferente daquele em que você cantou no Lucky's.

— É o passo seis. Ainda estou no cinco.

O rosto de Flynn deixa claro que eu o confundi... É compreensível.

— Meu terapeuta e eu criamos um plano, mais ou menos como o dos Doze Passos, para tentarmos me colocar no palco de novo. Não tem doze passos, exatamente... mas deu para entender. Um passo de cada vez a caminho da recuperação. O passo quatro era cantar para três pessoas no Lucky's.

— Tinha mais de três pessoas lá.

— Eu sei. — Dou um sorriso.

— Então você arrasou no passo quatro. É só dar um pulo bem alto sobre o passo cinco e pousar no seis.

— Eu estou evoluindo. Só que no meu ritmo.

— Há quanto tempo você está trabalhando na lista?

Quando falo em voz alta, soa ainda mais ridículo:

— Dois anos.

Flynn sorri.

— Dois anos? Seu ritmo? O que é isso? Você é uma tartaruga?

Dou uma risada.

— Soa pior do que realmente é.

— Tenho certeza de que sim — diz ele, não acreditando em nenhuma palavra minha. — Venha. Vamos fazer isso. Eu te trago aqui para cima, e você nem vai ter que usar os degraus.

— Amanhã — prometo sem pensar, preocupada com a possibilidade de ele descer do palco em um pulo e realmente me arrastar para cima.

Flynn aperta os olhos.

— Amanhã, é?

Faço que sim com a cabeça.

— Certo. Mas vou cobrar.

Trabalhamos por mais duas horas na arena. Noto que ele não arqueia o palato mole tanto quanto deveria, o que limita o espaço da garganta e o deixa um pouco tenso quando passa ao falsete. Algumas outras pequenas correções de postura também ajudariam a reduzir a tensão nas cordas e a minimizar as chances de machucar a voz outra vez. Ele só vai ser o vocalista de duas músicas, mas as duas são um desafio para qualquer voz performar sem tensão, ainda mais para alguém que está terminando de se recuperar de uma lesão.

Planejamos voltar cedo amanhã para praticar as técnicas que sugeri, assim ele terá mais algumas horas de descanso antes da primeira apresentação à noite. Como parece ter se tornado rotina para nós, assim que a banda chega na arena, Flynn e eu voltamos a ser amigos distantes. A essa altura, é mais fácil nos ignorarmos do que esconder nossa atração óbvia. Mas isso me faz questionar por quanto tempo podemos continuar ignorando a realidade.

CAPÍTULO QUINZE

LUCKY

OITO ANOS ANTES. DEZESSETE ANOS DE IDADE

— Você está nervosa? — Avery está deitada de barriga para baixo diagonalmente na minha cama, as pernas se movendo no alto enquanto fala.

— Na verdade, não. — Dou de ombros.

— Quantas pessoas vão estar lá para ver?

— Não sei. Muitas. Minha mãe não se apresenta em lugares pequenos. — Eu nunca fui ao Town Hall, mas sei que tem espaço para bem mais que mil pessoas. Minha mãe achou que seria um bom lugar para minha estreia como seu ato de abertura. *Ato de abertura.* Eu. Em três horas, vou estar no placo em frente a uma porrada de gente, vivendo meu sonho. Ainda não acredito que meu pai me deixou sair em turnê com a minha mãe. Quando mencionei a ideia, há mais de um ano, ele foi totalmente contra. Queria que eu fosse para a faculdade, tivesse algo sólido a que recorrer antes de me aventurar em uma carreira que não é fácil. Mas, de alguma maneira, minha mãe e eu o fizemos mudar de ideia. Agora, duas semanas depois da formatura do ensino médio, e a uma semana do meu aniversário de dezoito anos, estou me preparando para minha primeira noite como um dos dois números de abertura para Iris Nicks.

Avery rola e fica de costas, esticando o chiclete que tem na boca entre os lábios e os dedos esticados.

— Não seria incrível se caras gostosos tivessem uma foto sua no quarto deles algum dia? — Ela aponta para minha parede de pôsteres, no centro da qual está ninguém menos que Dylan Ryder.

O astro do rock mais sexy do mundo. Eu o conheci uma vez — bem, eu estava na mesma sala que ele, e Dylan esbarrou em mim a caminho do palco. Mas isso conta.

— Imagine o quanto não vão se masturbar vendo seu corpo seminu pendurado na parede.

Só minha melhor amiga para já ter visualizado meu pôster em sua mente. Sem mencionar as fantasias dos caras com ele.

— Vamos sobreviver à primeira noite de apresentação antes de você começar a vender pôsteres do lado de fora, pode ser?

— Merda! — Ela se senta no mesmo instante. — Não pensei nisso. Eu poderia fazer pôsteres e vendê-los! Dane-se a faculdade. Vou me aproveitar da sua fama e ficar rica.

Dou uma risada e uma última olhada no espelho antes de me virar.

— O que você acha?

— Está parecendo a filha de um santo e de uma pecadora. A protagonista de um sonho erótico. Os caras vão querer erguer essa minissaia xadrez para ver até onde as ligas vão, e as garotas vão sair correndo pela cidade em busca desse salto agulha vermelho-sangue da Mary Jane.

Eu decidi sensualizar o uniforme de uma escola católica para minha roupa de estreia nos palcos. Combinava com *Choices a Girl Makes*, a primeira música que eu cantaria. Uma canção que falava de uma garota lidando com as diferenças entre suas crenças e seus desejos. Minha mãe amou a escolha. Meu pai... não muito.

— Você sabe que a maioria dos fãs da minha mãe são mais velhos. Então seu papo de caras se masturbando com a minha foto e erguendo minha saia é meio nojento. Eles são velhos. Têm, tipo, a idade dos meus pais. Eca, Avery.

— Pensei que gostasse de homens mais velhos.

— E gosto. Mas caras de vinte e cinco, não cinquenta. Os caras da nossa idade são imaturos. — Dou mais uma olhada no espelho e respiro fundo, para relaxar. — Você está com o seu passe dos bastidores?

— É claro. Acha que eu arriscaria ver minha melhor amiga no meio das pessoas comuns? Eu, sem dúvida, vou estar na lateral do palco cantando tudo no meu microfone imaginário. Quando gritarem seu nome, vou fingir que estão gritando o meu.

Uma das coisas nas quais meu pai tinha insistido era que eu não fosse o único número de abertura. Ele não queria que eu carregasse o fardo de ser a responsável por entregar uma plateia animada. Queria que eu tivesse alguém com quem dividir o peso de abrir uma turnê esgotada. Ou seja, não pude trazer minha banda do ensino médio; eu me apresentaria com o pessoal da After Sunday, a banda da qual Lars Michaels era o vocalista e que vai tocar antes de eu entrar.

Na época, pensei que meu pai não tivesse confiança o bastante de que eu conseguiria ser, sozinha, o ato de abertura. Mas parada na lateral do palco, esperando minha vez de entrar, finalmente entendi. O número de abertura era um baita de um trabalho. Pessoas iam e vinham, todo mundo estava ali para ver outro artista, mas, de alguma maneira, em meio a todas as distrações pré-show, éramos os responsáveis por agitar as pessoas. Não é uma tarefa fácil.

Com aplausos mornos, Lars anuncia que um segundo número irá se apresentar. Ele faz questão de ressaltar que é minha primeira apresentação em uma turnê e que o público precisa fazer com que eu me sinta acolhida. Então, as luzes do palco se apagam, para que a equipe possa trocar o cenário e para que eu vá até o centro do palco. O holofote não vai ligar até eu ter cantado a primeira linha da música no escuro. É um pouco dramático demais, mas eu tinha assistido à gravação do ensaio e pareceu que realmente funcionaria.

Minha mãe aperta meus ombros enquanto as pessoas trabalham ao nosso redor no escuro.

— Noventa segundos — grita um cara de fone na nossa direção enquanto ergue um instrumento que acabou de ser derrubado perto do pé dele. O palco está um caos. Dez homens correm de um lado ao outro reorganizando as coisas, e furadeiras zumbem por baixo dos gritos da equipe.

— Você vai se sair muito bem — diz minha mãe, atrás de mim.

— Sessenta segundos — grita o cara do fone de novo.

— Mãe. — Cubro a mão dela no meu ombro com a minha. Nunca a chamo de mãe. Quando falo dela para outras pessoas, ela é minha mãe, mas a chamo de Iris desde que me entendo por gente. Até agora. Mas não pensei nisso. A palavra simplesmente saiu.

— Estou bem aqui, filha. — Ela aperta meu ombro com força. — Você consegue. Mais tarde, ninguém vai nem se lembrar do meu nome. Todo mundo vai estar ocupado demais falando da cantora que abriu para... Qual é o nome dela mesmo?

Respiro fundo para relaxar.

Alguns dos trabalhadores saem correndo do palco.

— Trinta segundos.

— É melhor você ir. Vou estar aqui. Seu pai está bem de frente para o palco, na terceira fileira. Mostre para nós como se faz.

— Quinze segundos.

Minhas mãos tremem quando vou até o centro do palco. Ensaiamos tantas vezes, que provavelmente posso fazer isso no piloto automático. Pelo menos, espero poder fazer no piloto automático, porque tenho certeza de que esqueci a letra.

Merda. Eu não sei a letra.

Coloco o pé no X cor-de-rosa de fita no chão para marcar onde eu deveria ficar.

— *Cinco.*

Acho que vou vomitar.

— *Quatro.*

Droga. Não lembro mesmo da letra. Qual é a primeira palavra?

— *Três.*

Pânico se instala. O primeiro verso deveria ser cantado acústico, então, o holofote ligaria. A banda chegaria em seguida. Minhas mãos estão tremendo. E não consigo sentir os joelhos.

— *Dois.*

Porra. Não faço ideia de qual é a primeira palavra. Vou vomitar. Bem no meio do palco. No palco em que Iris Nicks vai se apresentar daqui a meia hora.

— *Um. E vai.*

Não vou.

Não posso. Porque não sei o primeiro verso. Segundos se passam. Posso ouvir a plateia ao fundo, conversas em voz alta rolando. Eles não sabem que eu deveria ter começado. Ainda.

O holofote me atinge, como programado. Eu já devia ter cantado o primeiro verso.

Nada.

A banda deveria se juntar a mim.

Não é o que fazem.

As conversas na plateia param como se alguém tivesse acabado de apertar um interruptor e as desligado. Não vejo ninguém. Mas tenho certeza de que estão me encarando.

— Lucky — sussurra minha mãe pela lateral do placo, mas não viro a cabeça.

Eu queria poder ver o público. Cadê meu pai? Terceira fileira, bem em frente ao palco. Eu me lembro da minha mãe falando logo antes de eu sair andando. Mas, ainda assim, não lembro as malditas palavras da música que eu deveria cantar.

Escuto-a gritar de novo à esquerda do palco.

— Ilumine as primeiras cinco fileiras. Só no meio. Desligue o palco.

Segundos depois, a luz acende as primeiras cinco fileiras, e o holofote que me ilumina é desligado. Meus olhos buscam as fileiras até que o encontro. Assim como minha mãe prometeu. Terceira fileira, bem em frente ao palco. Ele sorri para mim.

Respiro fundo e dou um sorriso em resposta, apesar do meu pai não poder me ver.

Ele assente. A expressão no rosto não é de pânico completo, como a minha. Ele está calmo, e orgulho irradia do sorriso.

Alguns segundos se passam, e as palavras me vêm à mente. Então, eu as canto. No escuro, enquanto observo o sorriso reconfortante do meu pai. Depois que termino o primeiro verso, todas as peças se encaixam.

A luz se apaga na plateia.

O holofote do palco brilha sobre mim.

A banda começa a tocar. E sigo cantando a música toda.

Com perfeição.

Na altura da terceira música da noite, ando pelo palco como uma profissional. Como se fosse um ensaio e não uma apresentação ao vivo com duas mil pessoas vendo.

O som de aplausos não é nem preciso quando termino. Estou cheia de energia de estar aqui em cima. Braços e pernas estão cheios de arrepios. Até escuto algumas pessoas pedindo bis enquanto saio do palco.

Minha mãe me parabeniza e me puxa para um abraço rápido antes de ser levada para as preparações de última hora antes do show. Avery, é claro, está pulando como se tivesse acabado de ganhar na loteria. Um bando de pessoas vem me dizer como me saí bem. Ninguém sequer toca no assunto da minha crise momentânea.

Continuo procurando meu pai, mas ele não aparece nos bastidores. Conhecendo-o, ele provavelmente quer me dar um tempo para curtir a adrenalina pós-apresentação. Mas tudo que quero fazer é agradecê-lo. Por ter estado lá por mim. Não só hoje. Mas todos os dias da minha vida. Não sei o que eu faria sem ele.

Avery e eu ficamos na lateral do palco, vendo o show da minha mãe. Quando as luzes finalmente se apagam, minha mãe vem e pega uma garrafa de água. Um segurança e o gerente da turnê se apressam para falar com ela. A conversa parece séria, então dou um jeito de ouvir.

— Tem um problema na plateia. Os médicos estão cuidando disso. Vão precisar do caminho livre, então não queremos que ninguém tumultue os corredores. Você pode pular o intervalo, voltar lá para cima e já começar as últimas músicas?

— É claro. Sem problema. Volto agora mesmo.

— Agradecemos, senhora — diz o segurança.

Minha mãe volta ao palco e começa a conversar com a plateia, contando o que a próxima música significa para ela. Eu sigo o segurança.

— Senhor?

Ele se vira.

— O que aconteceu? Alguém se machucou?

— Não. — Ele balança a cabeça. — Um cara jovem. Ataque cardíaco. Simplesmente tombou no assento. Não parece nada bom.

De alguma maneira, na boca do estômago, eu sei. Minha vida acabou de mudar para sempre. E não só porque estreei nos palcos.

CAPÍTULO DEZESSEIS

FLYNN

Nunca fui uma pessoa matutina. Posso até acordar cedinho, mas não significa que fico ansioso por isso. Na maioria dos dias, depois que meus olhos veem os primeiros raios de sol, puxo a coberta sobre a cabeça e dou o meu melhor para voltar a dormir.

Mas hoje não. Estou ansioso para tomar café. Às seis da manhã. E o pior de tudo é que eu queria estar no ônibus. Comecei a ficar esperançoso para ver aquelas camisetinhas finas que Lucky vestia para dormir. As chances são grandes de que ela vai se cobrir antes de descer a escada até o saguão para o café da manhã.

Visto uma calça de moletom, camiseta, gorro de tricô e óculos de sol para esconder a identidade o máximo que posso. Espalharam que a Easy Ryder estava hospedada neste hotel, e ontem à noite o lugar estava inundado de fãs quando Mick e eu voltamos do jantar. Algumas até me reconheceram. Mick, é claro, atendeu todo mundo com alegria. Na última vez que o vi antes de dar a noite por acabada, ele estava com uma loira sentada em cada coxa no bar. E a cama dele não tinha sido tocada quando acordei pela manhã. Acho que devo ficar grato por ele não ter levado a festa para nosso quarto.

Apesar de Lucky ter mencionado só casualmente que o saguão servia café a partir das seis da manhã, tenho certeza de que ela vai estar lá embaixo. Mas, quando saio do elevador, o saguão está silencioso. Vazio. As cafeteiras estão sendo posicionadas. Sirvo duas xícaras, preparando-as do jeito que gostamos, e me acomodo em um dos sofás no canto mais distante do lugar, onde é mais reservado, mas que consigo ficar de olho na porta.

Pego um jornal e começo a folheá-lo para matar o tempo. Então, meus olhos notam dedos com esmalte cor-de-rosa em chinelos. Não sei o porquê, mas é neste momento que percebo... *Estou ferrado.*

A visão dos dedos dela me faz sorrir.

Estou me apaixonado pela garota de outro cara. Algo que prometi a mim mesmo que nunca faria.

Mas, então, penso comigo mesmo... Eu não fiz nada errado. Achar uma mulher bonita e passar tempo com ela não precisa necessariamente se transformar em algo mais, certo? Afinal de contas, são apenas dedos. *Mas olhe como são fofos.* Nunca fui de gostar de pés, mas não ligaria de chupar... *Pare. Simplesmente, pare.* Somos apenas amigos.

Porque já fui amigo de muitas mulheres gostosas no passado e *não* transei com elas, né? É. Estou ferrado. *Preciso dar o fora daqui.*

— Bom dia — ela sussurra e sorri para mim. Meus olhos sobem vagarosamente a partir dos dedos do pé.

Eu, com certeza, não vou a lugar nenhum.

Ergo a xícara de café dela. Logo, percebo que ela ainda está com a camiseta fina que usa para dormir, e meus olhos estão na mesma altura dos mamilos mais sensualmente duros que já vi.

Dane-se chupar os dedos dela...

— Com certeza é um bom dia. — Dou um sorriso.

Passamos quase três horas na sala do saguão, bebendo café e transformando os pares de palavras para minha música em versos de soneto. A única razão pela qual decidimos ir embora é porque temos que nos arrumar para sair outra vez. O gerente da turnê nos garantiu acesso à arena ao meio-dia para que eu pudesse praticar as técnicas novas que Lucky me mostrou no palco. E hoje Lucky vai subir, sim, naquele palco... se depender de mim.

Meu celular vibra quando saio do chuveiro. O rosto iluminando a tela me faz sorrir. Enrolo uma toalha na cintura e atendo antes que caia na caixa postal.

— Alô?

— Oi, tio Sinn! — grita Laney.

Ela colocou na cabeça que precisa falar mais alto quando as pessoas estão longe. Minha irmã não consegue convencê-la do contrário. Até seguro o celular longe da orelha quando atendo, sabendo que já informou Becca do quão longe estou. Uma viagem de carro de distância significa falar alto; um voo de distância significa gritar. Escuto minha irmã berrando em algum lugar ao fundo:

— Eu já te falei, Laney. Você não precisa gritar. Ele te escuta como se você estivesse sentada ao lado dele.

— Oi, minha linda. Como você está?

Laney passa os cinco minutos seguintes me contando de todas as músicas que ela aprendeu na máquina nova de karaokê. Lady Gaga, One Direction, Taylor Swift. O gosto da minha irmã em música é igual ao meu: rock, blues, um pouquinho de Johnny Cash. Com certeza, nada que está na lista das cem canções mais tocadas. Ela deve estar pronta para acabar comigo.

Quando Laney decide passar o telefone para a mãe, tenho certeza de que minha sobrinha deve estar com a pele em um tom adorável de azul. Não houve nenhuma pausa para respirar em cinco minutos. Minha irmã tem que ensinar o que são vírgulas e pontos finais para nossa princesinha.

Bec e eu colocamos o papo em dia. Na última vez que nos falamos, eu sequer tinha todos os detalhes com relação a ser o substituto de Linc.

— Então, quando é que vou conhecê-la?

— Quem?

— A garota por quem você está caidinho.

— Do que está falando?

— Você está falando normal. Só soa normal quando tem uma mulher que quer impressionar.

— Normal? O que raios isso quer dizer?

— Tem alguma mulher no seu quarto agora?

— Não.

— Você foi dormir antes da meia-noite?

— Sim. Eu estava acabado.

— Olhe ao redor do quarto. Tem um monte de latas vazias de cerveja espalhadas?

Estudo o cômodo. Nenhuma.

— Não.

— Você já tomou banho hoje?

— Sim.

— Normal. Você está agindo como uma pessoa comum, em vez de como um astro do rock.

— Que seja, Bec. Só estou tentando causar uma boa impressão na banda nova, é isso.

— O que você está fazendo agora? — Minha irmã é como um cão de caça. Se acha que estou escondendo algo, ela não vai parar de farejar até encontrar.

— Vou me encontrar com a preparadora vocal e ir até a arena. Vamos praticar algumas coisas.

— Seu preparador vocal é uma mulher?

— Sim.

— Qual é o nome dela?

— Lucky. Por quê?

— A mesma Lucky para quem você fez Laney dedicar uma música? — pergunta ela em um tom que deixa claro estar pensando que acabou de encaixar todas as peças do quebra-cabeça que estava tentando montar.

— Você tem que arranjar coisas para fazer, Bec. Passa tempo demais me analisando. — *Merda, você me conhece bem demais.*

— Na verdade, foi por isso que liguei. Dei uma olhada na agenda da turnê que você encaminhou por e-mail, e estava pensando em pegar um voo até Austin para o show da semana que vem. Prometi a Alana que iríamos visitá-lo, e já que o Babaca me deu um cheque gordo para amenizar a culpa em vez de aparecer na festa de aniversário da própria filha, tenho um dinheirinho extra.

Amo que fiz até ela chamá-lo de Babaca.

— Seria ótimo. Vamos ficar três noites lá, e um dos dias será um festival enorme. Vou reservar um quarto no hotel em que nos hospedarem.

— Laney vai ficar muito animada. Você consegue arranjar ingressos para a gente ver o show, né?

— É claro.

— Lucky vai estar lá?

— Acho que sim. Por quê?

— Porque estou ansiosa para conhecê-la.

— Tchau, Bec — digo em tom de aviso.

— Tchau, Flynn — responde ela daquele jeitinho cantarolado.

A gerente loira age de maneira um pouco menos agressiva quando chegamos à arena hoje. Mas diz que estará do show de noite, caso eu precise de qualquer coisa. Seu sorriso deixa claro que *qualquer coisa* inclui transar. Já joguei o cartão de visitas dela no lixo quando esvaziei os bolsos da calça ontem.

— Então, você quer ir primeiro...? — pergunto a Lucky assim que entramos na pista enorme. O lugar foi transformado desde ontem. O placo está pronto para a apresentação; o chão, cheio de cadeiras dobráveis, acolchoadas e vermelhas; uma área VIP com assentos novinhos foi montada e separada com cordas de veludo.

— Eu estava pensando... e acho que não deveria pular o passo cinco. E se ele for crítico para o meu sucesso, e eu falhar depois de ter feito todo esse trabalho, só por puro desleixo com o quinto passo? — Ela está brincando, mas é óbvio que existe um medo real em sua voz.

— Você vai se sair bem. Vou estar bem aqui com você. — Coloco as mãos nos ombros dela, olhando-a bem nos olhos, tentando tranquilizá-la.

— Mas...

— A gente consegue.

— Mas...

— Qual é o passo cinco, Lucky?

— Eu tenho que escrever uma carta.

— O passo cinco é uma carta?

— Sim.

— Bem, vamos nos sentar. Podemos escrever rapidinho. Compusemos três sonetos antes da nossa segunda xícara de café. — Dou um sorriso para ela. — Somos um bom time.

— Isso te faz conseguir o que você quer quase sempre, né?

— O quê?

— As covinhas. O sorriso. O... — Ela acena a mão, apontando para o meu corpo de cima a baixo, frustrada. — O pacote completo de cara gostoso.

— Você me acha gostoso? — Dou um sorriso.

Ela revira os olhos.

— Podemos voltar ao ponto da conversa, por favor?

— Quer dizer outro ponto além de que *você me acha gostoso*? — provoco.

— É sério. Esse sorriso provavelmente te faz parar na cama o tempo todo. Mas não vai me fazer subir no palco.

— Você está se oferecendo para transar comigo, em vez de subir no palco?

Ela fica vermelha.

— Você está todo engraçadinho hoje, né?

— Sou sempre engraçadinho.

Ela dá um tapa brincalhão no meu abdômen, e seguro a mão dela.

— É sério, Lucky. Eu quero te ajudar. Se realmente não quiser subir no palco, não vou te obrigar. Mas acho que você quer. Por alguma razão, acho até que você precisa. E acho que precisa que eu te dê um empurrãozinho. Tenho a sensação de que ninguém te deu um empurrãozinho em oito anos e... Quer saber de uma coisa? Todo mundo precisa de alguém que é responsável por fazer isso por eles.

Continuamos nos encarando enquanto observo os olhos dela amolecerem.

— Obrigada — diz ela.

— Sempre que precisar. — E, de um jeito esquisito, sei que estou falando a verdade. *Sempre que precisar mesmo.*

Ela assente.

— Que tal focarmos na sua performance primeiro? Quero que sua voz tenha um descanso tão longo quanto possível antes de você cantar hoje à noite.

— Você que manda, professora.

Ela balança a cabeça e dá uma risada.

— Que tal me mostrar o que te ensinei ontem? Você teve a chance de treinar?

— Tive.

Ela semicerra os olhos, não acreditando em mim. Mas a verdade é que fiquei parado na frente do espelho e treinei cantar a maldita música com a boca e o pescoço na posição que ela tinha me mostrado. Se ao menos eu tivesse me aplicado tanto assim na escola... Mas, por outro lado, meus professores nunca se pareceram com Lucky.

Um empurrãozinho de leve. Esse é um dito popular esquisito. Será que é mesmo possível empurrar alguém de leve? E sequer importa ser gentil ou não quando o resultado é o mesmo? *Eu o empurrei do penhasco, e daí que ele voou em direção à morte inevitável...? Foi um empurrãozinho de leve.* Duvido que a última coisa que se passa na mente de alguém antes do cérebro se esparramar pelo chão seja: "Eu o perdoo, foi um empurrãozinho de leve". Mas aqui estou eu, empurrando Lucky assim mesmo.

— Podemos fazer isso do jeito fácil ou difícil. Vou te levar até lá em cima. Mas não prometo que não vou encostar na sua bunda quando seu corpo estiver suspenso no meu ombro.

Apesar de ela sorrir, vejo em seus olhos que está aterrorizada. Ela tem o tipo de olhos que a trai, que deixam transparecer tudo que sente, apesar do rosto tentar contar uma história diferente.

— Estou indo, estou indo. — Parece que, a qualquer segundo, as lágrimas dela podem chegar.

Estou prestes a dizer para esquecermos tudo. Gentil ou não, não quero ser o responsável pela queda dela. Mas, então, ela fecha os olhos, respira fundo e vai até os degraus à esquerda do palco. Eu me sento bem no meio da primeira fileira.

Ela sobe a escada e para na lateral do palco. Em um primeiro momento, penso que está se estabilizando, respirando fundo antes do mergulho. Mas um minuto passa, então, dois. Quero dar tempo a ela, deixá-la subir quando estiver pronta, só que sei, por experiência própria, que quanto mais ficamos parados pensando no que estamos prestes a fazer, mais o pânico começa a se instalar.

Mais um minuto passa. Ela simplesmente encara o nada, mas tenho a sensação de que não consegue enxergar o que está bem em frente. Ela está vendo outra coisa. Se lembrando.

E ainda mais tempo passa.

Nada.

Seja lá o que a esteja assombrando, não posso deixá-la enfrentar sozinha.

Sem dizer nada, me aproximo e subo os degraus. Paro ao lado dela e espero até que olhe para mim. Espero até os olhos focarem, realmente focarem em mim, então, sei que ela está de volta à realidade. Em seguida, ofereço a mão. Um sorriso triste tenta esconder a dor de Lucky, mas falha miseravelmente.

Dou o primeiro passo e olho para trás. Apesar de seus olhos parecerem estar na defensiva, também há certa dúvida. Uma dúvida silenciosa. Assinto e a espero dar o primeiro passo sozinha antes de continuar. Caminhando bem devagar, vamos até o centro do palco. De mãos dadas, ficamos em pé ali até que ela, por fim, se vira e encara os assentos vazios no auditório gigantesco. Seus olhos focam em uma área bem no meio das primeiras fileiras.

O som vem antes das lágrimas. É baixo, mas tão doloroso que afeta qualquer um — um soluço terrível e cheio de angústia. E quebra meu coração. Seja lá o que cause dor a ela, quero dar um fim a isso. Quero suportar a dor por ela.

Então, tudo que ela tem segurado é libertado. O corpo começa a tremer, lágrimas escorrem dos olhos, e ela perde o controle.

— Ele morreu enquanto eu estava no palco. Não tive a chance de me despedir.

Eu a seguro antes que ela caia, envolvendo os braços ao seu redor, e lhe dou um abraço apertado. Seu corpo sacode no meu, e minhas lágrimas queimam na garganta enquanto as mantenho longe. O choro dela foi contido por tempo demais. Não é um choro de lembranças ruins. É uma avalanche de dor reprimida que vinha crescendo, esperando, precisando ser libertada. É o que acontece. Merda, e *como* acontece.

Ficamos assim por um bom tempo. Até que o último soluço abre caminho, sem pena alguma, pelo corpo dela, então, sinto o que parece ser um suspiro de alívio tomar conta dela. Seus membros tensos relaxam, e ela respira fundo antes de colocar a cabeça para trás. Nosso silêncio é finalmente quebrado.

— Flynn — sussurra, e colo a testa na dela, observando seus olhos se fecharem. Quando voltam a abrir, algo está diferente. Estão cheios de emoção, mas a tristeza foi substituída por necessidade. Nossos olhares se encontram, e nossa respiração muda, ficando mais pesada, mais agitada. Meu coração martela no peito, e preciso de toda a força de vontade no meu corpo para não tomar o que desejo tão desesperadamente.

Os lábios dela se entreabrem, e acho que está prestes a dizer algo, mas, então, de repente, a boca dela está na minha. *Jesus Cristo*. Meu autocontrole desaparece, afugentado pelo desespero. Desespero para beijá-la. Senti-la. *Consumi-la.*

Ela pode até ter começado o beijo, mas leva menos de um piscar de olhos para eu assumir o controle. Uma das minhas mãos se fecha no cabelo dela, enrolando-o bem apertado ao redor dos dedos, enquanto a outra pressiona as suas costas, trazendo-a para ainda mais perto de mim.

O beijo se aprofunda, as línguas se encontram frenéticas, mas é o gemido baixo que lhe escapa do corpo e atravessa nossos lábios selados que acaba comigo. Minha determinação já era, e calor corre pelas minhas veias, qualquer incerteza passageira esquecida por nós. Ela sobe os braços, os dedos puxando meu cabelo. Suas curvas macias se moldam para preencherem o meu corpo. Nós nos apalpamos, puxamos, arranhamos, esforçamos — para chegarmos mais perto — para termos mais. Simplesmente mais.

Quando, por fim, interrompemos o beijo, estamos ofegantes. Meus lábios se movem pelo pescoço dela e minha respiração irregular intensifica a crueza das minhas palavras quando falo:

— Eu te quero desde quando coloquei os olhos em você — sussurro na orelha dela. — Caralho, *como* eu te quero.

Entre o som do meu coração ricocheteando alto no peito, nossa respiração pesada e o desejo correndo pelas veias, não ouvimos o barulho de uma pessoa se aproximando, até que a voz nos assusta.

CAPÍTULO DEZESSETE

LUCKY

— Desculpa interromper... — diz, com malícia, a loira que gerencia o local.

Assustada, dou um pulo. Meu instinto é me afastar de Flynn. Me soltar dos braços dele. Mas quando tento, ele me abraça ainda mais forte e me mantém no lugar.

— Como podemos te ajudar? — pergunta Flynn, a impaciência óbvia.

— Os eletricistas têm que desligar a energia para passar os fios de pirotecnia da apresentação de hoje à noite. Vai levar só uns quinze minutos, mas a luz precisa ser desligada. — Ela cola um sorriso no rosto que é meloso demais para ser doce. — Mas não parece que vão se importar com um pouco de escuridão.

— Tudo bem. — Flynn dá de ombros. Não sei se ele não nota o sarcasmo dela ou se simplesmente não se importa.

Com uma jogada de cabelo descolorido, ela se vira e desaparece. O tique-tique dos saltos soa em seu rastro até que a porta é fechada com tudo. Olho para Flynn.

— Acho que ela não ficou feliz.

— Não ligo. — Ele sorri.

A realidade começa a voltar, me atingindo como uma onda gigante. Minha cabeça gira. *O que foi que eu acabei de fazer?*

— Flynn... Eu... Nós...

Ele joga a cabeça para trás, assimilando a confusão estampada no meu rosto todo. O aperto dele afrouxa um pouco, apesar de ainda não me soltar.

— Você está bem?

Não estou. Estou eufórica, triste, feliz, corroída por culpa, emocionalmente exausta e totalmente pasma. *Que porra acabei de fazer?* Fui eu quem o beijei primeiro — não foi como se tivesse simplesmente acontecido.

— Sim. Não. Sim. Quer dizer...

Flynn sorri.

— Você parece bem confiante.

— Desculpa. Eu... não deveria ter feito isso.

A expressão decepcionada dele quebra meu coração em milhares de pedacinhos. Ele me liberta do abraço, dando um passo para trás. Soltando um suspiro longo, passa os dedos no cabelo.

— Não. Eu que não deveria. Desculpa.

— Mas fui eu que te beijei.

— Tenho certeza de que nós dois estávamos envolvidos *nesse* beijo.

— Sim. Mas eu... — Desvio os olhos, a culpa começando a dominar as outras emoções, me fazendo ver tudo com mais clareza. Me deixando enjoada.

O som de uma porta sendo aberta e de funcionários vindo em nossa direção interrompe a conversa. A voz de um homem fala com a gente:

— Vamos cortar a eletricidade. É melhor descerem do palco. Vai ficar bem escuro aqui.

O constrangimento nos atinge — é a primeira vez desde o dia em que nos conhecemos. Saímos da arena e voltamos ao hotel em um silêncio ensurdecedor. Estou perdida em pensamento, minha mente rodopiando entre o que fiz e o porquê de o ter feito, mas, acima de tudo, me pego pensando em como pareceu certo, apesar de ter sido claramente errado.

— Ei — diz Flynn enquanto estacionamos no hotel. Estou olhando pela janela e mal noto quando paramos. Com o polegar e o indicador, ele ergue meu queixo, forçando meus olhos a encontrarem os dele. — Você se saiu muito bem no sexto passo.

Dou um sorriso.

— Você está sendo gentil. Eu não me saí muito bem. Praticamente tropecei e caí de cara no chão. Mas você estava lá para me salvar.

— Você não está se dando crédito suficiente. Mas, seja lá qual tenha sido meu papel, o prazer foi meu. — Ele abre a porta do SUV e pula para fora. Em pé, oferece a mão para me ajudar a sair, então, fecha a porta e dá dois tapinhas no capô para avisar ao motorista que ele pode ir embora.

Estamos quase na entrada no hotel quando desacelero.

— Flynn.

— Hum?

— Desculpa por ter te beijado.

Ele me dá uma piscadela.

— Não precisa pedir desculpa.

Dylan tinha planos de visitar mais estações de rádio hoje à tarde, então fico surpresa quando abro a porta e o encontro descansando na cama, vendo TV.

— Achei que você não fosse estar aqui — digo, quase de maneira acusatória. Não é uma maneira muito boa de cumprimentar um namorado.

— Você não parece feliz por eu estar aqui. — As sobrancelhas dele se unem.

— Estou. É só que... pensei que tivesse que passar nas rádios, então fiquei surpresa. E eu meio que não estou me sentindo bem.

— Mick desapareceu de novo. — Dylan se senta na beira da cama e dá um tapinha no colo.

— Desapareceu?

— É. Ele faz isso de vez em quando. Enche a cara e ninguém sabe onde vai parar, então acabamos remarcando a agenda.

— Isso não te incomoda?

Dylan dá de ombros.

— O gerente da turnê odeia. Mas, a essa altura, já estamos acostumados. Era comum acontecer a cada poucos dias. Ele desacelerou com a idade. Por que ainda está aí do outro lado do quarto? Venha aqui.

Vou até ele, meus passos pesados, sobrecarregados de culpa.

Ele me puxa para o colo.

— Na verdade, estou grato pela entrevista ter sido cancelada. Eles me lotaram de compromissos idiotas, e não tivemos chance de aproveitar o fato de estarmos fora do ônibus nem de testar direito essa cama. — Ele se aconchega no meu pescoço. No mesmo ponto que Flynn mordiscava há apenas uma hora. Uma onda de náusea me atinge. Eu realmente acho que vou vomitar.

— Desculpa. Acho que vou... — Saio em disparada para o banheiro.

Molho o rosto com água e dou uma olhada no espelho. Incapaz de suportar meu reflexo, desço deslizando pela parede atrás de mim e me sento no chão com a cabeça apoiada nas mãos. Por quanto tempo posso me esconder aqui? Dylan, em algum momento, vai aparecer para ver como estou. Decido tomar um banho, me livrar de um pouco de culpa com a água, ou pelo menos dos vestígios da boca de outro homem em mim. É o mínimo que posso fazer.

Quando apareço de toalha, Dylan está no celular. Ele sorri para mim, e seus olhos recaem nas minhas pernas despidas.

— Não. Cancele. Tenho outros planos para a tarde de hoje.

Outros planos? Do que preciso, é ficar sozinha agora, e algo me diz que os outros planos dele são *eu*.

Ele desliga assim que acabo de tirar uma muda de roupa da gaveta. Ele vem por trás e dá um beijo gentil no meu ombro exposto.

— Está se sentindo melhor?

— Não muito. Desculpa. Deve ser alguma virose.

Ele me vira e abre a toalha na altura da barriga. Curvando-se, seus lábios roçam a pele dali.

— Vou dar um beijinho para melhorar.

— Eu... Eu não quero te deixar doente.

Ele fica de joelhos e puxa com força a toalha, para que caia no chão.

— Eu não vou pegar nada. Não das partes que vou beijar.

Parte de mim quer realmente pular o show de hoje à noite. Fingir estar doente e ficar na cama a noite toda para evitar Flynn. Evitar qualquer um, na verdade. Mas uma parte bem maior quer vê-lo no palco. É a primeira noite dele substituindo Linc e tocando com a Easy Ryder. Ele esteve lá por mim nos meus momentos importantes ultimamente, e quero estar lá por ele no dele.

Os bastidores da Arena American Airlines são enormes. De alguma maneira, conseguimos não nos esbarrar antes da apresentação. Depois que Dylan sai para se arrumar para o show, desço para ver tudo da pista. Avançando pelo labirinto de corredores nos bastidores, chego à saída. Assim que viro na última esquina, tenho um vislumbre de Flynn na outra ponta do corredor. Ele está conversando com uma mulher. Ela é bem alta, quase tão alta quanto ele, e magra como uma modelo. Entre o *cropped* e a saia de cintura baixa, há quilômetros de pele exposta. Pele perfeita e à mostra. O cabelo longo e ondulado, tom de avelã, está solto, emoldurando o decote abundante. Ela está com uma das mãos no peito de Flynn e a cabeça inclinada de maneira provocativa, em um flerte, que faria os olhos de qualquer homem focarem em seu pescoço.

Enquanto me aproximo, a cabeça de Flynn se volta na minha direção, e a Garota Modelo acompanha sua visão. Nunca tive problemas de autoestima, mas, de repente, me sinto baixinha e me arrependo de ter comido aquela rosquinha há uma hora.

— Ei. Eu ia te procurar — diz Flynn, com um sorriso despreocupado.

Meu cérebro entra em curto-circuito enquanto observo os lábios dele se moverem ao falar. Lábios que quase posso sentir em mim. Me perco por um momento, me lembrando de como suas mãos se enroscaram com força no meu cabelo. Pisco para me libertar da hipnose.

— Bem... — Meus braços sobem e caem nas laterais. — Você me encontrou. — É sério? *Bela jogada, Lucky.*

Vejo os olhos dele repousarem nos meus lábios. Saber que a mente de Flynn está na mesma página que a minha me faz ter muito mais dificuldade para focar.

Ele inclina a cabeça, com um sorriso de canto de boca.

— Você poderia nos dar licença? — pede ele à modelo, sem tirar os olhos de mim.

Ela se afasta, irritada.

— Você está bem? — Ele pega minha mão, o polegar esfregando a pele na parte de cima.

Faço que sim.

— Passei o dia todo pensando na manhã de hoje...

Eu também. Deus, eu também.

— Eu também.

— Desculpa se te pressionei.

— Você não me pressionou. *Eu* te beijei.

Ele dá um sorriso.

— Quis dizer o passo seis. Desculpa se te pressionei demais para subir no palco.

— Ah.

— Mas fico feliz por saber que esteve pensando no nosso beijo o dia todo.

— Eu não... Quer dizer... Eu...

Ele se inclina para a frente e sussurra:

— Eu também fiquei pensando nisso. Ainda sinto seu corpo no meu.

Uma voz soa pelo autofalante nos bastidores:

— Cinco minutos, Easy Ryder.

— Isso me inclui.

— Acho que sim.

— Você vai assistir da plateia?

Assinto.

— Te vejo do palco, então.

— Você não vai conseguir ver ninguém na plateia com todas as luzes.

— Não preciso. — Ele toca o dedo na têmpora. — Quando fecho os olhos, vejo seu rosto bem aqui.

Mesmo antes de Dylan e eu termos começado a namorar, eu havia ido a dezenas de shows da Easy Ryder. Os caras são lendários, mesmo depois de só doze anos tocando juntos. É o tipo de banda que está tão em sintonia, que a apresentação nunca é a mesma, porque alguém faz alguma mudança de última hora, e a banda o acompanha sem qualquer problema. Hoje à noite não é diferente. O show tem sido tão intenso, que há um crepitar na plateia, algo queimando lentamente e que vai se transformar em um fogo selvagem quando as faíscas atingirem o auge no lugar exato. O auge tem sido *Sins of Mine*, a música mais recente que está subindo nas paradas. Sei que a música foi composta com a voz de Dylan em mente, e é óbvio que a multidão a tem amado.

Como não tenho a lista de músicas, suponho que estamos quase chegando ao momento com *Sins of Mine* quando o palco fica todo escuro. É uma surpresa para mim quando o primeiro acorde soa e escuto *Just Once More*, a música de Linc. Mas, hoje à noite, quem vai cantá-la é Flynn. Prendo a respiração até sermos arrancados da escuridão, e um holofote brilha apenas nele.

Jesus. Nossa Senhora dos Pecadores. Preciso *seriamente* me lembrar de como se respira.

Ele parece um deus do rock naquele palco. Perfeito e magnífico sob o holofote enquanto se senta em um banquinho com a guitarra apoiada no colo. É impossível desviar os olhos. A multidão está em pé, adorando-o em silêncio quando ele olha para baixo e, sem pressa, dedilha o começo da música. Então, devagarinho, da escuridão atrás dele, a bateria começa a soar... em um primeiro momento bem baixa, mas, logo, cada vez mais alta. Até que sentimos a vibração no peito. Flynn para de tocar por um momento, o holofote escurece, a arena fica toda no escuro outra vez, e, quando as luzes voltam, a banda toda toca. Logo antes de ele começar a cantar, Flynn fecha os olhos por alguns segundos e, por fim, ergue a cabeça e sorri para o público. Aquele sorriso preguiçoso que cresce devagar, com covinhas e totalmente provocante. E o lugar vai à loucura.

Auge e faísca.

Fogo.

Apesar do lugar estar agitado, não me movo durante toda a performance. Estou hipnotizada. Por cada nota. Todos os versos. Tem algo nesse homem. Se eu tivesse quinze anos, o pôster dele com certeza estaria colado na minha parede... talvez até por cima do de Dylan.

Depois da apresentação, vou direto aos bastidores e até a sala da banda. Levo uns bons quinze minutos para chegar, porque os seguranças estão sendo atacados por mulheres. Mais de uma delas tem o nome de Flynn nos lábios. Estou tão animada por ele, que continuo sorrindo mesmo depois de ser puxada e empurrada enquanto tento mostrar meu crachá ao segurança.

Infelizmente, Dylan não está sentindo a mesma felicidade que eu depois da apresentação.

— O que foi? Vocês foram incríveis — elogio.

— Mick atrasou três compassos para começar a tocar *Solace*. Duff tocou a versão gravada de *To the Wall*, em vez da versão ao vivo, e eu não conseguia ouvir um dos meus fones. Foi uma apresentação bosta — diz ele, com raiva.

Posso até ser tendenciosa com relação à banda, mas não notei os erros de Mick ou Duff.

— Não percebi. Tenho certeza de que mais ninguém percebeu.

— Você provavelmente estava ocupada demais dançando na plateia. — Sei como Dylan fica quando não está feliz com sua música. Ele é perfeccionista. Isso é grande parte do motivo pelo qual a Easy Ryder continua tendo sucesso por tanto tempo. Mas, geralmente, seu mau humor não é direcionado a mim.

O segurança traz meia dúzia de mulheres — vencedoras de um concurso de rádio que tinha como prêmio ingressos para o show e um tempinho com a banda. Dylan aperta a mão delas sem entusiasmo. Os outros membros da Easy Ryder, pelo menos, são educados. Ficam parados e conversam com as fãs enlouquecidas, fazendo com que relaxem.

Em certa altura, Flynn chega, e eu me afasto para observar como ele é recebido. Todo mundo o está parabenizando, dando-lhe tapinhas nas costas e dizendo como se saiu bem. Quer dizer, todo mundo menos Dylan. O segurança começa a levar as vencedoras para fora quando uma mulher corajosa grita:

— Espere! Não tivemos a chance de conhecer o último membro da banda. Flynn, eu te amo!

Flynn se vira e sorri. Dylan olha para Flynn de um canto da sala, então, foca no guarda.

— Elas podem ir. Ele não faz parte da banda.

A coisa com vocalistas é que eles são o rosto da banda. Então, enquanto isso geralmente resulta em egos inflados, também resulta em cantores que carregam o peso todo da banda nos ombros. Às vezes, é difícil dizer qual dos dois motivos é o responsável por certa atitude do vocalista.

— Lembra quando tínhamos a idade dele e fizemos nossa primeira turnê? — Duff ergue o queixo e aponta para a área do bar na qual Flynn acabou de aparecer na festa, depois do show, em um clube na orla da South Beach.

— Não. — Dylan entorna o resto do conteúdo do copo. Ele costuma beber cerveja, mas hoje está bebendo vodca com gelo, e o efeito não passa despercebido. Ele relaxou um pouco, e a raiva parece estar se dissipando a cada nova dose. Ele segura o copo acima da cabeça, sacudindo o gelo quando uma garçonete passa.

— Mais uma, sr. Ryder?

— Não pare de mandar mais.

— Bem, eu lembro — continua Duff, sem ninguém ter perguntado nada a ele. — Aquele primeiro ano. Foi melhor do que ficar chapado. Deve ter sido por isso que acabei na reabilitação umas duas vezes depois da primeira turnê. Correr atrás dessa sensação era como ser um cachorro correndo atrás do rabo. O garoto é bom. Ele vai se dar bem.

— Não é a primeira turnê dele.

— Não dá para contar viagens de van com paradas para tomar banho em postos como uma turnê. Nem as pequenas apresentações que ele fez antes disso. *Isso* é uma turnê, porra. Arenas esgotadas, um ônibus-leito com detalhes de ouro no banheiro. Fãs que querem fazer merdas com a gente melhores do que o imaginável em qualquer sonho maluco.

— Eu não quis dizer que é algo grande para ele. Quis dizer que a turnê é *nossa*, não dele, caralho. Ele está substituindo Linc, depois, vai ser o número de abertura por alguns meses.

— Por que está sendo duro com o moleque? Está com inveja, porque ele é mais bonito que você?

— Vá se foder. — Dylan se levanta. — A garçonete está demorando uma eternidade. Vou buscar minha bebida.

Ao vê-lo se levantar, o segurança de Dylan se aproxima.

— Só vou pegar um drinque.

— O bar está bem cheio. Não é recomendável, senhor. Gostaria que algum de nós fosse buscar para você?

— Não. Eu mesmo vou lá — Dylan esbraveja antes de sair pisando duro até o bar.

Duff observa o amigo se afastar, em seguida, se vira, entretido.

— Nunca pensei que esse dia fosse chegar.

— Que dia? — pergunto.

— O dia em que Dylan Ryder começa a questionar o quanto ele é bom. Eu diria até que está com um pouquinho de inveja da carne nova.

Duff aponta para o bar. Como o segurança avisou, o bar lotado estava se transformando em uma confusão. Fãs cercaram Dylan antes mesmo de ele conseguir pedir a bebida.

— Isso deve fazer com que ele se sinta um pouco melhor.

— O quê? O tumulto?

— Sim. Eu o amo como se fosse meu irmão, mas o que o canalha arrogante precisava era só de um pouco de atenção. Ele não está acostumado a ter mais ninguém no holofote. Nunca se deu bem dividindo as coisas.

Duas horas mais tarde, Dylan está alegremente bêbado, e eu, pronta para dar a noite por acabada. Flynn e eu brincamos de gato e rato com nossos olhares a noite toda, mas não tive a chance de falar com ele. Até agora. Dylan está no banheiro masculino, e estou parada ao lado da segurança, esperando para ir embora. Flynn se aproxima, assente para o guarda monstruosamente grande à minha esquerda, e se vira de costas para conversamos com algo que se assemelha à privacidade.

— Parabéns — digo. — Você estava totalmente incrível no palco.

— Está falando de hoje à tarde ou de hoje à noite?

Meus olhos quase saltam da cabeça, e espio ao redor para ver se ninguém ouviu.

— Eu quis dizer na apresentação. Você estava... maravilhoso.

— E eu não estava assim à tarde? — Ele arqueia uma sobrancelha.

— Comporte-se — aviso.

— Não. — Ele balança a cabeça devagar.

— Não? Você não vai se comportar?

— Não. Decidi que o que aconteceu hoje foi bom demais. Então tem que acontecer de novo. Com frequência, na verdade.

— Quanto você bebeu?

Ele ergue o copo.

— Água. A noite toda.

Arregalo os olhos.

— Mas... — Vacilo ao tentar encontrar as palavras certas. — Eu não sou de trair. Bem, eu não era... até hoje — falo baixinho.

Flynn me olha nos olhos.

— Nem eu. Não estou falando de traição.

— O que...? Então do que você está falando...?

— Lá vem seu futuro ex. — Ele inclina o copo na direção de Dylan, que se aproxima.

Meu coração quase para quando Dylan chega perto de nós. Ele olha feio para Flynn, então, diz para mim:

— Vamos dar o fora daqui.

— Boa noite, Flynn.

Olho sobre o ombro duas vezes a caminho da porta. Flynn me observa com um sorrisinho diabólico e um brilho nos olhos. Minha mente está confusa quando subo no banco traseiro do SUV, mas uma coisa está clara… *Estou ferradíssima.*

CAPÍTULO DEZOITO

FLYNN

O ônibus estava sacudindo na noite passada, mas não por causa das centenas de quilômetros viajados na escuridão depois da última apresentação em Miami. As estradas estavam tranquilas, diferente de Mick Stonewood. Não faço ideia de como ele sequer fez a logística funcionar ao trazer duas mulheres para o pequeno cubículo que chamava de cama. Mas, de alguma maneira, se certificou de que a parede do nosso lado do ônibus levasse baques por metade da noite. Por fim, coloquei o fone Bose com cancelamento de ruídos e dormi, fingindo que a vibração era a estrada sob os pneus, em vez do baterista. Acho que eu deveria estar grato pelo babaca transar como toca bateria... com o ritmo de um profissional.

Alongo o corpo enquanto espero o café ficar pronto, então, sirvo duas xícaras e anoto alguns acordes para *Blur*. Mais um conjunto de palavras, e terei um rascunho decente. Acontece que deixei o melhor por último. Estou ansioso para a língua poética de Lucky me ajudar nisso hoje.

Não demora muito até ela acordar. Escuto o clique da porta do banheiro, e, poucos minutos depois, Lucky está fechando silenciosamente a porta que dá para a área comum.

— Bom dia — sussurra ela.

— Bom dia. — Eu assinto. O dia acaba de ficar muito melhor.

Ela percebe as duas xícaras na mesa.

— Uma delas é para mim?

— Do jeitinho que a gente gosta.

Ela sorri e se acomoda no assento à minha frente, fechando as mãos ao redor da xícara e a levando aos lábios.

— Eu poderia me acostumar com o serviço.

— Tem muitos outros serviços que eu ficaria feliz de te providenciar. — Ergo uma sobrancelha.

— Eu te dei a deixa perfeita, né?

— Deu. — Tomo um gole do café, observando-a por cima da borda da xícara.

— Dormiu bem? — pergunta ela.

— Não muito. Batidas constantes na parede me deixaram acordado. — É a verdade, só que refinada.

— Você também sentiu?

Como eu poderia não ter sentido? Minha cama quase saiu do lugar.

— Sim.

— A certa altura, achei que um dos pneus tinha murchado.

Eu queria era que aquela outra coisa maldita de Mick murchasse.

— Parece que a viagem vai ser tranquila hoje. Pronta para terminar *Blur*?

— Estava esperando que você fosse querer fazer isso hoje.

— Acho que precisa de mais uma estrofe. Outro soneto para o último conjunto de palavras.

— Estou pronta. De qual borrão vamos escrever hoje?

— Amigos e amantes. — Nossos olhos se encontram, e minha boca se espalha em um sorriso lento.

Catorze versos, dez sílabas cada. Pode não parecer muito no papel, mas não tem nada rápido na escrita de um soneto que é uma música. Principalmente com Lucky. Apesar de eu claramente ter razões nada virtuosas para sugerir amigos e amantes como o tópico da nossa última estrofe, ela se entrega por completo à escrita. Estamos sentados aqui há três horas, discutindo e debatendo palavras e sentimentos que mudam quando se vai de amigo a amante, mas ainda tenho que fazê-la morder a isca para que a conversa saia do âmbito profissional.

— Não, se usarmos qualquer palavra relacionada à certeza ao falarmos de atravessar o limite, significaria que atravessar o limite é inevitável — diz ela.

Dou de ombros.

— Às vezes, é mesmo.

— Nada é inevitável, exceto a morte.

— É aí que você se engana. Algumas coisas são simplesmente parte do destino. E não dá para lutar contra o destino.

— Mas...

Eu a interrompo:

— Você continua dizendo a si mesma que pode lutar contra o destino. Mas posso te garantir que está errada. Algumas coisas têm que acontecer.

Ela me encara, e vejo as engrenagens girando — por dentro, está lutando contra a verdade. Com o som da porta atrás de mim, viro a cabeça. Mick cambaleia com uma das duas morenas seminua a reboque. Tiro minhas coisas da mesa e decido que está na hora de tomar banho. Mas não antes de eu me curvar e, baixinho, deixar Lucky pensando em algo.

— Mal posso esperar pelo dia em que acordarei ao seu lado e te beijarei até não poder mais em público.

Tanto o chuveiro quanto o banheiro estão ocupados, então opto por me exercitar um pouco. Faz quase uma semana que não vou à academia, e tenho que criar uma rotina que funcione no ônibus, ou vou acabar parecendo um cara de quarenta e poucos anos, pai de trigêmeos, antes de chegarmos a Los Angeles.

No corredor entre a sala de estar e o quarto dos fundos, tem um pequeno depósito com uma barra elevada. Duff me mostrou rapidamente noutro dia — tem alguns halteres de peso livre no fundo do armário mais embaixo, e até um banquinho dobrável para supino. Vou ao chão para cinquenta flexões, faço alguns afundos para esticar e relaxar os músculos, então, agarro a barra. Meus músculos queimam, mas é uma sensação que aprecio. Estou na décima oitava repetição quando a porta da sala de estar se abre, e Lucky se aproxima.

Com os músculos tensos e duros, meus olhos estão colados nos dela enquanto fica parada ali, e finalizo as duas últimas elevações. Apesar dos músculos terem começado a vacilar há apenas um minuto, de repente estou na posição perfeita e recobro o controle total do meu corpo enquanto subo e desço de maneira fluida. Obrigado, testosterona.

Observo enquanto ela engole a saliva, analisando meu torso exposto que flexiona enquanto me ergo e desço. O olhar dela entrega o que ainda não aceitou. Pulo e caio de pé assim que termino a série de vinte que me propus a fazer. O corredor é apertado, e ela não vai conseguir passar se eu não sair da frente, então dou um passo para o lado e libero espaço. Bem, libero um *pouco* de espaço. Eu com certeza poderia me afastar a ponto de haver espaço para duas pessoas não se tocarem. Mas onde ficaria a diversão?

— Pensei que fosse tomar banho — diz ela ao meu peito nu, com uma rouquidão na voz que me faz endurecer na mesma hora.

— Ocupado — respondo, enquanto recupero o fôlego.

Ela faz que sim. Então, se move para passar, virando as costas e se movendo de lado pelo espacinho que deixei. Mas, no espaço limitado do corredor, a bunda dela roça em mim, e meu autocontrole se desfaz. Estendo a mão para impedi-la de passar, dedos agarrando sua cintura com força. Minha parte da frente sem camisa e suada contra as costas dela, e a respiração de Lucky vacila quando solto um suspiro bruto. Quero escorregar os lábios nesse pescoço e empurrá-la contra a parede na frente da qual ela está. Quero mostrar o que ela estar perto de mim faz comigo enquanto me pressiono contra sua bunda. Ela não tenta se mover.

Solto outro suspiro, meu hálito quente pousando no pescoço dela.

Lucky inspira rapidamente.

Escuto a água do chuveiro ser desligada ao fundo, mas estou preso nesta bolha, interpretando o que ela sente apenas pelo som da respiração e pela reação do corpo. Geralmente, gosto de música quando estou com uma mulher embaixo de mim. É um ritmo que os dois podem deixar fluir pelos corpos, se movendo em harmonia. Mas quero que a primeira vez que eu estiver dentro dela seja silenciosa. Assim, poderei ouvi-la respirar e deixar os seios me dizerem o que ela deseja de mim.

Jesus, essa mulher está testando até minha última gota de autocontrole. Meu corpo anseia por ela. Sem qualquer dúvida, eu a desejo. Mas não assim. Não com o namorado dela a vinte passos de distância. Não com ela ainda dormindo na cama dele à noite. Deixo minha mão cair e solto Lucky, me afastando. Eu vou me afastar, porque a quero. Mas não assim.

Consigo fazer o impossível: manter distância de Lucky quando ela está com Dylan, em um ônibus com pouquíssimos lugares nos quais me esconder. O sol está se pondo quando chegamos a Little Rock. O gerente da turnê entra no ônibus na parada do aeroporto, então, entrega duas passagens de avião para Mick. Ele está com uma das mãos ocupada com o traseiro da mulher à esquerda, e a língua na boca da outra.

Duff e eu estamos sentados no sofá assistindo ao final de um filme. Ele toma um gole de cerveja, ergue o queixo em direção a Mick e as duas colegas de quarto e diz:

— É como ver pornô ao vivo. Fique vendo, ele vai virar a cabeça e enfiar a língua na boca da mulher da esquerda. Então, a mão esquerda vai deslizar até as costas dela, enquanto a da direita agarra a bunda da outra. Depois, vai tirar dois cartões-postais do bolso de trás, que estarão autografados ao lado do nome da cidade em que conheceu as mulheres.

Entretido, me sento e assisto ao fim da cena de Mick em vez do filme. Mick faz exatamente como Duff descreveu. As duas dão uma risadinha quando ele entrega o cartão-postal e as acompanha para fora do ônibus. Eu rio.

— Ele usa essa jogada há um tempo, né?

— Sim. Quando são duas mulheres, ele entrega cartões-postais. Mick é um babaca. Se rola um beijo grego, ela garante um ingresso para o show na noite seguinte *e* um repeteco antes de ganhar uma passagem de primeira classe só de ida e um beijinho no aeroporto.

— Porra. Ele me deixou acordado metade da noite com elas. Acho que eu deveria estar feliz por não ter rolado nada grego, ou eu não dormiria hoje de novo no hotel.

Duff acaba com a cerveja.

— Não. As duas ganharam um cartão-postal. Estamos em Little Rock, ele vai passar a noite com a esposa.

— Mick é casado?

— Sim. Há quase quinze anos. Ele se casou com a namorada do ensino médio, Lydia. Ela é uma chata. Mas quem poderia culpá-la? Ela se casou com um otário. Dois filhos, um cachorro e uma cerca branca ao redor da casa no subúrbio.

— Caralho. E você? É casado?

— Divorciado. — Ele balança a cabeça e solta um riso cínico. — É irônico. Sou o único idiota que parou de mergulhar a pena na tinta durante a turnê quando encontrei uma boa mulher. Eu a surpreendi uma noite, voltando mais cedo para casa depois de um show. Estava com flores na mão e tudo, quando a peguei chupando nosso contador. A porra do *contador*, pelo amor de Deus.

— Nossa. Sinto muito.

— E sabe o que é pior? Ela parou de me fazer boquetes depois do casamento, mas lá estava ela, de joelhos para um cara com um pênis que mais parecia um palito.

— E o que você fez?

— Quebrei o nariz dele, me divorciei da piranha e jurei que nunca mais me casaria. — Ele dá de ombros. — Gosto demais de receber boquetes para me arriscar, de qualquer maneira. — Duff estende o braço até a pequena geladeira ao lado do sofá, lotada de cervejas, e pega uma para cada um de nós. — Você tem alguma garota?

— Estou trabalhando nisso.

Ele faz que sim.

— Bem... na noite da esposa, geralmente a banda toda vai jantar. O gerente da turnê tem uma mulher fixa que aparece e não diz nada. Lydia vai arranjar briga com Mick durante os aperitivos. E Lucky, é claro, vai estar lá.

Por não querer chamar atenção ao meu interesse em Lucky, eu não havia me intrometido. Mas fazer algumas perguntas agora não pareceria esquisito. Já tínhamos conversado a respeito de todas as mulheres dos outros membros.

— Esses dois estão em um relacionamento sério? — pergunto casualmente e abro a cerveja.

— Tão sério quanto Ryder consegue ser.

E isso quer dizer...?

— Ele não pensa em sossegar?

— Ele quer ter filhos. Lucky parece ser uma boa mulher. Aposto que ele vai deixar a situação oficial logo, logo. — Duff toma um gole da cerveja, e penso que ele terminou de falar, mas, então, complementa: — Mas duvido que isso vai impedi-lo de transar com fãs. E ele tem uma estrela pornô de vinte e nove anos com quem transou todas as vezes que passamos por Vegas nos últimos dez anos. Vai ser interessante ver se ele não some por algumas horas com Lucky junto na turnê.

Sem sinal de Mick desde que estacionamos em Little Rock, sugeri que Lucky e eu trabalhássemos na recapacitação da minha voz no quarto de hotel. Ela hesitou em concordar no começo, prendendo aquele lábio inferior carnudo entre os dentes enquanto refletia. Quando concordou, sorri vitorioso e dei até um soquinho no ar internamente.

Mas enquanto espero pela batida à minha porta, percebo que provavelmente aquela não tenha sido a melhor das ideias. Privacidade, uma cama grande e uma mulher que eu quero pra caralho embaixo de mim... Estou até sonhando com ela de noite, porra. É... não foi uma ideia muito boa.

Minha parte orgulhosa acha que, se eu a tentar, há uma chance grande de acabarmos arrancando as roupas um do outro. Mas não quero ser o outro cara. Ela está dentro de mim, e agora quero estar dentro dela. Só que, para variar, não estou falando só do meu pau.

Minutos depois, a batida chega, e abro a porta para encontrá-la parada ali. Ela está usando um short branco e uma regata, também branca e justa, que tem a boca icônica dos Rolling Stones feita de algum tipo de cristal. Dou um passo para o lado, para que ela possa entrar, e a luz chega pelas janelas altas, acertando Lucky bem no ângulo correto para que os lábios com gloss cintilem tanto quanto a camiseta. Merda. *Com certeza, uma ideia péssima*.

CAPÍTULO DEZENOVE

LUCKY

Eu disse a mim mesma que era tolice ficar nervosa por ir ao quarto dele. É meu trabalho, pensei, e Flynn é um amigo. Simplesmente nos deixamos levar pelo momento naquele dia no palco. Eu estava emotiva. Foi um momento de fraqueza. Nada mais.

A porta faz um clique quando se fecha atrás de mim. O quarto é... apenas a cama. Eu me viro, e Flynn ainda não se moveu. Ele me observa, o olhar pousando nos meus seios, então, descendo até as pernas expostas antes de voltarem para encontrar meu olhar.

Ele me encara.

Encara de verdade.

Como se quisesse me comer.

Droga. Talvez estejamos tendo outro momento.

Meu coração bate forte.

Os olhos dele, mais uma vez, varrem meu corpo e me devoram.

Observo seu pescoço se mover enquanto engole em seco.

Estou tentando manter a compostura, mas parece que tenho algumas borboletas raivosas na barriga.

Logo, ele resmunga. O som é uma mistura assombrosa de dor e frustração, mas, caramba, é sensual pra cacete. De repente, sei quantas terminações nervosas um corpo humano tem dentro de si. Porque sinto cada uma delas ganhar vida, é como se tivessem levado um choque. Eu não ficaria nada surpresa se estivesse toda brilhante como uma árvore de Natal.

Ele anda de um lado ao outro algumas vezes.

— Isso não é uma boa ideia.

— Por quê? — A razão é óbvia, mas pergunto mesmo assim.

Ele para e me olha.

— Você quer que eu diga em voz alta?

Engolindo a saliva com tudo, sem dizer nada, eu o encaro e faço que sim. Meu corpo treme enquanto Flynn avança na minha direção. Invadindo meu espaço pessoal, nossos corpos quase se tocando, ele curva a cabeça para me observar, e a diferença de altura entre nós me faz inclinar a cabeça para mantermos contato visual.

— Eu vou te dizer o porquê. Porque, se ficarmos sozinhos nesse quarto por mais um minuto, não vou me responsabilizar pelas minhas ações. — Ele faz uma pausa, e observo as pupilas dele dilatarem, o peito subir e descer. — Porque quero te prender contra essa parede atrás de você e segurar suas mãos acima da cabeça enquanto chupo os mamilos que observo todas as manhãs enquanto sou obrigado a beber café em vez de te comer. Porque quero te manter pressionada contra a parede enquanto meu rosto está enterrado entre as suas coxas, suas pernas balançando nas minhas costas. Porque quero te deixar encharcada para que, quando eu entrar em você, fundo e com força, não vou ter que ir devagar. Porque não vai ser fácil. Não vou conseguir me demorar com você na primeira vez como você merece. Não vou conseguir me controlar quando eu estiver tão fundo assim, vou literalmente explodir quando você explodir ao meu redor. Quero senti-la tremer de dentro para fora enquanto minha boca esmaga a sua até você mal poder respirar.

Estou chocada por eu ainda estar em pé. Estou ofegante e tonta.

Nunca na minha vida me senti tão desejada quanto nesse momento. Odeio fazer isto, mas tenho que quebrar nosso contato visual para simplesmente recuperar o fôlego e desacelerar a mente agitada.

Os dedos quentes dele erguem meu queixo para que eu encontre seus olhos.

— É melhor você ir embora — sussurra ele em aviso, a voz tensa.

— Mas e se eu quiser ficar?

Nos encaramos por um bom tempo. Os olhos dele me desafiam, e os meus o desafiam. Seu olhar me consome. Calor. Paixão. E talvez até um pouquinho de raiva corra pelas veias dele.

— Eu falei para você ir embora — Flynn rosna. Diminuindo a distância entre nós, nossos corpos ainda não se tocam, mas posso sentir o calor que emana dele. Dou um passo para trás, acertando a parede. Ele dá outro passo, e os braços me encarceram em ambos os lados da cabeça. Seus olhos ardem com tanta intensidade, que acho que posso acabar derretendo. O músculo da mandíbula dele flexiona, e sei que está por um fio. — É isso que você quer? — Ele estuda meus olhos enquanto uma das mãos desce para segurar as minhas, erguendo-as sobre a minha cabeça. — Me fale. É isso que você quer?

Assinto.

— Eu...

As palavras se perdem quando a boca dele esmaga a minha. Eu me esqueço completamente de tudo, exceto do beijo.

Desse beijo.

É a coisa mais incontrolável que já senti na vida. Sinto-o por toda parte. Minha boca, meus mamilos, a umidade reagindo entre as pernas, do topo da cabeça até a ponta dos dedos. É como se meu corpo todo estivesse adormecido nos últimos anos até que, de repente... *esse beijo*... o acordou.

Uma das mãos escorrega pela lateral do meu corpo, acariciando-o sem pressa enquanto chega para deslizar pela parte de trás da coxa, então, a ergue. Choramingo quando sinto a extensão dura dele através do jeans pela primeira vez.

De maneira instintiva, tento alcançá-lo, querendo trazê-lo para perto, enterrar os dedos em seu cabelo, mas me esqueço de que ele está segurando minhas mãos. Tento me soltar, mas isso apenas o faz me segurar com ainda mais força.

Ai, meu Deus. Nunca fui controlada antes, mas a sensação só poderia ser descrita como inebriante. Meu corpo vibra, e eu o beijo com mais intensidade, louca de desejo. A mão livre de Flynn se enrola no meu cabelo e o puxa, lhe dando melhor acesso ao pescoço. Ele chupa e morde pelo caminho de uma orelha até a clavícula oposta, então, sobe até a outra orelha.

— Você é tão linda — ele rosna.

Ele me faz sentir assim. *Bonita*. Como se fosse uma honra para ele me ter, em vez de o contrário.

Meus mamilos endurecem enquanto o polegar dele roça o seio pelo algodão macio da regata.

— Essas coisas... — confessa ele, beliscando um e, depois, o outro. — Essas coisas têm zombado de mim toda maldita manhã.

Arfo quando ele belisca de novo, com muito mais força agora, enviando um choque quente direto dos cumes endurecidos até entre as minhas pernas.

Desejo me percorre enquanto ele baixa a cabeça, ergue minha camiseta e o polegar mergulha no bojo do sutiã para que possa assoprar meus mamilos já duros. Ele alterna entre lambidas e sopros, me provocando e me deixando frenética. Na altura em que ele segura o inchaço do mamilo entre os dentes, penso que talvez eu acabe gozando antes mesmo de começarmos. Um gemido baixo escapa dos meus lábios.

Preciso de mais. Simplesmente, mais. Então ergo a outra perna e a enrolo na cintura dele, unindo os tornozelos. Arqueando as costas contra a parede, as pernas bem abertas ao redor dele, consigo a fricção de que tão desesperadamente preciso. O jeans, duro com a protuberância apertada, se esfrega contra minha pele sensível — o tecido fino do meu short praticamente não me impede de sentir cada centímetro dele. Cada. Um. Dos. Muitos. Centímetros.

Flynn me mantém presa à parede, saqueando minha boca, infligindo uma tortura deliciosa contra os seios, até que sou apenas suspiros. Então, ele solta minhas mãos, as pernas caem, e ele dá um passo para trás. Por um segundo, penso que vai colocar um fim na imprudência, mas, logo, sorri. É um sorriso lento e diabólico, com tanta intensidade nos olhos que quase me deixa sem fôlego.

— Flynn...

— Tire o short.

O sr. Bonzinho parece ter um lado mandão. Gostei. Muito. Estou descobrindo muita coisa a respeito de mim mesma hoje, coisas que eu não fazia ideia que poderiam ser tão excitantes.

Devagar, prendo os polegares na parte interna do short, e rebolo ao descê-lo pelas pernas. Geralmente, não tenho vergonha do meu corpo. Gosto das minhas curvas, e fui abençoada com uma genética que me permite comer tudo que quero e ainda continuar magra, mas, se eu tivesse qualquer problema com a minha aparência, teria desaparecido com a maneira que Flynn me olha.

Ele não me estuda com suspeita. Ele aprecia, como se observasse uma obra-prima que devesse ser valorizada. Não tenho certeza se é outro de seus talentos intangíveis ou se realmente adora o que vê, mas agora eu não poderia me importar menos. Porque me sinto como ele faz com que eu me sinta. Linda.

Depois de se demorar me engolindo com os olhos, ele fica de joelhos.

Está cumprindo tudo que me disse que queria fazer quando perguntei o motivo de ser melhor eu ir embora. Ainda me mantendo pressionada com as costas na parede, ele inclina a cabeça e me observa. Nossos olhares se encontram quando ele apoia uma das minhas pernas no ombro.

O ar gelado na minha pele molhada e sensível, junto da maneira como ele me observa, me arranca um arquejo. O som faz os olhos dele queimarem e escurecerem ainda mais.

— Me observe — diz ele, então, sua boca está em mim. Lambendo e chupando, o rosto mergulhado entre as minhas pernas enquanto ele devora cada centímetro meu. Sua língua chicoteia meu clitóris, girando e o acertando até que eu mal consiga formar uma palavra coerente.

— Ai, Deus. — Meus dedos se enterram no cabelo dele enquanto chego mais e mais perto do clímax, meu corpo gananciosamente se movendo contra ele enquanto Flynn me esfrega com a língua que me lubrifica, faminta, e o orgasmo me domina. Tremo de maneira quase violenta quando ele continua a drenar mais e mais do meu corpo com uma vitalidade impiedosa. Bem quando penso que estou no limite, prestes a escorregar pelo arco-íris do orgasmo, ele enfia dois dedos em mim. De maneira gentil, mas com firmeza, Flynn gira ao entrar e sair, literalmente fazendo com que um orgasmo comece bem quando o outro termina.

Ainda tremendo, mal noto que ele me ergueu até estarmos na cama. Com uma destreza que não quero pensar em como foi adquirida, ele abre meu sutiã e tira o resto da minha roupa antes de começar a se despir.

Ele guia minhas costas até o colchão e me acompanha. Com um timbre áspero e um sorriso malicioso, diz:

— Você está dentro de mim desde o dia em que nos conhecemos. Está na hora de eu te retribuir o favor. Só que vou ser muito mais literal.

Estendo os braços para segurá-lo, fechando os dedos ao redor do pau grosso, mas ele rapidamente afasta minhas mãos. Olho para ele, a expressão confusa.

— Não vou conseguir me segurar. Estou quase no limite só com seu gosto na língua. Quando eu gozar, quero que seja dentro de você. — Aquelas covinhas malditas se transformam em cavernas maravilhosas. — Além disso, já faz um tempo.

De tudo que ele disse desde que entrei pela porta, algo naquela última frase me convence.

— Bem, então não deveríamos esperar nem mais um segundo — sussurro, rouca.

Ele rapidamente coloca uma camisinha e se posiciona na minha entrada. Nossos olhares se encontram e se demoram. Com uma das mãos na nuca dele, eu o puxo para um beijo, e, assim que nossos lábios se encontram, ele desliza para dentro.

Nos beijamos por um minuto inteiro enquanto ele se acomoda aos poucos em mim, então, assim que está todo envolto, assim que estou toda tomada, ele afasta a cabeça e nossos olhos se encontram outra vez.

Ele mete fundo, mas devagar, enquanto me analisa. Parece que está memorizando as reações do meu corpo a tudo que ele faz. Deslizando a mão por baixo da minha bunda, Flynn inclina meus quadris só um pouquinho, mas isso o permite entrar ainda mais fundo. A sensação é divina. Meus olhos piscam ao se fecharem, sucumbindo à sensação incrível de estar completa, e ele murmura no meu ouvido:

— Linda.

Encontrado nosso ritmo sem perdermos tempo, nos movemos em harmonia perfeita, como se fizéssemos isso há anos, em vez de ser nossa primeira vez. Parece tão... certo. Nossos corpos se excitam de novo, mais rápido desta vez, mas não menos intenso quando chegamos ao ápice. Estremeço e o encaro quando começo a gozar de novo, e, em seguida, ele mete com mais força.

— Você. É. Tão. Gostosa.

Ele geme meu nome quando se alivia dentro de mim antes do meu orgasmo ter sequer passado por completo. Depois, nos abraçamos apertado, gentilmente nos movendo para a frente e para trás enquanto recuperamos o fôlego.

Mas recupero o fôlego rápido demais. Porque o perco de novo quando batidas altas soam à porta.

CAPÍTULO VINTE

FLYNN

— E se for o...? — pergunta ela, uma expressão de pânico no rosto.

— Eu lido com isso. — Estou terminando de vestir uma das pernas da calça quando a batida soa de novo. Desta vez, mais alta, mais insistente.

Lucky procura desesperadamente as roupas na cama.

— Mas se for ele... Não sei onde minhas roupas estão. Tenho que me esconder.

— Você não vai se esconder.

— O quê? Por que não?

— Porque não temos dezesseis anos, e eu disse que vou lidar com isso.

Ela me encara com olhos arregalados, como se eu tivesse enlouquecido.

— Olhe. — Puxando o jeans pelos quadris, não me importo de abotoá-lo antes de apoiar o joelho na cama e me inclinar para a frente. — Fique nua. Não dou a mínima para quem está na porta, vou me livrar de seja lá quem for. — Puxo o lençol que ela agarrou contra o peito e dou uma olhada entre o tecido e a pele dela. — Rápido. Vou me livrar de seja lá quem for... rápido. — Dou uma piscadela.

As batidas, agora, parecem mais golpes raivosos quando abro a porta com tudo para pegar seja lá quem esteja do outro lado de surpresa. As duas garotas pulam tão assustadas, que quase caem no chão.

— Merda. Vocês duas estão bem? — Estendo a mão e seguro o cotovelo direito de uma delas, bem quando ela está prestes a cair. Assim que se recupera, joga os braços ao redor do meu pescoço, me envolvendo em um abraço apertado.

— Ai, meu Deus! É você mesmo!

Afasto a cabeça e tento me desvencilhar do aperto.

— Sim. Sou eu. E quem é você?

— Ai, meu Deus! — grita ela para a amiga com uma agudez capaz de quebrar vidros... bem na minha orelha. — Ele quer saber o meu nome.

Consigo sentir o cheiro de álcool no hálito dela, e parece que ainda estão com as roupas da noite passada.

— É um prazer conhecer vocês duas, mas estou no meio de algo importante. Espero vê-las no show mais tarde.

— Sim! Vamos seguir o ônibus até o próximo show. Fomos noite passada. Fomos ver a Easy Ryder, mas... meu Deus... você foi incrível.

— Obrigado. — Dou um sorriso. — Bem, estou dando duro. Então vejo vocês daqui a algumas noites, certo? — Eu me viro para a porta, da qual mantive apenas uma fresta aberta. — Como vocês se chamam, queridas?

Escuto as garotas, Lindsay e Jenna, gritando e saltitando mesmo depois que fecho a porta. Volto à cama, balançando a cabeça.

— Dando *duro*, né? — Lucky arqueia uma sobrancelha.

— Eu disse a verdade. — Abro o zíper da calça. Os olhos dela acompanham o som. A expressão hipnotizada de Lucky me faz endurecer outra vez enquanto tiro o jeans.

Ela engole em seco.

— Parece que Lindsay e Jenna estavam animadas por te conhecer.

— Sim. — Foco nos olhos dela enquanto me excito sem pressa com a mão que sobe e desce. — Parece que eu também estou animado. — Afasto o lençol e fico em cima dela, pairando.

A voz dela soa suave, mas tingida de preocupação, que combina com os olhos quando os ergue até mim, nossos narizes a centímetros de distância.

— O que vamos fazer?

— Agora? Vou te fazer esquecer que qualquer outra pessoa existe. Daremos um jeito em tudo mais tarde.

Nós dois estamos em silêncio há um tempo. A cabeça dela está apoiada na dobra do meu braço enquanto um dedo traceja um caminho sobre as tatuagens no meu bíceps. Sei que ela quer conversar sobre algo específico, mas dou tempo a Lucky para que seus pensamentos encontrem as palavras certas.

— Eu não sou uma traidora — sussurra ela.

Beijo o topo de sua cabeça, e o braço que tenho ao redor dela a aperta para tranquilizá-la.

— Nunca achei que você fosse.

— Mas agora sou. Quer dizer, essa é a primeira vez que traio alguém.

— Eu também.

— É sério?

— Você parece surpresa. — O comentário dela machuca um pouco.

— Não foi o que eu quis dizer. É que... você... você é meio que paquerador. Sabe, tem toda aquela coisa de astro do rock?

— E isso faz de mim um traidor?

— Não. Eu realmente não quis dizer isso. Podemos recomeçar?

— Que tal se dissermos que geralmente não traímos? Podemos seguir em frente a partir disso.

— Certo. — Ela fica quieta por um bom tempo antes de falar de novo. — Estou com Dylan há quase um ano.

Não é como se isso fosse novidade para mim, mas o lembrete é como um tapa na cara. Não respondo. Porque... o que é que se diz em resposta a isso?

— Pensei que eu estivesse apaixonada por ele.

Aparentemente, o tapa era só um aquecimento para o soco no estômago.

— Pensou?

Ela faz que sim.

— Mas estou confusa agora. Eu estava deitada na cama outra noite, tentando entender se me desapaixonei ou se nunca estive apaixonada; ou se o amo, mas não do jeito que deveria.

Eu me movo, fazendo-a se levantar do meu peito e a acomodando outra vez na cama, para que eu possa vê-la. Odeio essa conversa, mas preciso vê-la.

— E você entendeu?

Ela balança a cabeça.

— Você acha que hoje foi um erro?

— Essa é a questão. Hoje pareceu... certo. Nem de longe pareceu errado.

— Todos os minutos, desde o dia em que te conheci, têm sido assim para mim. — Tenho certeza de que estou soando como um panaca, mas foda-se, não dou a mínima.

Ela encontra meus olhos.

— O que vamos fazer?

— A pergunta não é o que *nós* vamos fazer. É o que *você* vai fazer. Porque estou bem aqui, esperando que você se decida.

Ela engole em seco.

— Você poderia me dar alguns dias?

Faço que sim, odiando o fato de ela precisar disso, mas a verdade é que parece que a estive esperando a vida toda. Mais alguns dias não me matariam. Ou matariam?

CAPÍTULO VINTE E UM

LUCKY

Faz dois dias desde que dormi com Flynn. Dois dias desde que minha mente começou a perder o controle e que não tenho condições de pensar direito. Olho para Dylan deitado ao meu lado enquanto o ônibus zumbe pacificamente ao longo da estrada sem tráfego no meio do nada. Um homem que eu desejava desde os quinze anos. Estou vivendo o sonho de toda garota. Só que não sou mais uma garota. Sou uma mulher. Ainda assim, não tenho certeza se sei a diferença entre luxúria e amor, paixão e dedicação.

Eu sinto algo por Dylan, tenho certeza disso, e pensei que fosse amor. Mas se eu o amasse, teria feito o que fiz? Ele me faz bem. Um relacionamento com um músico em turnê não é fácil. Mas ele se empenhou, encontrou tempo para mim e até deu um jeito para que pudéssemos ficar juntos nessa turnê. E olhe como estou mostrando a ele minha apreciação.

Nas últimas duas noites, fingi já estar dormindo antes de ele entrar no quarto. Me sinto culpada até estando deitada aqui. O engraçado é que minha raiva é menos intensa com relação a Dylan, mas mais forte com relação a Flynn. Estou com Dylan há quase um ano, só que me sinto culpada por dormir com ele. No fundo, sei o motivo. É porque a culpa é uma ofensa do coração, e ao estar deitada aqui, estou cometendo um crime contra o homem que capturou uma parte minha. Mas será que dois homens podiam, ao mesmo tempo, ter pedaços do meu coração?

Eu era muito boa em geometria, mas a logística desse triângulo está me deixando tonta. Mesmo se eu terminasse com Dylan, onde isso deixaria Flynn na turnê? Ele ainda tem mais algumas semanas pela frente como substituto de Linc, depois, a banda dele se juntará à segunda metade da turnê da Easy Ryder. Não é como se eu pudesse terminar com Dylan para que Flynn e eu pudéssemos seguir felizes por outro caminho.

Assim que Dylan descobrisse que estávamos juntos, saberia que tudo começou pelas costas dele. E *isso* com certeza não cairia bem. Eu não ficaria surpresa se ele demitisse a In Like Flynn e fizesse a culpa ser deles em uma tentativa de manchar a reputação da banda.

E sei, por experiência própria, que manter qualquer relacionamento privado quando se é uma figura pública é quase impossível. Não importa de qual ângulo eu olhe para a situação, Flynn parece sair perdendo. Então continuo olhando. De novo e de novo.

Me viro e me remexo por mais uma meia hora, pensando na noite de amanhã. Chegamos em Austin, e mal posso esperar para ver Avery. Ela nunca foi fã de Dylan, então tenho certeza de que quando eu a atualizar, torcerá por Flynn. Eu talvez esteja tentando montar um conselho que valide o que meu coração me diz para fazer.

Apesar de ser cedo, até para mim, saio da cama, vou ao banheiro na pontinha dos pés e me lavo antes de seguir até a área comum.

— Oi. — A voz de Flynn me surpreende. Ele está em sua posição matinal de sempre: braços apoiados no balcão, esperando o café ficar pronto.

— Você acordou cedo.

— Não consegui dormir. — Ele olha para minha camiseta, onde ele é, sem dúvida, cumprimentado por uma saudação dura, então, volta a me olhar com um sorriso paquerador. — Venha aqui — diz ele com uma voz baixa e incrivelmente sedutora. Essas duas palavras simples me deixam com um friozinho delicioso na barriga. Então, ele curva os dedos devagarinho para mim.

Reflito por um instante, me virando para olhar a porta fechada atrás de mim, então, foco em Flynn outra vez. Ele simplesmente espera, com aquele sorriso sensual, que eu vá até ele. Pecaminoso de todas as formas possíveis.

Eu o quero.

Não, eu não o quero.

Deus. Sim, eu com certeza o quero.

Dou a meia dúzia de passos para chegar até ele, meus pés mal finalizando o último quando as mãos de Flynn se enrolam no meu pescoço, e a boca esmaga a minha. Uma das mãos mantém um aperto firme na nuca, o polegar segurando com força meu pescoço; a outra vai até a minha bunda, e ele me puxa com firmeza contra si. Ai, meu Deus. *Firmeza*. Firmeza é com certeza o que sinto.

O homem rouba de verdade meu fôlego. Sou praticamente uma poça no chão quando ele me solta.

— Bom dia. — O som vibra nos meus lábios, mas o sinto muito mais embaixo.

O bom senso finalmente retorna, e dou um passo para trás. Estou em um ônibus com meu namorado e o resto da banda dele, e um deles pode chegar a qualquer momento. Pigarreio, ainda abalada com o beijo, e vou me sentar.

— Sim. Hummm. Eu também não consegui dormir.

Flynn prepara nossos cafés e traz duas xícaras fumegantes à mesa. Ao contrário das outras manhãs, ele se acomoda no mesmo banco que eu, ao meu lado, não de frente para mim.

Não tem muito espaço, então nossos ombros e coxas estão pressionados.

— O que você está fazendo?

— Como assim? — Ele leva a xícara até a boca, com um sorriso diabólico, e toma um gole com um brilho malicioso nos olhos.

— Por que se sentou deste lado? — Semicerro os olhos.

— Ah, porque é mais difícil alcançar.

Estou com medo de perguntar.

— Alcançar o quê?

Em vez de me responder, ele sobe os dedos pela minha coxa, então, com olhos ardentes, afasta bastante uma coxa da outra debaixo da mesa.

Minha respiração falha audivelmente. Eu deveria impedi-lo.

Deveria.

Sim, é o que vou fazer.

Pare! Espere aí... eu gritei isso na minha cabeça, mas não disse nada em voz alta.

Os dedos de Flynn exploram a parte interna da minha coxa.

Eu deveria impedi-lo.

Não, não faça isso.

Mais para cima. Sim. Cacete. Isso. Isso mesmo.

Não. Pare. Eu com certeza vou fazê-lo parar.

As palavras travam na minha garganta. E, quando percebo, os dedos dele estão me acariciando. Para cima e para baixo, por cima do material fino do pijama, mas é incrível mesmo assim. O jeito como ele me observa com tanta atenção, com tanto desejo nos olhos, me afeta e sinto a umidade crescendo.

Ai, cacete.

Seus dedos encontram meu clitóris, e ele o esfrega com pequenos círculos, a renda da calcinha causando a quantidade certa de fricção para que eu talvez goze só com os dedos dele em mim por cima do tecido.

— Ai, Deus.

— Está gostoso? — A voz dele soa rouca.

Assinto e deixo meus olhos piscarem e fecharem. A pressão começa a crescer dentro de mim.

E crescer.

Estou tão entregue, que escuto o som da batida do meu coração pulsando alto no ouvido. É provavelmente por isso que não escuto a porta sendo aberta.

Por sorte, Flynn escuta e a mão dele desaparece.

— Por que acordou tão cedo, caralho? Volte para a cama. — A voz sonolenta de Dylan me arranca da confusão mental pré-orgasmo, como se eu tivesse acabado de tocar um fio energizado.

Quase me engasgo ao tentar falar — minha boca, de repente, seca como nunca.

— Hummm... não consegui dormir.

Dylan olha de Flynn para mim, apertando os olhos de maneira suspeita.

— Venha, vou te cansar até você ficar exausta a ponto de dormir por mais algumas horas.

Não sabendo o que falar ou fazer, e com certeza me sentindo culpada pra cacete, faço que sim.

— Com licença — peço com a voz trêmula a Flynn. Por um segundo, entro em pânico ao achar que ele não vai se mover, que tudo está prestes a explodir na minha frente.

Mas Flynn se vira e encontra meus olhos, em busca de algo. Sua mandíbula tensiona, então, ele se levanta para me deixar sair. Sinto seu olhar frio me acompanhar pelo caminho todo de volta ao quarto.

Tento arranjar um tempinho a sós com Flynn pelo resto do dia, mas ou ele está com muito sono ou me evitando de propósito, porque passa o resto da viagem de ônibus na cama. Tenho certeza de que a última opção é a correta, só que não faço ideia de como consertar as coisas. Bom, isso não é bem verdade. Sei como *Flynn* gostaria que eu consertasse as coisas. Eu, por outro lado, não sei o que quero consertar. Meu estômago se revira com uma mistura de culpa e lamento. Não confio mais no meu julgamento. A partir do momento em que meus olhos encontraram Dylan há tantos anos, eu me apaixonei perdidamente. Mas meus sentimentos nunca evoluíram. Enquanto, a cada dia, meus sentimentos por Flynn se intensificam. Será que realmente não sei a diferença entre paixão e amor aos vinte e cinco anos?

O sol desaparece rapidamente no horizonte da cidade quando chegamos em Austin, e todo mundo está ansioso para sair do ônibus, principalmente Flynn. Estacionamos em uma vaga, e Flynn sai e vai até um carro estacionado a algumas vagas de distância. Um cara sai do veículo, e os dois trocam um abraço de urso, dão tapinhas nas costas um do outro, então, desaparecem rapidamente.

— Pronta? — Dylan está sendo ríspido comigo desde hoje cedo. Voltei ao quarto, mas não consegui me convencer a trocar amassos com ele. Não depois que as mãos de Flynn estiveram em mim. Não é a primeira vez que rejeito os avanços de Dylan nos últimos dias, e ele está cada vez mais impaciente.

— É claro.

— Pegou tudo? O ônibus não pode ficar estacionado aqui à noite, então não vai poder voltar e pegar um salto alto, ou seja lá o que você se esquecer desta vez depois que tivermos saído.

— Eu peguei tudo. Espere. Preciso levar um salto?

Dylan revira os olhos.

— Eu sei lá, Lucky. O que você geralmente veste numa boate?

— Boate?

— Sim. Boate. Eu te falei mais cedo, mas você não devia estar prestando atenção. *De novo.* Um amigo do Flynn é dono de uma boate em Austin, e vai separar uma área para nós. Então traga sapatos, ou qualquer outra porcaria de que você precise.

Ótimo. Incrível pra caramba. Mal posso esperar. Uma noite fora não com um, mas *dois* dos homens que estão nervosos comigo.

The Capitol talvez seja a maior casa noturna que já vi. E isso quer dizer muita coisa, já que cresci em Nova York e passei metade da vida viajando com a banda do meu pai. Durante o dia, aposto que as pessoas passam pela construção irrelevante e supõem ser um armazém velho. Mas a fila que se estende por toda a frente do local e desaparece na esquina hoje à noite é uma prova de sua popularidade. Se *esse* lugar está cheio, o resto dos bares e boates na cidade de Austin devem estar vazios.

A segurança da Easy Ryder nos leva do SUV escuro direto para dentro do clube, pulando a fila de pessoas que espera e causando um burburinho de curiosidade quando passamos. Do lado de dentro, o primeiro andar tem uma banda ao vivo de rock'n'roll, uma pista de dança gigantesca e bares por quase todo o perímetro extenso. Olhando para cima, vejo mais dois andares, e uma varanda envolve cada um deles, protegidas por uma parede de vidro. As pessoas andam sem destino, observando a multidão dançando abaixo. Homens que mais parecem troncos de árvores protegem a entrada dos andares superiores.

Todos os caras da Easy Ryder e suas acompanhantes, exceto Linc e Flynn, se amontoam em um elevador, e somos levados até uma sala de vidro no segundo andar acima da pista de dança. É realmente de vidro — o chão, as paredes, tudo. Olho para baixo e vejo um monte de gente dançando na pista. Distraída, não noto o cara que vi buscar Flynn mais cedo chegar. Ele dá uma olhada na minha cara e sorri, sabendo exatamente no que estou pensando.

— Só dá para ver de cima para baixo... ninguém está vendo por baixo da sua saia.

Olho ao redor do ambiente — tem um bar no canto, alguns caras que parecem vagamente familiares, mas nenhum sinal de Flynn. Lydia, a esposa de Mick, se aproxima e engancha o braço no meu.

— Você está com a aparência de alguém que acabou de ver o cachorro ser atropelado.

Eu havia me encontrado com Lydia algumas vezes. Ela é inteligente, sarcástica e não tem qualquer filtro; se surge na cabeça, sai pela boca dela. Ela se daria muito bem com Avery. Na verdade, estou ansiosa para apresentar as duas amanhã à noite no show.

— Só estou cansada. Não dormi muito bem.

— A vida na estrada é complicada. — Ela dá uma olhada em Mick e Dylan. — É ainda mais complicada com babacas mal-humorados iguais a eles. — Nós duas rimos. — Vamos, Lucky. Vamos viver um pouco. Esses idiotas velhos vão ficar parados bebendo cerveja. Estou vendo um barman muito bonitinho com copos de dose, e a pista de dança está chamando meu nome.

Tomo uma dose para cada duas que Lydia ingere; as duas que bebo deixam minha cabeça girando, e, de alguma maneira, ela parece estar perfeitamente bem depois da quarta dela. Devo ser a dona de bar mais fraca para álcool do mundo.

Uma hora mais tarde, estou no segundo drinque de frutas. A música está bombando, e a sinto percorrer minhas veias. Ou talvez seja o álcool. De qualquer maneira, ela passa por mim, levando embora todas as preocupações. A multidão embaixo aumentou, a música foi de rock para algo mais R&B. Os corpos se movimentam em um ritmo sensual.

— Venha. Vamos dançar. — Lydia pega minha mão.

Damos uma passada na mesa de Dylan e Mick. Mick acena, não se importando com aonde ela vai. Dylan, por outro lado, me olha irritado.

— Por que não vem comigo, então? — grito por cima da música que parece ter ficado mais alta desde que começamos a conversar.

— Pode ir. Mas guarde um pouco de energia para mim mais tarde — diz ele. Fingi de tudo, desde cansaço até dor de cabeça nos últimos dias todas as vezes em que ele tentava ser íntimo comigo.

Na pista de dança embaixo, a música está tão alta que não consigo sequer me ouvir pensar. É exatamente do que preciso. Uma música nova com uma batida incrível toma conta do lugar, e começo a mover o corpo, deixando o ritmo assumir o controle da minha mente.

— Isso mesmo, querida. Abra mão de tudo que estiver te incomodando — fala Lydia, mas eu meio que tenho que ler os lábios dela.

Ela fecha os olhos e se junta a mim, se perdendo na música. Alguns caras tentam dançar com a gente, mas os enxotamos e ficamos sozinhas. Ergo os braços acima da cabeça, permitindo que os quadris balancem de um lado ao outro, e meus olhos se fecham sozinhos.

Estou no limite da consciência, perdida em algum lugar nesta ilusão, até que sinto algo. Arrepios se espalham por toda a minha pele antes de compreender o que está acontecendo. Abro os olhos e, como um inseto hipnotizado pela luz, eu o vejo. Flynn. Ele está nos andares acima, parado contra a parede de vidro, e seus olhos azuis consomem os meus. Mesmo com todo o espaço entre nós, a raiva está clara no olhar dele. Observo enquanto ele vira a bebida e entrega à garçonete parcialmente nua o copo vazio sem sequer olhar na direção dela.

— Você está bem? — pergunta Lydia, notando que estou congelada na pista de dança.

— Sim. Eu... hummm... estava só dando uma olhada nas salas VIPs ali em cima, tentando entender em qual estamos.

— Ah, estamos bem ali. — Ela aponta para o segundo andar. Para a sala bem embaixo da qual Flynn está parado. Ainda focando em nós, Flynn acompanha nosso olhar, e observo enquanto ele olha para baixo e vê todos os caras da Easy Ryder abaixo dele. Ele pode ver o que tem embaixo, mas a banda não pode ver o que tem em cima. Isso me faz questionar há quanto tempo ele está parado ali. Será que estava me observando na última hora que estive na sala logo abaixo?

Sem saber o que fazer sob o escrutínio de seus olhos, por fim, tento voltar a dançar. Mas perdi a vontade — a atmosfera foi de estar perdida no momento a estar perdida no homem. Outra bebida, com certeza, é necessária. Lydia faz um biquinho, mas me acompanha, de novo enganchando o braço no meu enquanto abrimos caminho até o elevador para voltar à sala VIP no segundo andar.

O segurança aperta um botão, e as portas deslizam ao se abrirem. Lá dentro, um guarda aperta o número dois... mas, então, noto que não tem botão para o andar acima do nosso.

— Tem só dois andares no painel. Como as pessoas chegam ao terceiro? — pergunto.

— É preciso um cartão de segurança. — Ele aponta para a parte de cima do painel. — Você tem que passá-lo aqui nesta fenda, e o elevador te leva até lá. É só para o chefão, os amigos dele e funcionários.

Sei que bebi muito quando começo a cantar em público. São apenas palavras sussurradas, mas o ritmo soa em uníssono com meu coração, e sinto as palavras quando canto *Someone New* junto de Hozier. Os últimos versos do refrão lamentam o fato de se apaixonar um pouquinho mais a cada dia por uma pessoa nova. Canto as palavras olhando para cima, imaginando se Flynn também as está cantando olhando para mim.

Por fim, a música acaba. Ainda encarando o teto de vidro opaco, solto um suspiro trêmulo. Me sentindo desolada, decido que preciso de alguns minutos sozinha para clarear a mente. Dylan está ocupado discutindo com o gerente da turnê quando peço licença e digo que preciso ir ao banheiro, mas, na verdade, vou até o elevador em busca do ar fresco de que preciso desesperadamente.

O segurança está no celular, mas abre a porta do elevador quando chego. Poucos segundos depois, as portas se abrem — eu não tinha sequer notado que não estávamos descendo.

— O chefão quer te ver. — O homem corpulento estende o braço, gesticulando para que eu saia do elevador.

Não tenho que perguntar para qual lado ir. Vou até a mesma sala na qual eu estava, só que um andar acima. Minhas entranhas se reviram ao ver uma mulher competindo pela atenção de Flynn enquanto ele continua parado no canto, braços cruzados com firmeza. Até noto a loira alta e esbelta, mas Flynn... só tem olhos para mim.

Estamos em cantos opostos, nossos olhos conectados, até que ele se impulsiona para longe da parede e, com algumas passadas longas, vem até mim. Noto a mandíbula dele flexionar, assim como a escuridão nos olhos geralmente azul-claros.

O amigo dele de mais cedo se aproxima de nós, e seu rosto deixa claro que analisa algumas imagens mentais antes de me reconhecer.

— Você é a namorada do Dylan Ryder, certo?

Flynn olha para o amigo, então, de novo para mim. Sua resposta é dita direto aos meus olhos, apesar de as palavras não serem para mim:

— Você poderia esvaziar a sala, Blake?

Pelo canto do olho, vejo as sobrancelhas do amigo se franzirem, então, ele entende tudo.

— Merda. Você está querendo arranjar problema. — Blake balança a cabeça, mas, um minuto mais tarde, a sala está vazia, exceto por Flynn e eu.

Flynn olha para baixo, então, fecha os olhos e respira antes de falar:

— Minha mãe criou minha irmã Bec e eu sem qualquer ajuda. Ela se esforçava todos os dias para pagar as contas e nunca teve tempo para si. Nosso pai foi embora quando eu tinha oito anos. A secretária dele estava esperando no carro no dia em que ele se mudou.

Ele passa a mão pelo cabelo. Estendo o braço para tocá-lo, mas ele ergue a mão.

— Não. — O desdém em sua voz me faz querer vomitar.

— Bec se casou com um professor otário. Minha sobrinha, Laney, tem uma meia-irmã que é três semanas mais nova que ela. Um presente da assistente de aulas do pai.

— Eu sinto muito — sussurro. E sinto mesmo. Apesar de não ter certeza de que minhas palavras sirvam de conforto, já que sou o motivo da turbulência emocional dele.

— Eu não sou o outro cara.

A ironia é que ele nunca foi o outro cara. Desde a primeira vez que ultrapassamos aquele limite, *Dylan* se tornou o outro cara. Mas assinto mesmo assim, respeitando o que ele está dizendo muito mais do que respeito a mim mesma neste momento.

Flynn olha para baixo, e meus olhos acompanham os dele para observamos o piso de vidro. Estamos parados quase exatamente em cima de onde Dylan está sentado.

— Amigos? — pergunta ele. — Podemos voltar a ser amigos?

Parece que tem um peso enorme no meu peito quando vou sozinha até o elevador. Ele está certo ao colocar um fim no que, para começo de conversa, não deveria ter sequer acontecido. Mas agora me pergunto se podemos realmente voltar a ser amigos depois de termos passado pelo borrão e ultrapassado o limite.

CAPÍTULO VINTE E DOIS

FLYNN

Alana Evans não cala a boca. E digo isso do jeito mais educado possível. Ela é a melhor amiga da minha irmã desde a terceira série, então são basicamente vinte e um anos de uma frase sem fim. Brinco com Becca que Laney é, na verdade, filha de Alana, com a falta de paradas para respirar quando desembesta a falar animada, mas a verdade é que Laney é muito parecida com Alana porque Alana e Becca cresceram quase como irmãs, e são muito parecidas. A criação ganhou da natureza no caso dessas três.

Paramos no estacionamento de curto prazo em Bergstrom e vamos até o terminal. Agora, estou acostumado com as pessoas me encarando. No último ano, muitas me reconheceram, apesar de não saberem exatamente de onde de primeira. Ultimamente, o reconhecimento chega mais rápido, às vezes no mesmo segundo. Mais cabeças do que de costume se viram quando passamos, mas meu lado presunçoso leva um tempo para entender o motivo. Alana é linda de matar. Não é novidade — ela não se transformou de um patinho feito em um cisne majestoso nem nada do tipo, ela é gostosa praticamente desde a terceira série. Lá pelos dezessete anos, isso ficou na minha mente por alguns minutos numa noite em que estávamos nadando na piscina do vizinho, e ela vestia um biquini branco que ficou transparente quando entrou na água.

Era uma noite quente de julho, as estrelas brilhavam, minha irmã tinha adormecido e o ar estava quente e úmido ao nosso redor. Eu havia tomado algumas cervejas e meu julgamento não estava muito bom, o que me levou a pensar com meu pau de adolescente. Por sorte, uma coisa *não* levou a outra, e, na manhã seguinte, acordei com o som da voz de Alana tagarelando à mesa da cozinha. Eu amo essa mulher. Mas não existe fita adesiva o bastante no mundo.

Meus ouvidos estão quase dormentes quando avisto Becca e Laney na restituição de bagagens. Minha síndrome de coitado das últimas vinte e quatro horas some abruptamente quando vejo o rosto de Laney. Os olhos dela se arregalam, e ela dá um sorriso tão grande, que eu provavelmente poderia contar todos os seus dentinhos. Ela vem correndo na minha direção, de braços abertos, e quase faz um idoso cair no chão quando passa voando por ele.

— Tio Sinn! Tio Sinn!

Minha irmã revira os olhos, mas sorri e cumprimenta a melhor amiga enquanto ergo Laney com os braços e a giro no ar.

— Tampinha! Você chegou.

Ela dá um gritinho quando a balanço. Espero muito que ela pense nunca ter passado dessa fase. Porque é melhor do que qualquer remédio ou droga a que já recorri para aliviar a dor.

Jogo a mochila de Laney em um dos meus ombros e a carrego no outro braço para cumprimentar minha irmã.

— Como foi o voo? — Me curvo para baixo e dou um beijo na bochecha dela.

— Bom. Só que talvez a companhia aérea nos proíba de voar com eles de novo. Laney falou durante o voo todo. Com os comissários, com o cara ao lado dela, com as pessoas da fileira atrás, da fileira em frente.

— Imagine. Acho que está tudo bem. Se banissem pessoas por falarem demais, Alana teria sido castigada há anos.

Alana dá um tapa no meu peito.

— Falando nisso, ela contou para todo mundo no avião que o tio era um astro do rock e que ela estava vindo te ver. Não sei se nem metade das pessoas acreditou, mas as adolescentes que estavam algumas fileiras à frente sabiam seu nome e perguntaram se você estaria no aeroporto.

Como se combinado, duas adolescentes se aproximam hesitantes de nós e pedem meu autógrafo. Quando as malas de Becca e Laney aparecem na esteira, temos uma boa multidão ao nosso redor. Teremos que ensinar a Laney o significado de discrição algum dia.

Geralmente, quando viajo a trabalho, reservo o quarto mais barato. Na maioria das vezes, de qualquer maneira, festejo até o raiar do sol, então não via motivo para gastar dinheiro em um quarto no qual eu só apagaria por algumas horas. Mas, desta vez, reservei uma suíte de dois quartos pelas noites em que ficaremos em Austin, assim eu e Laney podemos passar um tempo juntos, e minha irmã e Alana têm espaço suficiente para espalharem as roupas pelo chão sem acabarem com o espaço para andar.

Becca ajeita Laney para um cochilo, o que acho uma ideia incrível ao observar o espaço vazio ao lado de seu corpinho na cama king-size. Mas Alana me implora para ir à piscina com ela. Depois da minha indulgência excessiva na noite passada, não estou no clima para aguentar o sol tórrido do Texas na minha cabeça, mas ela não vai calar a boca se eu não for junto. Então concordo sem enrolação, apesar da dor de cabeça, na esperança de tirar pelo menos uma soneca na espreguiçadeira.

Abro o portão da área da piscina para Alana entrar primeiro e vou atrás dela, colocando os óculos de sol e já sentindo o fulgor do sol da tarde nas costas.

— O que você acha? — pergunta Alana, apontando para duas espreguiçadeiras estofadas ao ar livre.

— Pode ser. Você que sabe — falo, olhando para baixo. Meu celular acaba de apitar com uma mensagem de Nolan. Respondo e ergo os olhos bem quando Alana está tirando a saída de praia pela cabeça. *Cacete.* Balanço a cabeça. *Que pena.*

Arranco a camiseta puxando-a pelas costas e me acomodo na espreguiçadeira ao lado da dela. Só quando estou sentado é que dou uma olhada na piscina e a vejo. Com *ele*. Dylan parece apagado, e Lucky está com óculos de sol que escondem os olhos. Ainda assim, posso ver no rosto dela quando me avista. *Nos* avista. Dou um aceno de cabeça breve, ao qual ela responde. Então, reclino o assento ao máximo até ficar deitado. Não há dúvida de onde meus olhos estariam se eu estivesse sentado.

— Flynn, pode passar protetor nas minhas costas? — É claro que Alana esperou para perguntar até eu estar acomodado.

— Fique deitada com as costas na cadeira, assim não vai precisar de protetor.

— Se eu ficar deitada desse jeito, não vou dormir. Ou seja, vou ter que continuar falando com você.

Resmungo. E me levanto. O protetor some na pele dela quase na mesma hora que o aplico, então não demoro muito para cobrir as costas por inteiro.

— E a bunda?

— Se não estivesse vestindo metade da quantidade de tecido que uma roupa de banho decente deve ter, não precisaria passar protetor na bunda. É sério, metade dela está para fora.

— Cale a boca e coloque as mãos na minha bunda. Você sabe que faz quinze anos que quer tocar nela — provoca Alana, sacudindo o traseiro.

Normalmente, eu aproveitaria a oportunidade de massagear a bunda de uma mulher se projetando para fora de um biquini ínfimo. Mas é Alana. Sua bunda é incrível, mas, depois de tantos anos, é como passar loção na bunda da minha irmã.

— Pronto — declaro. — Mais alguma coisa antes de eu me deitar?

Ela se vira.

— Na verdade... podemos entrar na piscina? Estou com calor.

— Você acabou de me fazer passar protetor na sua bunda e *agora* quer ir nadar?

Ela sai da espreguiçadeira e segura as minhas mãos, me puxando até eu ficar em pé.

— Você é um pé no saco — digo.

— Mas você me ama mesmo assim. Vamos, vou te contar do meu emprego novo.

Fita adesiva. Não há fita adesiva o bastante.

Passamos a meia hora seguinte na piscina. Meus óculos de sol escuros convenientemente escondem os olhos quando escorregam de volta até Lucky a cada poucos minutos. Porra, ela é linda. Ela deve saber que estou observando, mesmo se não puder enxergar meus olhos. Apesar de que Alana parece não ter notado... ela está ocupada demais tagarelando a respeito de algum cara no trabalho novo.

Cerro os dentes quando Dylan rola e fica de lado, então, se inclina para a frente e beija a barriga de Lucky. É uma coisa saber que estão juntos, mas outra completamente diferente é ter que ver qualquer intimidade entre os dois. O intervalo na piscina acabou. Preciso dar o fora daqui.

— O sol está acabando comigo. O que acha de pedirmos um drinque no bar e voltarmos para o quarto?

— Posso pedir um drinque com limão?

— Pode pedir o que você quiser.

Infelizmente, não sou o único a optar por sair do forno e procurar um lugar mais fresco. Dylan e Lucky passam por nós quando estamos juntando nossas coisas.

— Pegando um pouco de sol, Beckham? — pergunta Dylan para mim, mas seus olhos estão apenas em Alana. Não importa que ele não saiba o que Alana significa para mim, porque ele está parado bem ao lado da namorada dele. O babaca não tem um pingo de respeito.

— Sim. Estamos recolhendo as coisas. Vamos voltar para o quarto. — A frase não pareceu esquisita até eu ver o rosto de Lucky. A expressão é igual à minha quando vi Ryder encostar a droga dos lábios na barriga dela.

— Não vai me apresentar? — questiona Alana. Eu me esqueci completamente de que conhecer Dylan Ryder poderia deixar alguém impressionado.

— Alana, este é Dylan e a *namorada dele*, Lucky. — As palavras têm um gosto amargo.

— É um prazer conhecê-los — diz Alana com os olhos brilhando.

— Igualmente. — Dylan sorri, gostando da adulação.

— Mal posso esperar para ver o show de hoje à noite. Eu amo a Easy Ryder.

— Bem, peça para o Flynn te dar um passe de acesso completo.

Alana sorri.

— Certo. Ele me dá praticamente tudo que quero, ou uso minha arma secreta nele. — Ela segura meu braço, se inclina como se estivesse contando um segredo a eles e dá uma piscadela. — Minha boca.

Eu quase me engasgo. Isso é a cara da Alana. Sua intenção foi inocente — eu faço qualquer coisa para que ela cale a boca. Mas a sobrancelha de Dylan salta, e o sorriso sujo dele me diz que não entendeu o que ela realmente quis dizer. Assim como o olhar feio de Lucky.

Talvez sentir o gosto do próprio veneno não fosse uma experiência tão boa assim.

CAPÍTULO VINTE E TRÊS

LUCKY

Hoje à tarde, Dylan e eu tivemos mais uma briga. O tempo na piscina com Flynn e a nova amiga dele me deixou com um mau humor do qual não conseguia me livrar. Fiquei aliviada quando Dylan não tentou me acompanhar até o aeroporto. Viajar com ele transformava tudo em uma grande produção, e tudo que eu queria era um tempinho a sós com Avery.

Depois de duas horas de atraso, finalmente estou com a minha melhor amiga. Vamos até o carro que nos espera, as duas malas dela a reboque. *Duas malas...* para uma viagem de duas noites.

— O que raios você trouxe?

— Roupas.

— Estamos no Texas. No verão. Não é como se precisasse trazer um monte de casacos. Não conseguiu mesmo fazer tudo caber em uma mala só?

— Eu trouxe algumas roupas extras para você.

— Para mim? Por quê?

— Para te animar.

— Mas não estou deprimida. — Bem. Talvez esteja um pouquinho. Mas essa é uma história que não posso contar agora enquanto estamos sentadas na parte de trás de um carro sendo dirigido pela equipe de segurança. Pela equipe de segurança de *Dylan.*

— O que você tomou de café da manhã?

— Café da manhã?

— Sim, café da manhã.

— Um muffin de gotas de chocolate e uma xícara de café. Ah, e alguns pedacinhos de bacon.

— Dormiu até depois das sete?

— Sim. Dormi até tarde, para variar. Por que está perguntando?

— O soneto de hoje cedo. Qual foi o tema?

— Ruína.

— Foi o que pensei.

— Do que você está falando?

— Você está deprimida. Quando está para baixo, você come, acorda tarde e escreve poesia depressiva. — Ela dá de ombros como se fosse de conhecimento comum.

— Eu não faço nada disso. — Então, paro e penso. — Faço?

A expressão de Avery diz algo como: "É claro que faz", mas ela fica em silêncio.

— Mesmo se isso tudo for verdade, como sabia disso lá de Nova York?

— Os suspiros.

— Do que você está falando?

— Você solta um suspiro ao fim das frases quando está deprimida. É como se tivesse que se esforçar para falar. Você suspirou ao telefone quando me ligou para confirmar os dados do voo ontem à noite.

— Você é completamente doida, sabia? — Solto um suspiro baixinho logo depois da minha última palavra. *Ai, meu Deus.*

Avery arqueia uma sobrancelha e sorri.

— Vamos beber uma taça de vinho enquanto escolho o que você vai vestir hoje à noite. Depois, poderá me contar tudo assim que estivermos de volta. Se me contar antes, você não vai querer sair.

— Obrigada, dr. Psicóloga.

— Sem problema. — Ela finaliza a resposta com um suspiro exagerado e proposital.

O show da Easy Ryder está esgotado de novo, e a área VIP está cheia de patrocinadores corporativos vestindo ternos. Avery e eu abandonamos nossos assentos reservados de quinhentos dólares pelas cadeiras baratas na pista. Mesmo Avery não sendo fã de Dylan Ryder, não tem como negar que ela ama a música deles. Juntas, dançamos e cantamos com a multidão.

Tento focar na música e aproveitar meu tempo com Avery, ignorando o homem parado no lado direito do palco, mas é praticamente impossível quando chega a hora de ele assumir o microfone.

Flynn deixa as mulheres derretidas antes mesmo de cantar a primeira nota. Uma delas grita algo obsceno e avança pela segurança com pressa para jogar uma calcinha no palco. A peça cai aos pés de Flynn, e ele olha para baixo com um sorriso quase envergonhado e balança a cabeça, só que, agora, com um sorriso torto e paquerador. Mais charmoso, impossível.

— Nossa, que homem gostoso — diz Avery. — Como você tem viajado de ônibus com ele e conseguiu não o atacar?

Eu encaro o palco. Flynn está absorto na música, seus olhos fechados; o som que flui dele parece vir de algum lugar ainda mais profundo hoje à noite. As palavras têm mais emoção, e é dolorosamente lindo como ele canta a música de Linc que fala de perder a garota que ama. Lágrimas enchem meus olhos. Ele é hipnotizante.

Enquanto a música termina, noto que a transição já foi feita para

Dylan. Em vez de um final marcado, que daria ao público a chance de aplaudir, a apresentação vai do número solo de Flynn direto à próxima música de Dylan. Quando o holofote deixa Flynn, sinto um aperto no peito com a perda.

— Ai, meu Deus. Vocês transaram! — grita Avery. Eu me viro e encontro os olhos da minha amiga brilhando com choque, o rosto dela cheio de animação.

— Do que você está falando?

— Não se faça de sonsa comigo, Luciana Valentine.

Ah, caramba. Ela está incorporando o meu pai.

— É... complicado.

Ela bate palmas e dá pulinhos.

— Por que não me contou?

A verdade é que eu quis contar a ela. Mas estou envergonhada com a maneira que agi. Ela é minha melhor amiga. Tenho certeza de que se eu tivesse cometido um assassinato, ela encontraria uma pá em vez de me julgar. Mas continuo adiando a conversa, porque sei o que aconteceria depois de ela enterrar o corpo. Nós conversaríamos. E ela me pressionaria a descobrir o motivo pelo qual fiz o que fiz e a entender tudo. Ficar com a cabeça enfiada no buraco não seria mais possível.

— Desculpa. É que não me senti pronta para falar disso enquanto a confusão estava rolando.

— Estava? Tipo, não está mais?

Balanço a cabeça, e uma lágrima escorre pela minha bochecha.

— Ah, querida. — Avery fecha a mão ao redor do meu ombro. — Venha, vamos beber alguma coisa nos bastidores.

A apresentação ainda nem chegou à metade, ou seja, passar pela segurança é tranquilo se comparado à fila de mulheres que vão disputar um passe de acesso aos bastidores no fim de tudo. Ali atrás, é silencioso — a maioria das pessoas está nas laterais do palco, vendo o show, ou na área VIP. Fico surpresa quando encontro pessoas ali. Duas mulheres estão sentadas ao bar. Meu estômago revira quando vislumbro uma delas. A bonequinha de Flynn da piscina hoje cedo.

— Oi. Eu te vi na piscina, né? — pergunta ela com um sorriso amigável. Ela é linda, e isso me deixa insegura, algo de que não me orgulho na maior parte do tempo.

Faço que sim.

— A namorada do Dylan Ryder — explica a mulher para a amiga. — Flynn e eu os vimos lá na piscina hoje.

— É um prazer te conhecer. Sou a irmã do Flynn, Rebecca.

— É mesmo? Você é a mãe da Laney?

A mulher inclina a cabeça.

— Sim. Como você sabe disso?

— Flynn fala dela o tempo todo.

Ela sorri.

— Sim, meu irmão faz isso mesmo. Ela roubou o coração dele no dia em que nasceu. Esta é minha amiga, Alana. Ela mora aqui em Austin. Laney e eu viemos de avião ontem à noite para uma visita e para ver o show.

— É um prazer conhecer vocês. Sou Lucky, e esta é Avery.

— Lucky? A preparadora vocal?

— Eu mesma. — Faço uma pausa. — Mas como você sabe que sou preparadora vocal?

Ela sorri.

— Espero que não ache inapropriado... mas tenho certeza de que meu irmão está caidinho por você.

Avery se intromete, ao meu lado:

— E eu tenho certeza de que o sentimento é recíproco.

Meus olhos queimam. Olho para Alana.

— Ele não está. Desculpa.

Ela dá de ombros.

— Por que está se desculpando?

— Vocês dois não estão...?

— Eu e Flynn? — Ela franze o nariz. — Que nojo. Não. Por que você acharia isso?

— Eu vi vocês juntos na piscina hoje. E você disse...

Ela me olha de um jeito engraçado.

— O que foi que eu disse?

— Você disse que o convenceria a fazer qualquer coisa. Com a sua... boca.

— Falando até a orelha dele cair. Ele faz de tudo para me fazer calar a boca. O que você achou que eu quis dizer?

O calor sobe pelo meu rosto. Becca, que está no meio de um gole, acaba cuspindo a bebida por toda parte.

— Ai, meu Deus! — Ela ri. — Precisamos de uma bebida para começarmos do zero, meninas.

Algo no quanto nossa conversa é ridícula e no acalento que Becca irradia faz o estresse diminuir, e nós quatro caímos no riso. E bebemos uma ou duas doses. Um pouco mais tarde, parece que nós quatro somos amigas há anos. Ver Becca e Alana é como olhar em um espelho e ver a mim mesma com Avery.

A gritaria da plateia de repente fica mais alta, e a música sem fim acaba.

— Parece que o show está no fim. O que acham de nós quatro termos uma noite das garotas? — pergunta Alana.

— A gente topa. — Avery se levanta em um pulo, me deixando sem escolha. Não que eu teria recusado. Na verdade, é exatamente disso que preciso.

Nós quatro estamos brindando a nossa nova amizade, e bebendo mais uma antes de sair, quando Flynn chega. Ele dá apenas uma olhada em nosso novo bando e, de verdade, parece ficar um pouco assustado.

CAPÍTULO VINTE E QUATRO

FLYNN

Não é preciso já ter estado no olho de um furacão para saber que se deve correr na direção oposta quando tem um se aproximando. Entro na sala dos bastidores depois da apresentação, e encontro quatro mulheres sorrindo com copos de dose em um brinde. Minha irmã, Avery, Alana e Lucky.

Ao que parece, não é o primeiro brinde da noite. Elas entornam o líquido transparente nos copinhos, fazem caretas de quem acabou de inspirar o fedor de um hálito matinal e se viram para me ver.

— Olha só, se não é meu irmão preferido — fala Becca.

É claro, sou o *único* irmão dela. Mas minha mãe não criou um tolo. Agora *não* é hora de mencionar isso.

— Senhoritas — digo com apreensão.

Avery se levanta.

— Oi, Flynn. Nós vamos sair para dançar. — Ela aponta para as quatro mulheres. — Com nossas novas amigas. Quer vir junto? — Há um certo brilho nos olhos dela.

— Hummm. Acho que vou deixar para a próxima.

Alana beija minha bochecha.

— Ótima decisão.

Becca tira a bolsa de cima do balcão do bar.

— Íamos procurar um bar com karaokê. Mas dada toda a cantoria com que tive que lidar recentemente, pensamos em experimentar algo novo. — Minha irmã vem até mim, me dá um beijo na bochecha, então, sorri. — Sabia que minhas novas amigas, Lucky e Avery, são donas de um bar com karaokê?

Balanço a cabeça. Uma a uma, elas saem pela porta. A última a sair é Lucky.

— Amei sua irmã. Tenha uma boa noite.

São quase quatro da manhã quando escuto a porta da suíte ser aberta e o som de uma risadinha feminina. Laney passou a noite na casa da mãe de Alana, então não tem razão para Bec ter voltado tão cedo. Na verdade, estou até feliz por ela ter saído, para variar. Apesar da curiosidade ter me deixado acordado nas últimas horas, dado quem minha irmã estava passando a noite conhecendo.

A porta do meu quarto é aberta devagarinho. Está escuro, mas uma sombra se aproxima da cama. Eu me ergo, apoiado nos cotovelos.

— Está tudo bem?

A voz que responde não é a da minha irmã:

— Posso dormir aqui com você hoje?

— Lucky — digo.

— Sei que está bravo comigo. Ontem de manhã, eu não... Quando fui para o quarto com Dylan, nós...

— Eu realmente não quero saber.

— Nós não fizemos nada. Eu não consegui. Não aconteceu nada.

— Por que não? Você com certeza estava no clima comigo.

— Eu não consegui... porque senti como se estivesse traindo... como se estivesse traindo *você*.

A cama afunda, e ela engatinha até o meu lado, deslizando para baixo das cobertas.

— Vamos ficar vestidos. Só quero dormir com você.

— Quanto você bebeu?

— Não o suficiente para me fazer parar de pensar em você.

Ela apoia a cabeça no meu peito e solta um suspiro alto de contentamento. Tê-la aqui parece certo demais para mandá-la embora. Enrolo meu braço ao redor do ombro dela e lhe dou um abraço apertado.

— Durma um pouco.

Na manhã seguinte, nossos corpos estão enrolados quando acordamos. Juro que é como ver o nascer do sol pela primeira vez enquanto observo os olhos dela se abrirem devagar. Bonito pra caralho. Ela sorri e se aconchega mais perto. Sim, eu poderia me acostumar a ter isso... toda maldita manhã. Talvez não acordaríamos tão cedo se fosse assim que acordássemos.

— Bom dia — diz ela.

— Dormiu bem?

— Dormi. Que horas são? — Lucky arqueia as costas e se espreguiça.

Estendo o braço e tiro o celular da mesinha de cabeceira.

— Onze.

— Nossa. Eu não durmo tanto assim há anos.

— Nem eu.

— Talvez nos levantemos cedo porque não temos razão para ficar na cama.

— Se eu acordasse ao seu lado todas as manhãs, te daria razão para ficar na cama.

Ela ri, e o som mexe com o meu coração. Isso também deixa minha ereção matinal um pouco mais dura.

— Sabe no que eu estava pensando na noite passada?

— Em mim — digo, todo confiante. O fato de ela ter acabado na minha cama talvez tenha sido a primeira pista.

Ela dá uma risadinha.

— Estava pensando em como foi estranho fingirmos que mal nos conhecíamos, mesmo depois de ter ficado claro que seríamos amigos. Quer dizer, trabalhamos juntos algumas horas por dia, mas nunca deixamos transparecer que éramos amigos de verdade.

Sei exatamente o motivo de eu ter feito aquilo, mas estou curioso para ouvir a explicação dela. Infelizmente, uma batida alta à porta do meu quarto nos interrompe.

— Tio Sinn.

A pequena boca motorizada está de volta.

— Me dê um minutinho, tampinha.

— Ai, meu Deus. Eu não quero que ela me veja aqui com você.

— O quê? Por que não?

— Ela é uma garotinha.

— E...?

— Você quer que ela pense que sair dormindo com qualquer um é normal?

— Considerando que ela nunca me viu com outra mulher, acho que vai pensar que você é especial.

— Fofo. Mas, ainda assim, não. Vá. Vou tomar um banho rápido. Acha que consegue entretê-la no outro quarto enquanto saio de fininho? — Ela pula da cama e corre até o banheiro da suíte.

Não é exatamente a manhã que eu esperava depois de ter acordado com Lucky enrolada no meu corpo.

CAPÍTULO VINTE E CINCO

LUCKY

Deslizo a chave na porta da cobertura, esperando, por algum milagre, encontrá-la vazia. Não tenho sorte. Duff e o gerente da turnê, Brett, estão sentados no sofá da sala de estar. Dylan está de frente para eles, os pés apoiados no pufe. Ele estende a mão para que eu me aproxime, me puxando para um beijo.

— Se divertiu ontem à noite com Avery?

— Sim. Obrigada por trazê-la.

Ele assente.

— Acabamos de pedir almoço, deve chegar daqui a pouco. Preciso resolver algumas coisas da turnê, mas depois vou mandar esses caras embora, e poderemos passar a tarde juntos.

— Parece uma boa ideia. — Forço um sorriso. — Vou tomar um banho rápido.

Vou até o banheiro para tentar limpar a culpa do meu corpo. Só que hoje não é bem meu corpo que está se sentindo culpado. Flynn e eu dormidos um ao lado do outro na noite passada — tenho certeza de que Dylan não ficaria feliz se soubesse. Mas nada aconteceu. Apesar da culpa da traição física talvez ser até mais fácil de lavar esta manhã do que o caso que estou tendo com meu coração.

O almoço já foi entregue quando volto para a sala de estar me sentindo limpa do lado de fora. O lado de dentro é outra história.

— As vendas de ingresso aumentaram — diz Brett. Os três homens, agora, estão sentados ao redor da mesa de jantar, com uma bandeja de sanduíches no centro. — Esgotamos os próximos quatro shows. Beckham nos renovou da maneira que precisávamos. Ele atrai uma plateia mais nova... pessoas de dezoito a vinte e dois anos, que são quem mais gasta dinheiro com música.

— Ele é um exibicionista. Linc deixa ele no chinelo. Garotinhas não sabem diferenciar música de bosta — Dylan brada em resposta.

— Elas compram ingressos.

— Até o próximo modelo de revista aparecer. Já vimos centenas desses caras nos últimos dez anos.

— Não sei, não. Beckham tem talento. É mais do que um rostinho bonito — complementa Duff, enfiando um sanduíche na boca. — O que acha, Lucky? Você conhece a boca dele melhor que todo mundo. O rapaz bonito é uma fase ou ele tem o necessário para se manter na indústria da música?

A resposta correta seria dizer não. A insegurança de Dylan quanto a estar virando um astro do rock velho aos trinta e cinco anos não precisa me ver tagarelando a respeito de um cantor mais novo. Mas a necessidade de defender Flynn ganha.

— A voz dele é um dom. Consegue ir de E2 a E6, e o falsete se estende por um bom tempo.

O olhar mal-humorado de Dylan me perfura quando olho em sua direção. Ignorando-o, rapidamente volto minha atenção total ao prato à minha frente.

— Eu te falei — Duff canta vitória. — E ele é um ímã de mulheres. É ótimo para a turnê. Aproveite. Ele está conquistando novos fãs, não os roubando.

— A troca dele de voz de cabeça para falsete não é fluida. A de Linc é uniforme. — O tom de Dylan é, com certeza, desagradável; está desafiando minha análise da habilidade vocal de Flynn. Não mordo a isca, porque ninguém está discutindo quem é o melhor vocalista. Nós dois somos influenciados pelo artista, apesar de que por razões totalmente diferentes.

— Tanto faz, cara. — Brett dá de ombros. — Eu não consigo cantar nem a pau. É por isso que aguento os pés no saco iguais a você. Mas sei contar muito bem, e temos mais coisas para contar com Beckham na turnê, então estou satisfeito.

A tarde é tranquila, apesar de Dylan estar mais silencioso que o normal. Vemos um filme, depois ficamos sentados e conversamos sobre os próximos lugares em que ele vai se apresentar pelo resto da turnê. Ele franze a testa quando nossa conversa se transforma em um silêncio desconfortável, não pela primeira vez hoje.

— Está tudo bem, Lucky?

— Hummm. Sim. Por quê?

— Não sei. É que você parece um pouco... distraída ultimamente. Como se preferisse estar em algum outro lugar.

— Desculpa. Minha intenção não era te fazer se sentir assim.

Ele prende uma mecha de cabelo atrás da minha orelha e estuda meu rosto.

— Tem algum outro lugar?

Eu franzo as sobrancelhas.

— Você disse que não era sua *intenção* me fazer sentir que preferia estar em outro lugar. Não disse que *não havia* outro lugar em que preferia estar.

Sou uma péssima mentirosa. Por sorte, há uma verdade na qual posso me apoiar.

— A mudança é muito grande. Faz tempo que não viajo em um ônibus de turnê. Estou me sentindo um pouco... deslocada.

— Você vai se acostumar. — Ele me dá um sorriso capcioso. — Sabe... eu tinha segundas intenções ao trazê-la na turnê.

— Ah, é? Quais?

— Um teste.

— Para quê?

— Para uma vaga em tempo integral.

— Como preparadora vocal itinerante?

— Como minha companheira permanente de viagem. — O rosto dele está sério enquanto me observa.

Pisco, surpresa. Estamos juntos há quase um ano e nunca conversamos a respeito de modificar nosso relacionamento. Minha reação imediata é forte. Minhas palmas suam, e um manto claustrofóbico me cobre. Baixo os olhos para esconder a apreensão.

— Ah.

— Você não parece muito animada.

— Desculpa. É só que... minha vida está em Nova York.

— Está mesmo? Você finalmente largou o Lucky's, e seu namorado está na estrada.

Meu coração pesa. A verdade é que, lá no fundo, minha hesitação não tem quase nada a ver com a vida em casa, mas mais com o compromisso que eu estaria assumindo. O único ponto positivo que vejo para mim nessa oferta é que a banda de Flynn, em certa altura, participaria da turnê fazendo a abertura dos shows. Mas concordar em, basicamente, juntar os trapos com meu namorado só para que eu possa ficar perto de outro homem, com certeza, não é a coisa certa a ser feita.

— Acho que ainda não estou pronta para isso, Dylan.

— Faz quase um ano, e tenho trinta e cinco anos. Eu estou pronto. — Ele suspira e se senta ao meu lado. — Não me dê uma resposta ainda. Temos mais uma semana e meia antes do seu período com a gente terminar. A parte do trabalho, pelo menos. Me deixe te convencer.

Não sabendo o que mais dizer ou fazer, eu assinto.

Uma tensão tomou conta da paz da tarde depois que Dylan me convidou para cair na estrada com ele em tempo integral. Não foi nada que ele tinha dito — o que não tinha sido dito ressoava muito mais alto. Ou talvez fosse porque eu sabia que não precisava de tempo para pensar na resposta.

Avery e eu não fomos ao show da Easy Ryder, optando, em vez disso, por ficar no hotel e beber vinho de pijama. Eu tinha certeza de que ela não havia pegado um voo por metade do país para ficar sentada em um quarto, mas ela insistiu e, para ser honesta, era exatamente isso que eu queria fazer.

Dylan me chamou para dormir com ele hoje à noite, em vez de passar a noite com Avery de novo. Então dei a noite com ela por terminada cedo, sabendo que ele ainda não teria voltado da festa pós-show e que o vinho me faria dormir rapidinho.

Na manhã seguinte, acordei com uma sensação de melancolia. O homem que pensei amar está esparramado ao meu lado, a bunda nua aparecendo em meio às cobertas. Sempre amei como ele dormia sem roupas, pois isso deixava as manhãs mais interessantes. Mas, neste momento, questiono tudo. O que eu sentia no passado, o que sinto hoje. A única coisa que não questiono é descer para tomar um café, esperando que não o beberei sozinha.

CAPÍTULO VINTE E SEIS

FLYNN

Estar em turnê com uma banda do rock lendária tem seus benefícios. Nunca tive problemas para chamar a atenção das mulheres. Minha irmã diz, carinhosamente, que é porque sou um "puto com covinhas cheio de si", mas gosto de pensar que o motivo é minha personalidade cativante. Só que, noite passada, não precisei de personalidade alguma nos bastidores, disso tenho certeza absoluta.

O que pensei ser o estilo sossegado pós-apresentação da Easy Ryder, com só algumas mulheres tendo permissão para passar pela segurança e ir parar no local sagrado que são os bastidores, na verdade, só ocorria *quando as namoradas e as esposas estavam por perto.*

O saguão estava sempre cheio de mulheres que não precisavam de conversa fiada. Uma delas até deixou isso muitíssimo claro quando me cumprimentou enfiando a língua na minha garganta e agarrando minha virilha.

Quando fui embora, sozinho, usei a desculpa de que minha irmã estava na cidade. Porque é normal para um cara solteiro dizer não para uma ruiva gostosa que sussurra no ouvido dele que não tem reflexo de vômito, para voltar ao hotel para esperar a irmã e a filha de cinco anos dela. A parte zoada? Nem sequer fiquei duro quando ela empurrou os peitos contra mim e sugeriu que fôssemos ao banheiro.

E aqui estou eu, sentado, às seis da manhã, quando meu pau começa a virar ferro assim que vejo uma mulher de regata e calça de moletom larga.

Mas olhe como o moletom pende bem da curva dos quadris dela. Moletons podem ser sensuais.

Estou ferrado pra caralho. Escolhi um moletom em vez de uma mulher com um *piercing* na úvula. Eu tinha que limpar minha mente suja e parar de me sentir como um filhotinho abandonado na presença de Lucky.

— Bom dia — sussurra ela, e sorri para mim. Estou sentado na sala do café da manhã e já preparei a xícara dela. Meus olhos se banqueteiam sem pressa com seu quadril antes de subiram para os mamilos insolentes.

Talvez ela goste de filhotinhos.

Ergo a xícara dela.

— Bom dia. O que você acha de cachorros?

Fico animado pra caramba quando descubro que ela implorou por anos ao pai por um cachorro, mas nunca teve um. Talvez esteja na hora.

Três horas mais tarde, terminamos nosso café da manhã.

— Que tal um passeio de carro para a aula de preparo vocal hoje? — pergunto, enquanto vamos até o elevador.

— Passeio de carro?

— Sim. Becca alugou um carro. Eu dirijo.

— Aonde vamos?

— É surpresa.

Ela sorri.

— Vou acompanhar Avery até o aeroporto à uma da tarde. Pode ser depois disso?

— Por mim, tudo bem. Me mande uma mensagem quando estiver pronta.

— Pronta, tampinha?

— Qual é o nome dela mesmo?

— Lucky.

— É verdade. Nome engraçado.

— É um nome lindo para uma mulher linda.

O sorriso de Lucky quando me vê caminhando pelo saguão, de mãos dadas com a minha garota preferida, ilumina todo o rosto dela. Talvez seja o melhor sorriso algum dia concedido a um ser humano.

— Bem, esta jovenzinha bonita deve ser Laney — diz ela.

— Tio Sinn também te acha bonita! — grita Laney. E lá se vai a conversa que tivemos há cinco minutos antes de sairmos pela porta quanto a não repetir as coisas.

Lucky arqueia uma sobrancelha para mim.

— Ah, ele acha, é?

Laney faz que sim com pressa.

— Ele também gosta do seu nome. Ele falou...

Eu a interrompo.

— Tudo bem, sua tagarela. Vamos, para não nos atrasarmos.

De maneira chocante, Laney não revela onde estamos indo a caminho do cinema, apesar de haver diversas pistas. Ela está usando a coroa da Elsa, e, na metade da viagem até lá, ela pede:

— Tio Sinn, canta minha música favorita!

— Eu a cantei uma vez ontem à noite, e duas vezes no quarto de hotel antes de sairmos.

— Canta, tio Sinn!

Olho para Lucky e dou uma risada.

— Minha irmã está criando uma tirana.

— Dá para ver quem é que manda — Lucky me provoca.

— Ah, sim. — Olho para ela, então, volto a observar a estrada.

— Laney, sabia que a Lucky também canta? Na verdade, ela canta até melhor do que eu. Acho que ela provavelmente tem a voz mais parecida com a da Elsa que eu.

— É mesmo? — A voz dela soa estridente com tamanha animação.

— Pode apostar. — Lucky não faz ideia do que tenho planejado. É difícil manter uma expressão séria.

— Lucky... você pode cantar *Frozen* para mim, por favorzinho?

— Eu amaria, Laney, mas não sei a letra.

— Você não sabe a letra? — Pelo espelho retrovisor, vejo o narizinho de Laney se franzir em confusão. Ela está perplexa porque alguém não sabe todas as letras de todas as músicas de *Frozen*.

— Na verdade, Laney, acho que ela vai aprender em breve. — Eu viro o carro, e entramos no estacionamento do cinema.

— Estamos indo ao cinema? — pergunta Lucky.

— Mais ou menos.

Ela aperta os olhos com a minha resposta misteriosa, mas a aceita mesmo assim. Tiro Laney da cadeirinha dela e coloco meu boné de beisebol que joguei no banco de trás, adicionando óculos de aviador, só por precaução.

— Disfarce de astro do rock? — zomba Lucky.

— Prefiro "deus" do rock.

Ela revira os olhos.

Do lado de dentro, pulo a fila gigantesca e vou até a mulher que verifica ingressos na entrada. Ela me direciona a Carolyn, a mulher com quem combinei tudo no telefone mais cedo.

— O que você está tramando? — indaga Lucky, com suspeita, ao seguirmos para dentro do cinema.

— Multitarefas.

— Multitarefas?

— Sim.

Os olhos da mulher com a prancheta indicam que me reconheceu imediatamente. Acho que meu disfarce meio que não está com nada.

— Sr. Beckham, estou muito feliz por você ter vindo.

— Pode me chamar de Flynn. E estamos animados por termos vindo. Não é, tampinha? — Olho para baixo, até a garotinha apertando minha mão com força, e ela faz que sim vigorosamente com um sorriso que vai de orelha a orelha.

Carolyn ri. Tiro os ingressos do bolso e os entrego a ela.

— Obrigado por ter nos incluído.

— Sou uma grande fã da Easy Ryder. Minha filha mais velha tem treze anos. Ela não sabia quem era a Easy Ryder, mas quando mencionei seu nome, ela começou a hiperventilar. Conseguir esses ingressos fez de mim a mãe mais legal do mundo. — Ela me entrega uma placa numerada com broches no topo. — Pelo menos, por hoje. Amanhã a história é outra.

Uma garota de uns cinco ou seis anos corre até Carolyn e puxa o braço dela.

— Mamãe, é essa coroa que eu quero. — Ela aponta para a tiara que esteve quase que permanentemente presa à cabeça de Laney no último ano.

— Que tal um "com licença", Deidre? — repreende ela.

— Com licença, mamãe, é essa coroa que eu quero.

— Certo, Deidre. Por que não volta para a frente e se senta? O filme vai começar em breve.

Laney me olha, então, foca outra vez na garotinha. Ela não tem que me dizer no que está pensando; vejo a pergunta em seu rosto. Assinto, dizendo que está tudo bem.

— Quer usá-la para ver o filme? — pergunta Laney a ela.

— É sério?

— Sim. — Ela dá de ombros. — Uso ela o tempo todo.

— Tá! Você quer se sentar comigo? Estamos na primeira fileira, e minha irmã está concorrendo.

Laney se vira para mim, seus olhos me pedindo permissão.

— É claro, só nada de sair da sala de cinema. — Olho ao redor. A maioria das fileiras estão lotadas, mas há alguns lugares vazios ao fundo. — Nós vamos estar...

— A galeria está vazia se quiserem se sentar lá em cima, para que ninguém os incomode. — Carolyn aponta em direção à pequena sacada. Tenho vinte e cinco anos, mas me sinto com quinze. *Porra, sim, eu quero ficar na sacada escura com a garota gostosa.*

— Seria ótimo. — Olho para Lucky e balanço as sobrancelhas.

— Estou quase com medo de perguntar — diz ela enquanto nos acomodamos na primeira fileira da sacada vazia. — Para que são os números?

— Para o concurso. — Dou de ombros.

— Você poderia se dar o trabalho de me explicar?

— O clube regional de teatro infantil está montando uma produção de *Frozen*. Depois do filme, as finalistas para o papel principal vão cantar.

— E você vai fazer uma audição?

— Eu tive sorte, a filha da organizadora queria ir ao show da Easy Ryder hoje à noite, mas estava esgotado. Troquei ingressos para o filme e para as audições por ingressos para a Easy Ryder mais tarde. Imaginei que Laney fosse adorar. Ela está obcecada pela trilha sonora. Pensei que ela também fosse gostar de me ver cantando.

— Isso é muito fofo.

— Que bom que pensa assim. Porque você também vai cantar mais tarde.

Os olhos dela se arregalaram.

— O quê?

As luzes diminuem para o filme começar. Ela ainda me encara, esperando uma resposta. Levo o dedo indicador aos lábios, gesticulando para que ela fique quieta, e sussurro:

— O filme vai começar, nada de falar.

Ignorando o olhar dela, pego sua mão e entrelaço nossos dedos, que continuam unidos pelo filme todo.

Quando as luzes se acendem, a sala aplaude, e Carolyn vai até a frente do palco.

— Certo, pessoal. Vamos fazer um intervalo de cinco minutos antes de começar.

Olhando para baixo, vejo Laney pulando de um lado ao outro.

— Laney está fazendo a dancinha do xixi. É melhor eu ir buscá-la.

— Eu vou. Você pode ir comprar pipoca para eu ver sua audição de Elsa. Tenho a sensação de que vai ser engraçado. — Ela acerta meu ombro quando nos levantamos, mas não solta minha mão até chegarmos ao banheiro com Laney.

Com um balde de pipoca maior do que a porcaria da minha cabeça, espero do lado de fora do banheiro feminino. Quando as duas saem de mãos dadas, percebo, pela primeira vez, o que me falta, o que quero mais do que tudo. Pensei que fosse ter o mundo aos meus pés, cantando em um palco e sendo um astro do rock. Mas a verdade é que... eu quero ver filmes nas tardes de domingo com essas duas.

CAPÍTULO VINTE E SETE

LUCKY

As garotinhas riem do homem que está no palco cantando a própria versão de *Let It Go*. Ele transformou a canção popular em um hino do rock, cantando sem qualquer batida ao fundo. Eu já o tinha visto no palco antes; o talento dele é inegável, e sua sensualidade deixa qualquer um sem fôlego. Mas vê-lo hoje, enquanto canta uma música para uma garotinha de cinco anos que ele ama... isso coloca o homem todo em perspectiva. A beleza irradia de dentro para fora.

Estou apoiada na parede do outro lado da sala de cinema, vendo tudo. Um bando de mães estão paradas ali perto, prestando tanta atenção quanto as filhas, só que o olhar da maioria me diz que o interesse é bem menos inocente.

— Você acha que ele gosta de mulheres mais velhas? Quer dizer, nós temos mais experiência.

— Olhe para ele. Você realmente acha que temos mais experiência? Fazer um boquete no Harold no aniversário dele e no aniversário de casamento não é o mesmo tipo de experiência que *esse* homem deve ter. Aposto que ele transa igual ao diabo.

— Victoria! Você é terrível! — As duas caem no riso.

— Eu gostaria de ser terrível *com* ele.

As mulheres suspiram alto.

— Você acha que ter todo esse ritmo o deixa melhor na cama?

A música de Flynn termina, e o lugar irrompe em aplausos, o que, de longe, ofusca as palmas que o final do filme garantiu. Ele dá uma piscadela para Laney na primeira fileira e vem na minha direção. Pelo canto do olho, vejo as mães com tesão acompanhando os passos dele enquanto Flynn chega cada vez mais perto de onde estou parada.

— Vamos voltar para a sacada? — Ele me oferece a mão.

Eu a aceito, dou dois passos, mas logo paro, me virando para sussurrar para as mães:

— O ritmo com certeza ajuda. — Dou uma piscadela e me afasto, deixando-as de boca aberta e cheias de inveja.

— O que foi isso? — pergunta Flynn, no caminho de volta à sacada.

— Nada. — Dou um sorriso diabólico. Nos acomodamos outra vez nos assentos, e ele vira uma garrafa toda de água. — Está com sede? — brinco.

— Como foi que eu me saí, preparadora? Fiz tudo que você me ensinou. Inclinei a cabeça para abrir mais a garganta, me curvei para trás em vez de para a frente. Acho que tirei dez.

Droga. Eu deveria estar observando-o como profissional.

— Você se saiu muito bem. É um estudante exemplar.

Ele sorri.

— Tive uma boa professora.

— Eu nunca achei que você realmente precisava de mim.

Ele me olha por um longo tempo com seus lindos olhos azuis.

— Engraçado. Eu estava pensando que você é tudo de que realmente preciso.

Meu coração suspira, e o mundo todo desaparece quando ele, sem pressa, se inclina e, com muitíssima delicadeza, roça os lábios nos meus. Já trocamos intimidades, mas este momento está em um nível totalmente diferente. Ele apoia a testa na minha, e prendo a respiração quando ele fala:

— Lucky — geme ele. — Eu te quero. Ainda tento me distanciar, mas é impossível. Acordo com seu nome nos lábios toda manhã. Eu te quero ao meu lado ao longo do dia, e debaixo de mim à noite. — Ele fecha os olhos, e, quando os reabre, a dor que vejo me aflige. — Me diga para me afastar, e farei isso. Mas se não disser nada neste instante… — Ele balança a cabeça. — Não sei se vou conseguir.

A ideia de perdê-lo me deixa enjoada. Não é uma decisão difícil.

— Não se afaste. Só preciso de tempo para resolver as coisas.

Ele fecha os olhos, e observo seu rosto relaxar visivelmente. Ficamos sentados de mãos dadas até a última pessoa cantar. Depois, descemos para encontrar uma Laney muito animada. Carolyn está ao lado dela, com uma expressão hesitante.

— Hummm… Laney disse para as garotas que você daria alguns autógrafos.

As covinhas de Flynn aparecem junto de seu sorriso adorável e torto.

— Sem problema.

Tenho quase certeza de que Carolyn fica vermelha.

Meia hora mais tarde, ele dá o último autógrafo e agradece a Carolyn. Alguns funcionários do cinema chegam para levar o equipamento portátil de som que serviu de apoio para os cantores.

— Você se importaria se pegássemos isso emprestado por uns cinco minutos? Depois, posso levar até seu carro. — O sorriso dele é menos inocente dessa vez, porque com certeza sabe que isso vai lhe dar exatamente o que quer. Tenho que me segurar para não revirar os olhos quando Carolyn fica toda entusiasma ao dizer que o prazer seria dela.

Quando a porta do cinema se fecha atrás da mulher, Flynn se vira para mim.

— Pronta?

— Pronta para quê? — pergunto com nervosismo.

— Nosso dueto.

— Hummm... acho que não.

Ele se inclina para a frente, assim Laney não pode ouvi-lo.

— *Let It Go* foi a música mais cantada nos karaokês ano passado. Você não vai tentar mentir para mim, na cara dura, que não sabe a letra como fez no carro, vai?

Droga.

Até pode não ter um palco ali, mas a sala enorme continua sendo indigesta. Olho ao redor e engulo em seco.

— A gente consegue. — Ele aperta minha mão e me encara nos olhos. A maneira como me olha, me reconfortando... eu acredito nas palavras dele.

A gente consegue mesmo.

Ele sorri, sabendo que estou cedendo antes mesmo de eu conseguir perceber. Então, juntos, com uma plateia que consiste em uma pequena princesa sorrindo de orelha a orelha, nos posicionamos na frente da sala e cantamos a música de *Frozen* a plenos pulmões.

Laney tagarela por quase todo o caminho de volta ao hotel. Está claro que ela adora o tio, e Flynn está, sem dúvida alguma, na palma da mãozinha dela. Depois que estacionamos, ela insiste em segurar as *nossas* mãos. Ela grita de alegria quando a balançamos no ar entre nós, e demanda:

— De novo!

Ocupados entretendo a pequena tirana, nenhum de nós sequer nota quando damos de cara com uma fileira de três homens ao entrarmos no saguão do hotel. O do meio é meu namorado com uma expressão muitíssimo infeliz.

Seu olhar é duro enquanto analisa toda a cena diante dele. Devemos parecer um casal feliz brincando com a filha. O sorriso se esvai do meu rosto, assim como a cor. A mandíbula dele fica tensa.

— Você não atendeu o celular.

Vasculho a bolsa e tiro dali o aparelho, ligando-o. Tenho cinco ligações perdidas.

— Desculpa. Eu o desliguei no filme.

— Filme? — ele explode.

Merda.

Meu estômago revira. Quando vejo o olhar raivoso que ele direciona a Flynn, me preocupo com o que pode acontecer a seguir.

— Nós. Eu...

Por sorte, Flynn intervém:

— Eu convidei Lucky para ir comigo a um evento infantil no qual cantei para minha sobrinha. Levei as aulas de preparação vocal dela para a vida real. Esta é Laney. — Flynn encontra os olhos de Dylan, em seguida, aponta para a princesinha com a qual ainda estamos de mãos dadas. Isso serve como um lembrete educado da presença dela. Depois de um olhar frio e demorado, os olhos de Dylan encontram Laney, o que ameniza um pouco a tensão.

— Vamos dar uma olhada em um ônibus novo. Estava tentando te chamar para vir junto.

— Um ônibus novo?

Ele cerra a mandíbula e estuda meu rosto.

— Eu queria pegar um modelo mais novo. Para que você tivesse mais espaço para suas coisas. Você vai querer mais que só algumas trocas de roupas quando ficarmos fora por uns dois meses.

Ele está supondo que concordarei com o que ele me ofereceu na noite passada. Só que agora, com certeza, não é a hora de chamar atenção para isso. Sinto os olhos de Flynn também em mim.

— Pronta?

— Hummm, é claro. — Olho para Laney, que está com uma expressão esquisita. — Foi muito bom te conhecer.

Ela puxa meu braço, me dizendo para me agachar até a altura dela. Quando faço isso, ela envolve os braços no meu pescoço e se despede me dando um abraço apertado.

Saio do hotel com um homem diferente do com o qual entrei, e com uma dor profunda no peito. Ao me virar, meus olhos encontram os de Flynn. Por quanto mais tempo posso continuar fazendo isso com ele?

Nem Dylan nem eu dizemos qualquer coisa a respeito do encontro do saguão. De um jeito esquisito, pareceu que tínhamos simplesmente deixado a discussão de lado. Lá, ela poderia cozinhar por um tempo, em vez de fazer com que eu me entregue ao calor do momento. Também não mencionei, enquanto dávamos uma olhada em ônibus de luxo que custavam mais que um apartamento em Manhattan, que eu não havia concordado em sair em turnê com ele. Essa conversa estava chegando, eu só tinha que resolver algumas coisas antes.

Na manhã seguinte, acordo ainda mais cedo que de costume. Não tenho chance de falar com Flynn depois do diálogo tenso no saguão. Optando pelo caminho dos covardes, fui me deitar antes de qualquer um dos caras ter voltado ao ônibus depois do show de ontem à noite. Mick passou a noite em Austin, e está em um avião indo ao nosso encontro na próxima parada, Vegas, e Duff está com uma mulher, então somos apenas eu, Dylan e Flynn. Não é um trio do qual eu gostaria de ficar perto nos confins apertados do ônibus.

Depois de falhar miseravelmente tentando voltar a dormir, decido ir até a sala de estar e escrever um pouco. Dou uma passada rápida no banheiro, então, caminho na pontinha dos pés pela área das camas. Na metade do caminho, um braço se estende e me segura. Por sorte, o outro braço pressiona minha boca e impede o grito escandaloso que estava começando a me escapar dos lábios.

— Shhh — sussurra Flynn na minha orelha, em seguida, me puxa para cima do beliche, fechando a cortina.

Meu coração está acelerado no peito.

— É bom você ficar quietinha — rosna ele no meu ouvido.

— Mas... — Sua mão vem até a minha boca, pressionando-a com delicadeza.

— Pensei em te ajudar a resolver as coisas. — Ele desliza a outra mão pelo meu corpo e por baixo do moletom, os dedos parando bem em cima da renda da calcinha. — Você consegue não fazer barulho? — pergunta, a voz tensa e baixa.

Faço que sim, mas Flynn não tira a mão da minha boca.

— Quando eu meter os dedos em você, vai conseguir não fazer barulho?

Um choramingo abafado me escapa quando ele pressiona os dedos no clitóris e começa a, sem pressa, esfregá-lo com pequenos círculos.

— Quando eu te foder com os dedos, quando você estiver molhada, e eu, entrando e saindo de você, vai conseguir não fazer barulho? — A voz determinada dele na minha orelha deixa meu corpo todo arrepiado.

Está escuro como breu no beliche escondido pela cortina, mas enxergo o vislumbre de desejo no brilho dos olhos dele. E meu desejo toca meu âmago. Um dedo escorrega para dentro de mim enquanto o polegar continua a massagear o clitóris — tudo formiga, até a pontinha dos pés.

— Quando eu enterrar meu rosto na sua boceta gostosa, lambendo e chupando até sentir seu corpo convulsionar ao redor da minha língua, vai conseguir não fazer barulho?

A mão dele na minha boca a pressiona ainda mais, mal capaz de impedir meu gemido. Meus quadris se inclinam quando ele escorrega outro dedo para dentro de mim. Ele se move para se deitar ao meu lado.

— Vou tirar a mão por um segundo — avisa, e me espera assentir antes de fazê-lo.

A mão em mim desacelera enquanto a outra consegue me despir da cintura para baixo. Ele puxa minha camiseta para cima e rosna quando encontra os mamilos eretos.

— Dobre os joelhos, suba as pernas e as abra bem para mim.

A cabeça dele mergulha, a boca chupando grosseiramente meu mamilo enquanto retoma a velocidade dos golpes entre as pernas. Com destreza, a outra mão volta a cobrir minha boca.

Meus dedos se enterram em seus cabelos, agarrando punhados, desesperada para libertar o calor que cresce dentro de mim. Tudo começa a girar, minha mente se esquecendo de que qualquer outra coisa existe, exceto este momento.

Esquecendo onde estou.

Esquecendo que podemos ser pegos.

Esquecendo o que é certo e o que é errado.

Meu foco todo está em apenas uma coisa. Nesse homem.

Na maneira como ele me toca.

Em seus dedos dentro de mim.

A boca divina e egoísta.

Mordendo.

Chupando.

Os dedos entram e saem com mais força. Metendo furiosamente.

A mão na minha boca a pressiona com mais firmeza.

Acho que vou explodir.

Então, abruptamente, os dedos escorregam para fora de mim, e a boca dele solta meu peito, para ir ainda mais para baixo, acomodando-se entre as pernas. Não há nenhuma provocação com lambidas nem promessas com chupões. Não. Ele simplesmente me devora. A língua chicoteando o clitóris, sugando, se lambuzando, se aninhando.

— Ai, Deus. — A mão de Flynn aplica mais pressão e impede o resto das minhas palavras incoerentes. Meu corpo grita por libertação, e os gemidos abafados se multiplicam. É como se o fato de tentar manter tudo em silêncio dentro de mim apenas fizesse a intensidade na qual vou explodir crescer.

Ele afasta mais os meus joelhos, me abrindo por completo para ele enquanto os dedos se unem à língua, e ele me lambe no ritmo das estocadas.

— Seu gosto é bom pra caralho. — Ele vai mais e mais fundo.

Minha respiração enfraquece, desacelera. Os olhos se reviram enquanto sinto a onda se quebrar por todo o corpo, que estremece quando me solto. Me desfaço.

O orgasmo mais poderoso da minha vida toma conta de mim, e tudo mais deixa de existir. Eu grito, o som abafado sob a mão dele.

Leva uns bons cinco minutos antes do último tremor me percorrer, e Flynn sente que é seguro libertar minha boca.

— Bom dia. — Ele dá um sorriso malicioso para mim. — Eu só queria te mostrar o que planejo tomar de café todos os dias.

Disso, eu poderia fazer bom proveito.

Infelizmente, as doze horas que passamos no ônibus depois que escapo sem ser notada do beliche de Flynn não chegam nem perto de serem tão incríveis quanto o café da manhã que ele resolveu tomar na cama. Dylan está de mau humor, e a culpa que sinto se transforma em uma dor de cabeça latejante. Preparo um jantar simples na pequena cozinha do ônibus, apesar de, na verdade, não estar com apetite.

Me observando empurrar a comida no prato com o garfo, Dylan bufa alto.

— Não está com fome de novo?

— Não muito.

— Tomou alguma coisa para a dor de cabeça?

Será que vendem comprimidos para culpa?

— Não.

— O armário de remédios no banheiro está cheio. Tome algo. Vamos chegar por volta das nove. Tenho que dar uma passada no Club Sixty-Six. Seria bom darmos uma saída e passarmos tempo juntos, para variar.

Faço que sim e me obrigo a sorrir.

Flynn chega vindo dos fundos — o ônibus não é muito grande, mas ele parece ter nos evitado com sucesso pela maior parte do dia. Até agora.

— Tem ravioli na panela em cima do fogão se você estiver com fome — resmunga Dylan.

— Obrigado, mas tomei um café da manhã que me deixou bem satisfeito.

Noto o brilho nos olhos dele, mas Dylan parece não perceber. Flynn tira uma cerveja da geladeira e se senta no sofá em frente a nós. A proximidade dos dois homens me deixa nervosa; o sorrisinho no canto da boca de Flynn enquanto ele toma um gole demorado da garrafa me deixa totalmente em pânico.

— Você já experimentou tomar café da manhã na hora do jantar? — pergunta ele assim que resolvo beber da minha garrafa de água. Quase me engasgo. — Gosto tanto das minhas refeições matinais, que, às vezes, como duas vezes no dia.

Um franzir repuxa os lábios de Dylan. Ele já não estava de bom humor para começo de conversa e, agora, a presença de Flynn não está ajudando a melhorar as coisas.

— Eu pulo o café da manhã na maioria dos dias — murmura ele, como se fosse uma chatice ter que sequer responder.

Os lábios de Flynn se espremem enquanto ele leva a garrafa até a boca outra vez.

Dez minutos mais tarde, Dylan recusa um combate no videogame do jogo *Rockband*, para tirar uma soneca.

Assim que a porta dos fundos é fechada, Flynn pega outra cerveja e a coloca ao meu lado na mesa.

— Pular refeições. Tirar sonecas. — Ele balança a cabeça de maneira pesarosa. — Deve ser foda envelhecer.

Amasso um guardanapo e o atiro na cara dele.

— Você está com um humor e tanto hoje à noite, né?

— Talvez. — Ele dá de ombros. — Deve ser por causa da maneira que a manhã começou.

— Acho que eu deveria me sentar do outro lado da cozinha.

— Não consegue se segurar tão perto assim de mim? — Ele pega meu garfo e abocanha um ravioli.

— Pensei que você não estava com fome.

— Não estava. Acho que fico faminto por uma boa refeição quando chego perto de você.

Um gemido feminino altíssimo soa nos fundos do ônibus. Duff e a companheira dele passaram metade da tarde transando; parece que ele recuperou as energias. A voz feminina fica mais alta.

— Ah. Ah. Ahhhhh.

— Parece que Duff está tomando um café da manhã tarde hoje.

Sinto as bochechas queimarem.

Flynn me surpreende ao se levantar e fechar a porta. Então, ele liga *Rockband*, deixando o som abafar o resto dos gemidos. Ele me entrega uma das guitarras de plástico e espera o jogo começar, não olhando para mim quando diz:

— Novo ônibus para turnê?

É claro, não conversamos hoje cedo, e a última vez que me afastei dele foi depois de Dylan ter sugerido que eu havia concordado em acompanhá-lo na turnê.

— Dylan me convidou para sair em turnê com a Easy Ryder por um período mais longo. Não concordei — esclareço.

A música soa, e Flynn começa a pressionar os botões no braço da guitarra. Ele não tem nem que focar muito para acertar todas as notas.

— Ele te convidou, e você disse não?

Não exatamente.

— Acho que não dei a ele uma resposta definitiva.

— E qual vai ser a sua resposta? É assim que nos vê daqui a alguns meses? Quando a In Like Flynn se juntar a Easy Ryder na turnê? Escapando sempre que pudermos?

Balanço a cabeça. Eu queria ter uma resposta melhor para dar a ele. Mas, sinceramente, ainda não faço ideia de como isso vai acabar se desenrolando. Tenho medo de confiar cegamente no meu coração de novo.

Ele assente e não diz mais nada. Jogamos juntos por algumas horas, rindo e caindo de novo naquele conforto que sempre sentimos desde o dia em que nos conhecemos. Só que eu nunca deixaria ninguém ver nosso relacionamento verdadeiro. Em algum momento, Duff e a mulher saem e se juntam a nós, e os dois caras duelam nas guitarras, xingando e bebendo cerveja. É só quando Dylan volta à sala e nos olha de um jeito esquisito que percebo que o relacionamento que Flynn e eu temos está começando a transparecer. Não conseguimos mais esconder a conexão que cresceu entre nós, mesmo tentando.

CAPÍTULO VINTE E OITO

FLYNN

O que restava do meu anonimato desaparece por completo quando entramos no Club Sixty-Six em Vegas. A In Like Flynn já tinha feito uma turnê — e eu já tinha até aparecido na TV —, mas depois de só algumas semanas com a Easy Ryder, o reconhecimento vago que eu estava acostumado a ver no rosto das pessoas se transformou em associação instantânea.

Mick me observa quando um grupo de mulheres se aglomera ao nosso redor assim que entramos. Juntos, damos autógrafos a caminho da área VIP. Mais de uma delas me passa seu número. Só que, em vez de me tentar, isso me faz questionar se Dylan não cede quando Lucky não está por perto. Não é bem uma pergunta que se pode fazer diretamente sem levantar suspeitas.

— Entendo o motivo de ninguém levar esposas ou namoradas na turnê toda — falo para Mick quando chegamos ao bar e pedimos duas doses. Somos os dois primeiros da banda a chegar.

O bartender serve duas doses de tequila, e Mick ergue uma em um brinde.

— O que as esposas não veem, o coração delas não sente.

Bebo ao ditado dele, rindo, mas logo cutuco uma ferida.

— Como é que tudo vai funcionar quando Lucky estiver acomodada no ônibus de maneira permanente?

— Vai atrasar a vida do Dylan, tenho certeza. Mas aposto que o ônibus não vai impedi-lo de visitar Jamie.

— Jamie? — Não deixo claro que Duff já tinha me contado tudo.

— Uma estrela pornô aposentada. Ele sai com ela há uma década. Anote o que estou falando, Ryder vai desaparecer uma noite quando estivermos na cidade do pecado. — Ele gesticula para o bartender, pedindo mais uma rodada. — Anel nenhum vai mudar isso.

Anel? Uma figura de linguagem, espero.

— Ele e Lucky não estão noivos.

— Ainda não. Acho que ele está planejando pedir a mão dela quando chegarmos em Los Angeles.

Só percebo o quanto bebi quando me levanto para ir em busca do banheiro masculino e tropeço no degrau do bar rebaixado. Me virando, xingo o degrau.

— Quem colocou essa merda aqui, porra?

A partir de então, as coisas vão por água abaixo. Voltando ao bar, encontro Dylan, seu braço envolvendo a cintura minúscula de Lucky. Até mesmo o mais leve toque me incomoda hoje à noite. Talvez seja a familiaridade que as mãos dele têm no corpo dela, não sei bem, mas me pego encarando os dedos de Dylan. Eu sabia no que estava me metendo desde o começo, ainda assim raiva fervilha dentro de mim.

Uma mulher pequena de cabelo escuro, pele bronzeada e olhos azul-claríssimos se empenha para chamar minha atenção a alguns passos dali. Os olhos são tão pálidos, com cílios tão grossos e escuros, que me hipnotizam por tempo demais. Ela sorri, a língua escorregando pelos lábios brilhantes, então, se inclina para a frente e sussurra algo para a amiga.

Minha atenção é desviada da pequena mulher quando Dylan diz algo para Lucky que não posso ouvir e, em seguida, a beija nos lábios. O álcool desacelerou meu tempo de resposta, então, quando solta a boca dela, ele se vira e me pega encarando. Seus olhos encontram os meus, e, em algum tipo de desafio silencioso, ele se vira novamente para Lucky e a beija outra vez. *Realmente* a beija.

Aperto a garrafa de cerveja na mão com tanta força que fico surpreso quando ela não quebra. A Olhos Pálidos desvia minha atenção da catástrofe acontecendo na minha frente.

— Você é... Flynn Beckham?

— Sou, sim. — Dou um sorriso, colocando o charme para jogo. — E você é... me deixe adivinhar... a mulher com os olhos mais bonitos que já vi?

Olhos Pálidos ri de maneira inocente, mas a maneira como ela me olha é um contraste gritante contra o som.

— Tenho ingressos para a apresentação de amanhã à noite. — Ela dá um passo para a frente e escorrega a unha do indicador pelo meu peito.

Faz um tempinho, mas isso é igual a andar de cavalo... por assim dizer.

— E quais são os planos para hoje à noite?

Os olhos da mulher se iluminam, e ela inclina a cabeça de maneira tímida.

— O que você quiser fazer.

Duff ri perto de mim.

— Não se esqueça do seu velho amigo Duff. — Ele se vira para a amiga de Olhos Pálidos e diz: — Você e eu, provavelmente, não deveríamos perdê-los de vista. Parece que vão precisar de supervisão.

Se eu não estivesse me sentindo como um babaca egoísta no momento, o rosto de Lucky teria me reduzido a farrapos ali mesmo. Em vez disso, coloco minha atenção na mão ainda enrolada de maneira possessiva na cintura dela. Ergo os olhos para encontrar os dela antes de falar para Olhos Pálidos, apesar do meu olhar não desfocar de Lucky:

— Estou faminto. Não como nada desde hoje cedo. Que tal darmos o fora daqui e acabarmos com a minha fome?

Quem diria que se desfazer de uma mulher era mais difícil do que conquistá-la? Depois de uma refeição rápida, Duff está levando as duas até o quarto de hotel que compartilharemos hoje à noite, só que não tenho vontade alguma de me juntar às festividades.

O elevador apita, e as portas deslizam ao abrirem no nosso andar.

— Você acha que consegue cuidar da festa sem mim por um tempinho? — pergunto, meu braço mantendo a porta aberta e permitindo que o trio saia, mas não os acompanho.

— Você não vem? — A Olhos Pálidos ri. — Eu estava esperando que nós dois estivéssemos presentes.

— Eu preciso cuidar de uma coisa. Duff vai te manter entretida enquanto não volto. Certo, Duff?

Jogando um braço ao redor do pescoço de cada uma delas, ele sorri de orelha a orelha.

— Querida, você não vai nem notar que ele se foi. Sou *muito* bom entretendo mulheres.

Afasto o braço, permitindo que a porta do elevador deslize e se feche. Depois de uma hora com aquelas duas, tenho certeza de que nenhuma vai ficar chateada por eu não planejar voltar. Uma noite com qualquer membro da banda e um cartão-postal autografado como presente de despedida vai bastar. Qual rosto seria responsável pela noite não importava para elas.

Dentro do banheiro no saguão, jogo água no rosto e me encaro no espelho. Que porra estou fazendo? Tudo que eu sempre quis está ao meu alcance. Tocar em estádios lotados; mulheres que não esperam nada de mim, senão diversão; viajar com uma banda de caras tão apaixonados quanto eu sou por música. E o que estou fazendo? Abandonando uma mulher prontíssima e bonita pra caralho e, em vez disso, ferrando com a chance que só se tem uma vez na vida ao comer a garota do vocalista enquanto ele dorme a dois metros de distância.

Inspirando fundo, coloco as ideias em ordem, guardo-as bem no fundo da mente e faço a única coisa que sei de que não me arrependerei pela manhã: me embebedo no bar.

Na manhã seguinte, acordo esparramado entre duas cadeiras no saguão escuro. Vagamente, me lembro de Brett tentando me fazer sair do bar na hora de fechar, mas, àquela altura, eu não conseguia nem colocar um pé na frente do outro. Um emaranhado de notas na mão do bartender mais tarde, e eu estava no bar silencioso e escuro — apenas eu e meu bom e velho amigo Jack. Jack Daniels, para ser mais específico.

Uma pontada de dor toma conta da minha cabeça enquanto me endireito e fico em pé. A posição nova dá vasão à dor de cabeça adormecida que vinha me espreitando.

— Porra — resmungo. Minha boca está com gosto de bosta, o corpo dói por ter dormido na droga de uma cadeira, e, se a garrafa vazia não estivesse ao meu lado para me lembrar do quanto bebi na noite passada, a chance era boa de eu achar que tinha um aneurisma cerebral explodindo na minha cabeça neste momento. Sem mencionar que minha bexiga talvez realmente exploda se eu não me recompuser e sair em busca de um banheiro.

Com os cotovelos apoiados nos joelhos, deixo a cabeça cair nas mãos e coloco uma série de xingamentos para fora antes de finalmente me levantar. E que horas são, caramba?

A luz artificial no corredor ocasiona um latejar nos meus olhos. *Isso é novidade.* Semicerro o olhar para proteger a retina do brilho fluorescente e encontro o banheiro mais próximo. Depois de me aliviar de uns quatro litros de álcool, percebo que ainda é bem cedo e que não dormi por muito tempo. Infelizmente, meu relógio interno parece não ter um botão de desligar, por isso me acordou em algum momento entre ainda estar bêbado e estar de ressaca. O ideal seria dormir e não sentir nenhum sintoma.

De maneira nada surpreendente na cidade que nunca dorme, o saguão está agitado. Pessoas vêm e vão, algumas ainda com as roupas da noite passada, outras parecendo prontas para começar um novo dia.

— Café? — pergunto à mulher na recepção. Ela me aponta uma Starbucks ali no hotel.

Paro em frente à porta de vidro, dando uma olhada lá dentro por um bom tempo antes de Lucky me ver. Os olhos dela se erguem com o som do sininho tocando ao anunciar a chegada de um novo cliente. Seu rosto lindo parece desnorteado, uma mistura de alívio e desconforto. Exatamente como me sinto por dentro. Ela me oferece um sorriso hesitante, e os olhos recaem na mesa diante dela. Duas xícaras de café.

— Bom dia — diz Lucky com incerteza quando me aproximo.

— Isso é para mim ou para seu namorado? — Minha voz não demonstra qualquer emoção, lutando contra tudo que sinto por dentro.

Ela se encolhe.

— É para você.

Assinto e tomo o assento em frente ao dela. Nos encaramos, e tento desesperadamente me agarrar à minha dignidade enquanto ela reflete a dor que tenho carregado como uma desculpa para afastar meus pecados desde a noite passada. O peso do silêncio fica grande demais.

— Dormiu bem?

— Não muito. E você?

— Eu praticamente não dormi. Talvez tenha exagerado ontem à noite.

A expressão que ela tentava segurar se desfaz enquanto me encara, sem saber o que falar. Os lábios franzem em desgosto. Ela se levanta abruptamente.

— Sei que não estou em posição de dizer nada, mas não preciso saber dos detalhes sórdidos. — Ela começa a se retirar antes de eu sequer me lembrar exatamente do que falei e perceber que ela entendeu errado.

Merda.

Seguro o braço dela.

— Eu quis dizer que *bebi* um pouco demais ontem à noite.

O rosto dela muda, mas a raiva ameniza para dar lugar à dor. A dor em sua voz me deixa com o coração apertado.

— Desculpa. Não tenho qualquer direito... Eu... eu tenho que ir — ela sussurra.

— Eu dormi no bar ontem à noite. Sozinho.

Os olhos dela parecem cansados.

— Você não precisa explicar...

— Sei que não. Mas eu quero. — Me inclino para a frente e baixo a voz. — Eu o vi te beijar, e quis te magoar em resposta. — Estudo os olhos dela. — Doeu pensar em mim com outra mulher?

Os olhos de Lucky são tão expressivos, que ela não precisa nem responder verbalmente.

— Sim.

— Então fique. Beba café comigo. Me deixe te mostrar que começar nosso dia juntos é como deve ser.

Ela não desvia os olhos dos meus. Vejo um milhão de pensamentos passarem pela cabeça dela até, por fim, chegarem ao que importa. Um sorriso pequeno, mas genuíno, encoraja os lábios dela. Ela se senta de novo, e eu volto a respirar.

Passamos as horas seguintes bebendo café e retomando nossa rotina diária. Com a dor e o medo no passado, odeio ter que deixar nossa pequena bolha. Arrisco ser pego no flagra e entrelaço os dedos dela nos meus em cima da mesa antes de dizer com delicadeza:

— Eu preciso que você faça sua escolha. Chega de fazermos as coisas escondido. Eu quero te beijar até não poder mais em público, sempre que eu quiser.

Os olhos dela encontram os meus com pressa. Estou determinado a bater o pé, então mantenho meu olhar fixo e irresoluto.

— Vamos partir para Vegas amanhã à noite, depois, teremos uma pausa de alguns dias assim que chegarmos à Califórnia. Eu te quero apenas para mim. Venha comigo. Diga a ele que está terminado antes disso. Lidaremos com tudo mais tarde. Mas preciso que você escolha, Lucky.

Ela considera minhas palavras, ou, mais provavelmente, as palavras que não digo. Me escolha, ou o escolha. Um ou outro, porque não tem mais como voltar atrás. Nós atravessamos o borrão.

Com incerteza, ela faz que sim. Me afasto com um nó na garganta, sabendo o que Lucky provavelmente terá que encarar em Los Angeles se não me escolher. Ryder está planejando dar o próximo passo no relacionamento deles.

CAPÍTULO VINTE E NOVE

LUCKY

Dylan nunca foi um namorado relapso, mas, por outro lado, também nunca foi um namorado muito amoroso. Até hoje. É quase como se ele sentisse que estou à beira de tomar uma decisão a nosso respeito, por isso decidiu colocar todas as cartas na mesa. Ou talvez esteja apenas se sentindo culpado por ter que partir hoje à noite depois do show para uma reunião de negócios no Norte com patrocinadores.

— Fiz uma reserva para a gente ao meio-dia. Temos que descer meia hora antes.

— Tudo bem. Vou tomar um banho rápido. Aonde vamos?

— Dar um passeio de helicóptero pelo Grand Canyon.

— É sério? — Eu nunca andei de helicóptero e fazia anos desde que havia visitado o Grand Canyon.

— Sim. — Ele sorri. — Imaginei que entre o ônibus e os hotéis, um pouco de ar livre te faria bem hoje.

— Eu amo o Grand Canyon. Meu pai e eu fomos acampar lá quando eu tinha quinze anos. Ele sempre falava de voltar algum dia, mas não deu tempo.

— Eu sei. — Dylan vem até mim e envolve os braços na minha cintura. — Eu me lembro de você ter me contado isso. Seu rosto todo se iluminou, então pensei que seria uma boa escolha para hoje. Não tenho te feito sorrir o bastante ultimamente. Vou focar nisso na próxima semana. — Ele se curva e me dá um beijo suave. — Vá se arrumar, sei bem quanto tempo você pode levar.

Deixo a água do chuveiro escorrer pelo corpo, a força dela massageando e relaxando os músculos tensos nos meus ombros. Curvando a cabeça para baixo, observo fixamente a água rodopiando ao redor do ralo. Dylan tem razão, ele não tem me feito sorrir ultimamente, mas a verdade é que não dei a ele nenhuma chance desde o dia em que Flynn Beckham entrou na minha vida. Talvez hoje seja exatamente do que precisamos. Exatamente do que preciso para enfim descobrir se estarei tomando a decisão correta quando o ônibus chegar à Califórnia amanhã.

— Acampamos logo ali embaixo! — gritando por cima do turbilhão do helicóptero, aponto para uma clareira ao longo da margem do rio. Tem um microfone instalado no fone que uso para que o piloto, Dylan e eu consigamos nos ouvir.

Dylan segura minha mão.

— Talvez voltemos um dia.

O piloto mergulha à esquerda, levando meu estômago com ele e me fazendo sorrir. Dylan encontra meu olhar.

— Aí está o que estava se escondendo de mim nas últimas semanas. — Ele envolve meu rosto com a mão e move o polegar para a frente e para trás na minha bochecha. O toque é... bom.

A voz do piloto soa no fone quando ele aponta paisagens espetaculares: a Represa Hoover, a Ponte Bypass, o Cânion Negro. Ele nos leva até um vulcão extinto, em seguida, mergulha no cânion para uma vista de outro mundo do Rio Colorado correndo entre as formações de pedras multicoloridas que têm milhões de anos.

Olho para baixo, admirada com a beleza natural, um presente atencioso dado pelo homem que chamo de namorado há quase um ano. Penso comigo mesma, "o tom de azul na parte mais rasa do rio é quase do tom exato dos olhos de Flynn". É nesse momento que percebo que, apesar do meu cérebro talvez ainda não ter compreendido, meu coração já tomou sua decisão.

A viagem de volta ao hotel no sedan de luxo é silenciosa. O olhar de Dylan está preocupado quando ele me traz de volta à realidade da qual me perdi encarando a janela.

— Está tudo bem, Lucky? — Ele franze a testa, assim como os lábios.

— Sim — minto. — Só estou cansada. Estou com problemas para dormir. Acho que não estou mais acostumada a estar na estrada.

— Leva um tempinho, mas você vai se acostumar. Tem que parar de se levantar tão cedo. Você sai da cama como se estivesse ansiosa para o dia começar.

Forço um sorriso.

— É que sou uma pessoa matinal.

— Acho que é algo bom um de nós ser assim. Pode vir a calhar quando tivermos filhos.

Minha expressão desesperada deixa Dylan com uma carranca.

— O que foi? Você quer ter filhos, não quer?

— É claro. Algum dia. Mas esse dia está bem longe.

— Eu não quero ter quarenta e cinco anos quando começar a ter filhos.

A diferença de dez anos entre nós nunca importou.

— Eu não estou nem perto de estar pronta para um filho, Dylan.

— Teremos que negociar.

— Negociar?

— Sim. — Ele ergue minha mão e a puxa até os lábios, beijando o topo enquanto o carro estaciona em frente ao hotel. — Seria mesmo a pior coisa do mundo se você engravidasse agora?

Sim. Com certeza, seria.

Assisto ao show do meu lugar de sempre na plateia, notando a arena cheia até o limite. Apenas um mês atrás, a Easy Ryder não estava esgotando lugares tão grandes quanto o MGM Grand Garden. Agora os cambistas recebem o dobro do preço original por conta do quanto a demanda cresceu. As mulheres na plateia ostentam camisetas que nunca vi com o rosto de Flynn Beckham, em vez da camiseta de sempre da turnê da Easy Ryder.

Dá para notar a mudança de ares quando Flynn canta as músicas das quais é o vocalista. O lugar agora parece ter energia que não estava presente antes de sua chegada. Não há conversas divertidas entre as músicas, como as que Linc e Dylan têm, é mais como se fosse um mal necessário que Dylan tolera. Observo o rosto de Dylan enquanto a multidão grita em deleite quando o holofote vai parar em Flynn para a música — meu namorado com certeza não aprecia toda a atenção recém-conquistada sendo direcionada a outra pessoa.

Depois da apresentação, me demoro a caminho dos bastidores, sabendo que Dylan está sendo levado para seu jantar tarde da noite com o patrocinador. Ele não me convidou para ir junto, e evito de propósito dar de cara com ele antes de sair, para que não tenha tempo de me fazer um convite de última hora.

Encontro Brett e aviso a ele que vou entrar na primeira limusine que for para o hotel. Os carros vêm e vão depois do show, levando fãs e membros da banda com seus convidados aonde quiserem ir. É tudo coordenado pelo gerente da turnê.

Evitando o saguão dos bastidores, já cheios de fãs animadas, escapo pela porta dos fundos e entro na limusine preta e comprida que estaciona logo ali. O motorista me diz que vai demorar um ou dois minutos enquanto espera mais alguns passageiros, que Brett ligou para avisar que chegariam em breve.

Estou trocando mensagens de texto com Avery quando a porta abre com tudo e um homem entra. Isso me assusta, mas rapidamente entendo o porquê de ele estar correndo. Um bando de mulheres está perseguindo Flynn. Ele se vira, não esperando encontrar ninguém no enorme banco traseiro, mas, quando me vê sentada de frente para ele, seu sorriso característico, lento e preguiçoso, desaparece do rosto, e ele arqueia uma sobrancelha de maneira expressiva.

— Para o hotel, por favor. Tem fãs demais aqui fora.

A limusine se afasta bem quando Duff está saindo com uma das fãs e outras mulheres.

— Estava me esperando?

Reviro os olhos.

— Não. Estava vindo correndo até mim?

Ele sorri.

— Sempre.

Nós nos encaramos, e percebo a mudança nele ocorrer diante dos meus olhos. Seu sorriso malandro se entusiasma, ficando quase predatório. Ele fala com o motorista, sem quebrar nosso contato visual:

— Poderia nos deixar no Wynn, por favor?

Estamos hospedados no Bellagio a um quilômetro e meio de distância.

— Está a fim de jogar?

Ele balança a cabeça.

— Ver uma apresentação?

Outro balançar lento de cabeça.

— Dançar?

Mais um não.

— Jantar?

— Só se for para tomar café da manhã no jantar.

Ai, meu Deus.

Nenhum de nós diz nada enquanto Flynn me leva da recepção até uma suíte, girando a chave entre os dedos de maneira impaciente ao nos aproximarmos do elevador. Quando este enche e metade do painel se ilumina com andares nos quais tem que parar, Flynn solta um resmungo alto de frustração.

Ele me puxa contra si para dar espaço a um casal mais velho, e a ereção cutuca minha bunda. Então, é minha vez de soltar um arquejo alto. Flynn dá um riso fraco, e seus dedos pressionam os meus quadris enquanto me espreme contra ele com ainda mais força.

Sem prestar atenção a nada ao nosso redor, exceto ao nosso desejo crescente, levamos um momento para notar que tem uma voz falando conosco.

— Você não é o Flynn Beckham? — pergunta a mulher.

— Não, mas sempre me perguntam isso.

Eu rio da resposta dele, me inclino em direção à mulher e sussurro:

— Ele não é tão bonito quanto o Flynn Beckham.

Os dedos nos meus quadris vão um pouco mais fundo.

Mais algumas paradas, e chegamos ao décimo sétimo andar. Com um deslizar do cartão-chave, estamos no quarto e não nos damos o trabalho de acender as luzes. As cortinas nas janelas que vão do chão ao teto estão totalmente abertas, então as luzes de Vegas provêm um pano de fundo estranhamente sensual ao piscarem e iluminarem o céu noturno.

Segurando meu rosto com delicadeza, Flynn se curva para a frente e me beija de maneira doce. Ele se demora, a língua explorando, e as mãos, então, descem pelas laterais do corpo de um jeito que faz com que eu me sinta adorada.

Ele se afasta e olha para mim.

— Sou louco por você. — Seus olhos estão cheios de sinceridade, e de algo que me deixa sem fôlego. As mãos vão ainda mais baixo, me surpreendendo quando ele engancha um braço sob meus joelhos e me ergue.

Os lábios voltam aos meus enquanto me leva até o quarto e, com cuidado, me acomoda em pé.

— Eu não quero ir rápido com você. Nada de conversa hoje à noite. Vou te *mostrar* como me sinto.

Exploramos o corpo um do outro sem pressa. Ouvimos as respirações ao traçarmos curvas, sentimos os contornos macios e as bordas firmes. Seu olhar acaricia minha pele de um jeito que me faz senti-lo aquecendo meu corpo, mesmo quando não está mais me tocando.

Beijo sob a orelha de Flynn, o lugarzinho que descobri que faz o corpo dele estremecer. Sua língua cria um caminho pela minha clavícula antes da cabeça dele ir mais para baixo e ele tomar meu mamilo protuberante entre os dentes e puxar.

Gemo quando desce o dedo do topo da minha bunda, provocando meu traseiro, antes de escorregar a mão para baixo e, então, subir por entre as minhas pernas. Um gemido pecaminosamente erótico ecoa no quarto quando lambo o V na parte mais baixo do abdômen dele, indo com a língua do quadril até a virilha. Com a cabeça já baixa, eu o surpreendo tomando-o na boca.

— Lucky — resmunga ele. É um aviso, como se dissesse que não vai aguentar ficar dentro da minha boca. Fico de joelhos diante dele, seu controle apenas alimentando meu desejo de vê-lo perder o controle *dele*. Me afastando, mas não completamente, giro com delicadeza a língua ao redor da ponta, então, diminuo a pressão ao redor, como se eu fosse libertá-lo. Mas não o faço. Em vez disso, fecho os dedos na base e o tomo tão fundo quanto posso, até meus lábios encontrarem meus dedos.

— Porra, Lucky. — Os olhos de Flynn escurecem enquanto me observa. Apesar de eu enxergar o desejo primitivo espreitando logo abaixo da superfície, ele ainda se segura. Então chupo com mais força. Vou mais fundo. Mais rápido. Jogo a cabeça para a frente e para trás até o quarto ser preenchido por um rugido, e o último fio de controle que ele estava tentando manter se rompe. As mãos se fecham apertadas no meu cabelo, e ele começa a meter na minha boca.

Meu tesão cresce enquanto o escuto arfar sem ar e murmurar todas as coisas que vai fazer comigo quando eu estiver por baixo. Ele tenta se afastar antes de explodir, mas estou tão excitada, que a sensação de sua libertação quente e salgada talvez baste para detonar meu orgasmo de proporções espetaculares.

Ele joga a cabeça para trás, e o corpo treme enquanto se desfaz. Ele se liberta na minha boca por um bom tempo, com força. Eu me esforço para tomar tudo, respirando com dificuldade pelo nariz até que os golpes começam a desacelerar. Por fim, param.

Então, ele me ajuda a ficar em pé, envolvendo meu corpo nos braços, em seguida, e dando um abraço apertado por um bom tempo. Em certa altura, quando nossa respiração está de volta ao normal, ele me deita na cama e se acomoda ao meu lado, a barriga nas minhas costas.

Minutos depois, com a voz ainda rouca por conta do esforço, ele coloca meu cabelo de lado e beija meu pescoço.

— Pensei que era eu quem te mostraria o que sinto.

— Acho que eu tinha muita coisa para dizer primeiro.

Ele dá uma risada.

— Preciso de uns cinco minutos. E você não vai conseguir dizer nada quando estiver no limite.

— Cinco minutos? — questiono, meio brincando que ele consiga se recuperar e estar pronto outra vez tão rapidamente.

Ele responde pressionando a ereção quase dura na minha bunda.

— Ah.

— Os cinco minutos são para você, não para mim.

Desta vez, não há nenhuma corrida para perder o controle. Em vez disso, é lindo, lento e tudo que ele prometeu que seria. Seus olhos não desviam dos meus enquanto desliza para dentro, nem mesmo enquanto roça os lábios com afeto nos meus. E logo que começamos a nos mover, o ritmo é sensual e acelera devagar, indicando muito mais do que só dois corpos indo em direção a um final magnífico. Somos duas almas colidindo ao dançarem juntas, fazendo algo que percebi nunca ter feito antes. Amor.

Pelo resto da noite, só falamos através dos nossos corpos, ouvindo a batida do coração um do outro, e realmente sentindo cada um de um jeito que eu nunca havia experienciado.

O que não sinto, para variar, é culpa. Ceder às minhas emoções, nos permitir a realmente nos entregar e estar na presença um do outro não deixa espaço para mais nada. Teremos tempo o bastante amanhã para nos sentirmos culpados.

CAPÍTULO TRINTA

LUCKY

Desde que eu tinha quinze anos, e Avery e eu saímos escondidas para encontrar com os irmãos Raven às onze da noite no meio da semana, não me sinto tão nervosa abrindo a porta de um lugar no qual eu já deveria estar. Respiro bem fundo, tentando acalmar os nervos. Isso quase funciona, mas me lembro do que aconteceu assim que voltei do namorico há uma década. Avery deu seu primeiro beijo de verdade em Kyle naquela noite. Eu, por outro lado, dei de cara com o olhar decepcionado do meu pai assim que abri a porta. Foram duas semanas inteiras sem poder sair de casa, exceto para ir à escola.

Dylan não deveria voltar até o começo da tarde de hoje, mas planos mudam. Por fim, reunindo coragem o bastante para colocar a chave na porta, eu me preparo para as consequências das minhas ações.

O quarto está escuro.

Solto um suspiro aliviado quando acendo as luzes e descubro que ninguém dormiu na cama. Ainda bem, assim tenho algumas horas para clarear a cabeça.

Estou quase terminando de secar o cabelo no banheiro quando escuto Dylan chamando meu nome. Ele voltou mais cedo.

— Oi. Achei que você fosse voltar daqui a algumas horas. — Forço um sorriso quando saio do banheiro para cumprimentá-lo, mas meus joelhos estão tremendo de verdade.

— Eu também. — Dylan praticamente brada. *Ah, não.*

— A reunião não foi boa?

Ele se vira para me encarar, uma expressão muitíssimo insatisfeita no rosto.

— A reunião foi boa. Eu me senti culpado por ter te deixado sozinha a noite toda, então voltei mais cedo.

— Ah. — Tenho a sensação de que ele está com raiva de mim, mas estou quase com medo de perguntar. — Não precisava. Estou bem.

Ele tensiona a mandíbula e se vira, esvaziando os bolsos em cima da cômoda mais alta.

— Foi o que ouvi dizer.

O que isso devia significar? Não respondo, mas tenho certeza de que ele está prestes a falar mais coisas.

— O que você fez na noite passada, Lucky? — O tom dele me diz que não está jogando conversa fora. É um interrogatório, e tenho a sensação nauseante de que já sabe todas as respostas.

Seria a hora perfeita para esclarecer tudo. Já faz tempo demais que carrego este fardo. Ainda assim, não consigo colocar as palavras para fora. Mentiras parecem escorrer dos meus lábios com facilidade ultimamente.

— Apostei um pouco em um cassino.

Ele me encara de maneira inflexível, o que me faz estremecer, então finjo focar a atenção em guardar o secador na mala.

— No Wynn?

Eu congelo. Eu me odeio. O que fiz é detestável e vil. Aquilo nunca deveria ter acontecido. Não era minha intenção me apaixonar por outro homem. Não era o que eu estava procurando, nós meio que simplesmente nos encontramos. E, depois da noite passada, finalmente sei que nada pode parar o que está acontecendo entre mim e Flynn. O que temos é real, não uma fantasia que passei anos imaginando.

— Sim, desculpa. — Curvo a cabeça de maneira arrependida.

Dylan passa os dedos pelo cabelo e se aproxima de mim. Ele suspira alto quando não ergo os olhos.

— Sou eu quem deveria pedir desculpa. Ferrei tudo.

Não era isso que eu estava esperando.

Meu olhar salta até o dele, encontrando uma dor que é familiar. Culpa? Ele coloca as mãos nos meus ombros, e eu o espero continuar.

— Ando tão preocupado com a turnê, com como as coisas estão mudando para a Easy Ryder, que não te dei a atenção que você merece. — Ele fecha os olhos, e, quando os abre outra vez, há remorso pairando em primeiro plano. — Eu não deveria ter saído na noite passada. Foi um erro.

Como se eu já não me sentisse um ser humano horrível, ele está se desculpando por ter ido a um jantar de negócios enquanto eu estava com outro homem.

— Você tinha um jantar de negócios. Eu entendo. Não fez nada errado.

— Não vou a mais nenhum jantar de negócios. Eu prometo. — A declaração é tão emotiva, que parece que está prometendo algo muito maior. — Você é o que importa para mim, e não vou te deixar escapar. Vou consertar as coisas entre nós.

— Dylan. Eu... eu preciso te contar uma coisa. — Me preparo com uma respiração funda e enxugo as palmas suadas no jeans de maneira discreta.

Uma batida à porta interrompe o que está prestes a ser minha confissão.

Ele ignora o barulho.

— Isso pode esperar. Continue.

Como uma covarde, eu me agarro à interrupção para um alívio temporário.

— Não tem problema. Pode ir atender.

Dylan sai pisando duro até a porta quando uma segunda batida soa. Assim que estou começando a me recuperar, escuto a voz vinda do corredor.

— Brett disse que você queria me ver.

Flynn.

— Vou fazer algumas mudanças no show — responde Dylan de maneira brusca, então, volta a olhar para mim. Nenhum músculo no meu corpo se moveu, estou tensa pra caramba. — Mas estou ocupado agora. Lucky e eu... — o escárnio nos lábios dele cresce e se transforma em um sorriso cheio de si quando adiciona: — ... vamos aproveitar nossas últimas horas em um quarto de hotel antes de termos que voltar para o ônibus. Encontro você no saguão às três, para conversarmos.

Se Flynn responde, não é audível, mas a batida da porta me assusta.

Eu me convenci de que era uma péssima ideia terminar com Dylan antes da reunião dele com Flynn. Apesar da verdade da situação ser que só estou ganhando mais tempo. Tenho medo de que, quando eu terminar tudo, Dylan enxergará a verdade por trás de qualquer coisa que eu disser e saberá que me apaixonei por Flynn. *Isso* não seria bom. Dylan já está claramente incomodado pela atenção que ele anda recebendo. Se descobrir que estamos juntos, é Flynn que vai pagar o preço.

A última apresentação em Vegas acontece sem problemas, e estou ansiosa para conversar com Flynn quando ele terminar de tocar, mas os bastidores estão abarrotados de pessoas, e Dylan me mantém colada ao lado dele.

— Mudança de planos. Lydia veio de avião para dizer a Mick que ela recebeu alta do médico para tentarem engravidar de novo. — Há alguns meses, ela tinha sofrido um aborto espontâneo; lembro de Dylan me contando o quanto ela tinha ficado chateada. — Eles querem ir jantar para celebrar antes do ônibus sair hoje à noite.

— Uau. Então vão ser três, certo?

— Sim. Temos que tirar nosso atraso. — Dylan se aproxima do meu pescoço, e fico pálida quando vejo os olhos de Flynn fixos em mim, nos observando juntos do outro lado da sala.

Bebo três taças de vinho no jantar, muitíssimo ciente de que dois é meu máximo. Lydia e eu passamos a maior parte da noite falando dos dois garotos dela e dos planos para tentarem ter uma garotinha. Mas minha mente sempre volta a Flynn. Antes de partirmos, enquanto Mick e Dylan estão ocupados dando alguns autógrafos, aproveito a oportunidade para fazer uma pergunta a Lydia:

— Como você soube que Mick era *o* cara?

— Uau, você pega pesado quando está bêbada. — Ela sorri. — Nós namoramos casualmente por um tempo, sem exclusividade. A banda estava ficando mais conhecida, e éramos jovens. Quando eu estava com Mick, nunca pensava em outro homem. Mas quando estava com outra pessoa e algo engraçado acontecia, a primeira coisa que passava na minha cabeça era ligar para Mick e contar para ele. Um cara aceitável podia me fazer ter um encontro ótimo, mas eu ia querer ligar para Mick e contar a ele a respeito de algo que vi. — Ela toma um gole de água. — Meu conselho: vá a um espetáculo de comédia ou a algum lugar que nunca foi. Se não tiver vontade de ligar para ele e contar todas as piadas engraçadas que lembra ou algo que viu, ele não é *o* cara.

A viagem de helicóptero pelo Grand Canyon me vem à mente na hora. Eu estava sentada ao lado de Dylan, mas mal podia esperar para contar a Flynn tudo que via quando estivesse de volta.

São quase duas da manhã assim que entramos no ônibus. O motorista liga o motor logo que a porta se fecha atrás de nós.

— Precisa de alguns minutos para se acomodar antes de pegarmos a estrada, sr. Ryder?

Dylan me encara. Meus passos em falso hoje não terão nada a ver com o balançar do ônibus. Dou de ombros e vou até o banheiro. A cortina no beliche de Flynn está fechada, mas me imagino me aconchegando nele ao passar. É doloroso saber que ele está a apenas alguns passos de distância enquanto durmo com outro homem.

Na manhã seguinte, acordo com uma dor no peito e um latejar na cabeça. É como se alguém tivesse arrancado meu coração, que ainda batia, e o recolocado embaixo dos olhos para que eu pudesse sentir cada batida dolorosa. Água. Preciso de água. O álcool me deixou extremamente desidratada.

Atravesso o ônibus pelo corredor escuro, esperando encontrar Flynn em seu lugar de sempre, aguardando ansioso o café. Ao descobrir a área comum vazia, despenco com a decepção. O relógio no micro-ondas marca quase seis horas — talvez eu esteja um pouco mais adiantada que de costume.

Ignorando a náusea e a ressaca terrível, me forço a beber duas garrafas de água com dois comprimidos de Tylenol. Depois de uma hora encarando a porta que leva às camas, pego um cobertor, me encolho no sofá, e, por fim, a vibração do ônibus me faz cair no sono outra vez.

Um beijo suave na minha bochecha me acorda. Grogue, dou um sorriso com olhos fechados.

— Já estava na hora.

— Volte para a cama.

Meus olhos se abrem com tudo. *Não é a voz que eu estava esperando.*

— Que horas são?

— Quase dez.

Apoiando-me em um cotovelo, esfrego o olho com a outra mão.

— Eu dormi de novo por quase quatro horas?

— Acho que sim. Não entendo o porquê de você se levantar tão cedo.

Olho para além de Dylan em direção ao fundo do ônibus. Está tudo quieto.

— Todo mundo ainda está dormindo?

Ele dá de ombros.

— Volte para a cama.

— Na verdade, eu queria trabalhar em algo antes do ônibus ficar barulhento. — Ergo o caderno que deve ter caído das minhas mãos quando adormeci. — Você se importa?

Os músculos no rosto de Dylan tensionam.

— Você que sabe. — Soltando um suspiro frustrado, ele volta ao quarto e bate a porta.

Minha segunda xícara de café dá resultado, e, com a ajuda do Tylenol e da água mais cedo, me sinto humana outra vez sentada à mesa na área comum. Esperava que Flynn e eu pudéssemos ter tido algumas horas para conversar pela manhã, para pensar em como lidaríamos com tudo quando eu terminasse com Dylan. Estendo o braço até o armário no qual Flynn parece manter um estoque sem fim de barras de chocolate meio amargo da Hershey's para mim, e descubro que ele o reabasteceu com sacolinhas cheias de Kisses meio amargos da mesma marca. Meu coração se derrete mais rápido que o chocolate na minha boca.

Por volta do meio-dia, Duff chega cambaleando dos fundos.

— Você ainda está escrevendo nesse caderno?

— Estou.

— Por que, em vez disso, não escreve algumas músicas para nós? — Ele se serve uma caneca de café e desaba no assento em frente ao meu, uma das mãos lutando contra o cabelo despenteado de quem acabou de acordar.

— Não sou boa em encontrar melodias na minha cabeça.

— Nem eu. Você precisa de um parceiro, então. Alguém que consiga transformar suas letras em canções.

— Foi assim que meu pai e minha mãe se conheceram. Ele era baterista, mas tocava um pouquinho de todos os instrumentos. Escreveram a música mais tocada da minha mãe em uma noitada na semana em que se conheceram. — Dou um sorriso, pensando em quantas vezes ouvi meu pai contar, todo orgulhoso, essa história.

— Talvez você e Dylan sejam os próximos Simon e Garfunkel.

A verdade é que música é o que mais temos em comum, ainda assim, mesmo depois de todo esse tempo, nunca nem pensamos em trabalhar juntos de maneira alguma. Não como Flynn e eu, que naturalmente gravitamos à música para nos aproximarmos. Talvez seja porque Dylan é mais velho e tem mais experiência, mas ele e eu temos nossos papéis — papéis que *ele* definiu para nós. Ele é o astro do rock, e eu sou a namorada dele. A imagem que pinta para nosso futuro fica cada vez mais clara quanto mais tempo passamos juntos. A questão é que... eu também quero pintar.

— Acho que Dylan prefere trabalhar sozinho.

Duff dá uma risadinha.

— É um jeito de descrever aquele babaca caçador de fama.

— Ele não é muito bom em dividir os holofotes, né?

— Somos amigos desde os seis anos de idade. O panaca sequer dividia os brinquedos. Linc é o único que ele não se importou de dar espaço sob o holofote. Provavelmente porque o pobre idiota não é muito bonito, então não é uma ameaça de verdade. — Duff bebe de uma vez metade da caneca de café e solta um suspiro alto.

— Como está Linc? Deve ser difícil deixar os bebês depois de poucas semanas para voltar à turnê.

— Semanas? Você quis dizer dias.

— Ainda é dia treze. Flynn vai substituí-lo até dia trinta e um.

— Acho que o chefão se esqueceu de te avisar.

— Me avisar do quê?

— Beckham foi embora. O ônibus o largou na noite passada quando saímos de Vegas.

Então, a sensação de náusea me ameaça quando paro em frente ao beliche de Flynn, a cortina ainda bem fechada. Com um vazio no estômago que me diz que Duff não está apenas brincando comigo, eu afasto, devagarinho, o tecido grosso e escuro.

CAPÍTULO TRINTA E UM

FLYNN

ONTEM

Dylan sai andando do elevador até o saguão, cheio de propósito e ignorando as cabeças que se voltam para ele enquanto passa. O cara já tinha um problema comigo antes de qualquer coisa ter começado com Lucky, mas hoje a carranca dele é mais odiosa do que nunca.

Vindo diretamente até onde estou sentado, ele joga um envelope na mesa à minha frente, os olhos se apertando em fendas enrugadas.

— Aqui está a mudança na apresentação.

Espero uma explicação, mas ele não a oferece. Nem parece que planeja se sentar. Abrindo o envelope, derrubo o conteúdo na mão.

Uma passagem de avião.

Apenas de ida, de volta a Nova York.

Engolindo em seco, volto a olhar para cima, e nossos olhos se encontram. A voz dele soa dura, e as palavras são ditas através de dentes cerrados.

— Não sou cego, porra. A maneira como você olha para ela...

Não falo nada. Não importa se gosto do cara ou não, o mínimo que posso fazer é não entrar em nenhum joguinho. É fingir que não sei do que ele está falando. Além disso, não faço ideia do quanto ele realmente sabe, e não há razão para deixar as coisas mais complicadas do que têm que ser para Lucky. Ela trabalha na gravadora da qual ele faz parte há uma década.

— Achou que eu fosse me fingir de idiota enquanto você dava em cima dela? Tentando arrancar as roupas dela? Passar tempo com ela enquanto tomo conta dos negócios?

Eu me levanto para encará-lo à altura.

— Toma conta dos negócios? É disso que você chama Jamie? Como paga pelos serviços dela, pode dizer que é uma transação comercial?

— O que eu faço não é da sua conta, caralho. — Um sorriso maldoso retorce os lábios dele. — Mas se quiser o melhor boquete que vai receber na vida, dê uma passada na rua Honeycomb, número 3.225, a caminho do aeroporto para pegar o voo hoje à noite.

— Você não merece uma mulher como Lucky.

— E você merece?

Nós nos encaramos.

— Volte para Nova York. Agora que a Easy Ryder deixou seu rostinho famoso, vai ter uma fila de mulheres querendo chupar seu pau. — Ele se vira para se afastar. — Se tentar entrar em contato com Lucky, sua bandinha não vai mais ser o ato de abertura da Easy Ryder, e o único trabalho que vai arranjar é tocar em uma garagem. Caso ela seja idiota a ponto de estar interessada em você, você não vai ser o único na fila de desempregados.

— Vá se foder.

Ele dá alguns passos, então, se vira com um sorriso sádico.

— O voo sai à meia-noite, logo depois do show de hoje. Não o perca.

CAPÍTULO TRINTA E DOIS

LUCKY

— Cadê o Flynn? — Esticando o braço até onde Dylan está em sono profundo, puxo a parte inferior da cortina blecaute para que ela role para cima em um estalo alto, revelando a enorme janela retangular ao fundo do ônibus.

— Bom dia para você também. — Ele espreme os olhos com a torrente de luz.

— Você despediu o Flynn da turnê?

Ele puxa o cobertor sobre a cabeça e tenta me ignorar.

— Me responda.

Nada.

Puxo a coberta.

— Me responda.

— Mas que merda, Lucky... — grita ele, endireitando a coluna ao se levantar.

— Você demitiu ou não o Flynn da turnê?

Os músculos no rosto dele tensionam.

— Linc vai voltar.

— Então ter mandado Flynn para casa não teve nada a ver comigo?

Ele me encara com olhos cheios de raiva.

— Me diga você, Lucky. Teve?

Minha irritação se agita enquanto foco no olhar indignado dele. Um confronto silencioso perdura até que Dylan, por fim, joga a coberta longe, bufando. Ele se levanta, enfiando os pés descalços no jeans antes de sair pisando duro do quarto.

Uma hora mais tarde, ainda estou sentada no quarto quando ele volta. Ele passa os dedos pelo cabelo, e aguardo outro momento de silêncio perdurar. Minha mente gira com tantas perguntas, a maioria das quais eu provavelmente não deveria fazer.

Finalmente, ele se senta. A voz soa baixa.

— Vamos chegar daqui a uma hora.

Assinto.

Ele solta o ar em um bufo alto.

— Pedi ao Linc para voltar antes.

— Por quê?

— Porque sim. — Ainda não o olho, então ele sai do meu lado e se ajoelha na minha frente, não me dando escolha, exceto encará-lo. Quando ergo a cabeça, ele continua: — Eu quero ficar com você, Lucky. Quero me acomodar, ter uns dois filhos e criar raízes em algum lugar.

— Eu... eu não estou pronta para isso.

— Você está com medo. Só isso.

Balanço a cabeça.

— Não. É mais que isso.

Ele estuda os meus olhos.

— Então o que é?

— Eu não tenho certeza quanto a nós, Dylan.

— Você tinha certeza mês passado.

— As coisas mudam.

— O que mudou?

Mas ele começa a entender, e os olhos se estreitam até virarem fendas acusadoras.

— Você sente algo por Beckham?

Curvo a cabeça e faço que sim.

— Ele é uma cobra. Chegou de mansinho e deu atenção a você enquanto eu estava ocupado demais cuidado da merda de uma turnê.

— Não é culpa dele.

— Não me venha com essa. Eu via como ele te seguia. Ele queria te comer. Foi por isso que o mandei embora.

— Desculpa.

— Vamos superar isso. Ele foi embora. Nós dois carregamos fardos. Está na hora de recomeçarmos. De construir o futuro em uma página em branco.

Eu não respondo. Com dois dedos sob meu queixo, Dylan gentilmente o ergue até que nossos olhos se reencontram.

— Eu te amo, Lucky.

— Desculpa — sussurro.

— Desculpa? O que raios isso quer dizer?

Continuo em silêncio, mas palavras não são necessárias.

— Porra, você só pode estar de brincadeira com a minha cara. — Ele se levanta. — Pense muito bem no que está prestes a fazer, Lucky. Você pode ir embora se quiser. Mas tente procurar o babaca do Flynn Beckham, e não só a banda dele não vai mais ser o ato de abertura da Easy Ryder, como vou me certificar de que ele não se apresente em nenhum lugar por um bom, bom tempo.

Fervendo de raiva, ele bate a porta com tanta força ao sair, que as paredes do ônibus sacodem com o baque.

Continuo nos fundos depois que o ônibus para na Califórnia. Está tão quieto sem o zumbir do motor e o rádio no último volume, que imagino se sou a única a bordo.

Ao arrastar a mala até a frente, descubro que não sou a última ali dentro. Dylan ergue os olhos para encontrar os meus.

— Me dê a noite de hoje? — Na voz dele, há um tom vulnerável que nunca ouvi. — Tenho uma entrevista hoje à tarde, mas vamos jantar depois. Vamos conversar.

Por mais que eu preferisse pegar um avião hoje à noite, fugir da minha culpa, a coisa certa a fazer é terminar o relacionamento como adultos. Eu assinto.

A viagem de carro para o restaurante é desconfortavelmente silenciosa. Dylan encara a janela, puxando o colarinho da camisa e parecendo tão perdido em pensamentos quanto eu. Ele me surpreendeu quando me disse para me arrumar para o jantar, e me surpreendeu ainda mais quando vestiu um paletó e uma gravata.

O motorista estaciona em frente ao Chateau La Roque, e Dylan diz a ele para não sair. Em vez disso, ele mesmo abre a porta no meio-fio e me oferece a mão.

— Obrigada.

— Você está linda.

Entrelaçando nossos dedos, ele nos leva para dentro do restaurante francês requintado. Estou chocada por ele ter escolhido um lugar tão público para conversamos, levando em conta o assunto que, futuramente, discutiremos.

— Sr. Ryder — cumprimenta um homem com um sotaque francês pesado. — Por aqui.

Depois que nos sentamos, os primeiros dez minutos são tomados por uma conversa fiada constrangedora. Isso me lembra de um encontro às cegas ruim.

— Dylan — digo no mesmo instante que ele diz meu nome.

— Você primeiro — oferece ele com um sorriso apaziguador.

— Eu só queria dizer que sinto muito. Não sei direito o que aconteceu ao longo do caminho, mas sinto muito. Você nunca foi nada, senão gentil comigo. — Estou falando a verdade. E me odeio pelo que fiz.

Ele segura minha mão.

— Eu também. Sinto muito por muitas coisas. Antes de mais nada, por não te dar a atenção que você merece. Mas isso vai mudar. Hoje à tarde, a ideia de te perder me fez perceber como tenho sido um idiota...

— Você não...

— Me deixe terminar, preciso colocar isso para fora. Já esperei tempo demais. — Ele se levanta. E devo ser a pessoa mais lerda da face da Terra... porque estou vendo a coisa toda se desenrolar na minha frente, mas, ainda assim, não entendo o que está prestes a acontecer.

Ele tira algo do bolso.

E, quando percebo... ele está se apoiando em um joelho.

Ai, meu Deus. Não. Isso não pode estar acontecendo.

Escuto arquejos pelo restaurante lotado, então, as palavras dele através de uma névoa.

— Lucky. — Ele pigarreia. — Já escrevi centenas de músicas, mas ainda não sei as palavras certas para te dizer o quanto você é importante para mim. Eu estava planejando fazer isso quando chegássemos em Los Angeles, mas hoje percebi que já esperei tempo demais. Sei que não está pronta para se casar ou ter filhos amanhã, mas estou disposto a esperar. Até lá, quero que você tenha meu anel no dedo para te lembrar todos os dias do quanto eu te amo.

Sequer noto as lágrimas escorrendo pela minha bochecha até o polegar dele as enxugar.

— Não chore. — Ele me dá um sorriso, confundindo meu mal-estar com lágrimas de alegria. — Eu sei o que quero. Seja minha esposa, Lucky. Não hoje nem amanhã. Mas me prometa... um dia.

— Dylan. — Minha voz receosa falha quando o puxo para que se levante. Não posso fazer isso com ele publicamente. Dois minutos mais tarde, o restaurante todo está aplaudindo e tirando fotos.

CAPÍTULO TRINTA E TRÊS

FLYNN

— Arghhh — resmungo. Abrindo um dos olhos, dou uma olhada no lugar e fico grato quando percebo que estou no apartamento de Becca, não em um beco qualquer. Como raios cheguei aqui? Tento me lembrar das últimas doze horas: apartamento do Nolan, com quem bebi algumas cervejas; o bar irlandês Molly's para beber mais algumas; então, o Royal, na Union Square, onde as pessoas me reconheceram. Foi quando tudo começou a ficar confuso. Me lembro do balcão comprido, de uma bartender chamada Alexa... e de TVs que cobriam paredes.

Merda. As TVs. Devia haver quarenta daquelas coisas malditas. Todas mostrando a mesma notícia. Uma foto do antipático do Dylan Ryder apoiado em um joelho e, em seguida, outra de Lucky o abraçando.

Pulei para bebidas pesadas depois disso. Tequila. Muita tequila.

Leva alguns minutos até eu ligar todos os pontos. Nolan. E a ruiva. Ela tinha uma voz grossa. Lembro vagamente de zoar Nolan para verificar se era aquela mulher mesmo que ele queria. O que aconteceu depois?

A amiga da ruiva.

Merda.

Bella? Belinda? Beth? Algo com B. Eu acho.

Me lembro de nós quatro cambaleando porta afora quando o lugar fechou. O que fizemos depois disso? Betsy? Bianca? Bailee?

Me arrastando para fora da cama, respondo ao chamado da Mãe Natureza e jogo um pouco de água gelada no rosto. Minha cabeça faz parecer que fui atropelado por um caminhão de carga na noite passada. É uma possibilidade vaga, pelo que sei. Me coloco a caminho do quarto de hóspedes da minha irmã outra vez, mas paro abruptamente quando escuto a voz dela.

Bárbara? Brooke? Bridget?

Assustado, vou até a cozinha em busca da voz das mulheres.

— Bom dia, raio de sol. — Minha irmã arqueia a sobrancelha. — Como está se sentindo?

— Igualzinho à minha aparência.

A mulher do bar de ontem à noite sorri como se fosse normal para ela estar sentada à mesa da minha irmã.

— Oi — ofereço com hesitação.

— Estou feliz por você ter acordado, dorminhoco. — Ela se levanta, fica na pontinha dos pés e me dá um beijo na bochecha. — Tenho que ir trabalhar, mas não queria ir embora sem me despedir.

— Hummm... eu te acompanho. — No corredor, tento preencher mais algumas lacunas. — Aonde fomos depois do Royal?

— Você não lembra? — Ela parece surpresa. Devo ter fingido muito bem estar sóbrio.

Balanço a cabeça.

— Em um bar com karaokê do outro lado da cidade.

Merda.

— Lucky's?

— Sim. Era esse o nome.

— Desculpa. — Eu passo os dedos pelo cabelo. — Não me lembro de nada depois do Royal.

Ela sorri.

— Você estava bem bêbado. Mas nada de mais aconteceu. Você cantou.

— Eu cantei no Lucky's?

Ela faz que sim.

— Você lembra o quê?

— Algumas músicas. Uma canção antiga do Tom Petty, outra do Springsteen e mais uma do Dave Matthews que nunca ouvi.

Não preciso pedir para que ela especifique. *You Got Lucky*, *My Lucky Day* e *So Damn Lucky*.

— A gente...? — Aponto dela para mim.

— Não. Mas não foi por falta de eu tentar. — As bochechas dela ganham um tom rosado. — Você não estava interessado.

— Desculpa... não é você... eu...

Ela ergue a mão, gesticulando para que eu pare.

— Não tem problema. Você me contou tudo a respeito dela.

— Contei?

Ela assente.

— Ela é uma mulher de sorte. Você foi um cavalheiro ontem, mesmo no estado em que estava. Dormi no sofá da sua irmã, porque fiquei preocupada com você voltando para casa sozinho, mas você também não quis que eu ficasse andando sozinha pela noite.

— Bem, obrigado.

Ela pega o celular que estou segurando, clica em um monte de coisas e me oferece o aparelho de volta com um sorriso doce antes de se virar para ir embora.

— Caso precise de ajuda para superá-la.

Novamente dentro do apartamento da minha irmã, olho para o nome que ela salvou nos contatos. Zoe. Quase acertei.

Depois de um banho longo, uma soneca ainda mais longa e uns três litros de água, estou a meio caminho de me sentir normal. Becca está fazendo o jantar.

— Desculpa por trazer Zoe aqui na noite passada.

Minha irmã nunca havia ditado nenhuma regra, mas eu não queria que Laney tivesse a impressão errada.

— Tenho certeza de que foi ela que trouxe você aqui, não o contrário.

— É. Acho que me deixei levar.

— Pensei que fosse voltar só daqui a algumas semanas.

Esfrego a mão pela barba de três dias por fazer no queixo.

— Eu também.

— Vi Lucky no noticiário ontem à noite. Aquilo tem algo a ver com seu retorno? — pergunta ela, cautelosa.

— Fiz algo de que não me orgulho.

— Você se apaixonou. Notei quando te visitei.

— Sim. Mas isso não faz o que aconteceu ser certo.

— Nenhum de vocês era casado. Não se compare com ele. Sei bem o que você está fazendo.

— Obrigado. Mas parece que isso está prestes a mudar.

— Eu vi a foto no jornal hoje cedo. Não me importo com o que estão divulgando, porque aquela mulher está tão apaixonada por você quanto você está por ela. Já conversaram?

— O otário do Dylan ameaçou demiti-la do emprego novo se eu falasse com ela.

— Otário? Ele é parente do professor babaca? — Becca bate o ombro no meu.

— São tipo gêmeos separados na maternidade.

— Você precisa falar com ela. Tem algo errado.

CAPÍTULO TRINTA E QUATRO

LUCKY

A música sempre foi um remédio para curar meus mal-estares. Mas, ultimamente, também tem sido fonte de grande parte da minha ansiedade. A fila de táxis se estende por quase todo um quarteirão do lado de fora do JFK, e Pandora toca alto no meu fone enquanto tento ocupar a mente inquieta com uma melodia calma. Mas, é claro, a música que vem a seguir só podia ser da Easy Ryder.

As coisas não saíram exatamente como planejado. Depois do pedido de Dylan no restaurante, e do meu abraço que não significou nem sim nem não, metade do restaurante, pelo que pareceu, veio nos cumprimentar. Não quis envergonhar Dylan em público e recusar enquanto havia câmeras de celulares tirando fotos e gravando, mas isso dificultou ainda mais quando fui esclarecer que não tinha dito sim. Principalmente quando ele me puxou para um beijo intenso e pediu uma garrafa de Cristal *para todas as mesas* no restaurante, como uma maneira de celebrar.

Foi só quando voltamos ao hotel e estávamos na privacidade do nosso quarto que tive a chance de explicar tudo. Não preciso dizer que Dylan *não* aceitou muito bem a situação. Nem duas horas depois do seu pedido apaixonado, o homem que estava preparado para passar o resto da vida comigo ameaçava meu trabalho. E, pior de tudo, a carreira musical de Flynn.

Peguei o primeiro voo disponível no dia seguinte, então, passei seis horas calculando o que fazer a respeito de Flynn. Se tem uma coisa de que tenho certeza enquanto me afasto de Dylan Ryder, é que sua ameaça de destruir Flynn não é insignificante. Por alguma razão, ele estava farto com o homem antes mesmo de descobrir que eu sentia algo por Flynn Beckham. Estou grata por Dylan não saber nem metade da história.

— Bem, olhe só quem chegou toda desarrumada. — Avery enxuga o balcão do bar. Está cedo, só alguns estudantes da faculdade que fica no fim da rua estão no Lucky's.

Olho ao redor do bar com um exagero intencional.

— O que você fez com todos os meus clientes?

Ela joga a toalha molhada que usa para limpar o balcão no meu rosto.

— Bela resposta para as minhas mensagens de texto.

— Desculpa, os últimos dias foram insanos. Cheguei ontem à noite.

— E estava ocupada demais para me mandar uma mensagem de uma linha?

— Eu não sabia o que dizer, nem por onde começar.

Ela se inclina sobre o balcão.

— Que tal se começar com: "Oi, vou me casar com um astro do rock, mas estou transando com outro"?

Bem, isso certamente chamou a atenção das poucas pessoas sentadas perto o bastante para ouvir. Balanço a cabeça e vou para trás do balcão, envolvendo minha melhor amiga em um abraço muitíssimo necessário.

— Deus, eu não tinha percebido o quanto precisava disso. — Suspiro.

— Dois homens *e* uma gostosa como eu? Você é uma ninfa. É melhor começar a fazer terapia — provoca ela.

— Com certeza, preciso. Só que com a dra. Avery Logan. Jase pode cuidar do bar por um tempinho?

— Eu sempre soube que Ryder era desprezível. — Avery e eu estamos no beco atrás do Lucky's, sentadas em engradados de leite enquanto ela fuma o cigarro diário da quota *Eu parei de fumar*.

— Hummm... acho que, neste caso, você entendeu errado. Sou eu a desprezível.

— Bem, sim. Também. — Ela sorri. — Mas ele vai tentar arruinar a sua carreira e a do Flynn para ficar quites. Além disso, eu apostaria sua metade do bar que ele te traiu.

— Como é que essa aposta... Você vai apostar *minha* metade do bar?

— Se aprendi algo desde que você se foi, é que *não* quero ser dona dessa espelunca sem você.

— Você sentiu falta do meu eu desprezível, né?

— É meio que um saco sem você aqui me dando ordens.

Nós rimos. Jesus, como senti falta dela. Senti falta desse lugar. Até do beco que tem cheiro de cerveja estragada há um mês misturada com bituca de cigarro. Pode até não ter uma cerca branca ao redor, mas aqui é a minha casa.

— Você precisa contar ao Flynn o que está acontecendo.

— Como? Dylan vai, sem dúvida, chutar a In Like Flynn da turnê se ficarmos juntos.

— Fotos do Dylan ajoelhado e de você o abraçando tomaram conta dos noticiários. Flynn acha que você está noiva, Lucky. Tem que contar a verdade a ele.

— Não sei... E se a decisão dele for continuar comigo de qualquer maneira, e Dylan for em frente com a ameaça? Flynn vai perder a turnê... e só Deus sabe o que mais.

— A decisão é dele.

— Sinceramente, não consigo pensar que ele acredita que falei sim ao Dylan. Não depois do último mês.

— Eu não teria tanta certeza disso.

Semicerro os olhos.

— O que você não está me contando?

— Ele veio aqui ontem à noite.

— No Lucky's?

Ela faz que sim.

— Ele estava me procurando?

— Não exatamente.

— Pare com o mistério. Ele veio e não pediu para falar comigo?

— Ele não estava exatamente sóbrio.

— Ah.

— Apesar de que, com certeza, estava pensando em você.

— Como você sabe?

— Jase o fez parar depois que a terceira música com *Lucky* no título foi gaguejada de um jeito bem ruim.

— Ah.

— E tem mais. — Avery desenterra o maço de cigarros da bolsa e o sacode para que um saia pela metade, estendendo a oferta a mim.

Balanço a cabeça. Odeio fumar.

— Ele veio com uma mulher.

— Uma mulher? — Está claríssimo o que ela está me dizendo, mas a faço falar em voz alta de qualquer maneira.

— Ela estava se jogando em cima dele. E foram embora juntos.

Acendo o cigarro que ela ainda está me oferecendo.

CAPÍTULO TRINTA E CINCO

FLYNN

— Quer uma cerveja? — grita Nolan da geladeira em direção ao sofá no qual ainda estou largado desde ontem à noite.

Pego meu celular para verificar as horas.

— Cara, são dez da manhã.

Escuto a garrafa ser aberta, então, passos vindo em direção ao sofá. Ao sentir um corpo ali perto, abro um olho grogue e me arrependo na mesma hora. O pau dele está balançando exposto.

— Vista uma cueca, porra.

Ele dá de ombros e toma um gole enorme da garrafa verde-escura da Heineken.

— Olha, eu praticamente já encostei a bunda em todas as superfícies deste lugar.

Puxo o cobertor para cima e tento ignorá-lo, mas, é claro, é quase impossível.

— É verdade. Ontem, eu estava sentado bem onde sua cabeça está agora. Cocei as bolas por um tempo assistindo às Kardashians. Depois, deixei as duas tomarem um ar.

— Não sei o que é mais nojento, a ideia da sua bunda suja sentada bem onde meu rosto está, ou de você assistindo às Kardashians.

Outro gole demorado de cerveja, seguido por um suspiro pesaroso.

— Aquela Kim tem uma bundona. Sabe o que eu faria com aquela coisa?

— Podemos não falar de você querendo foder uma bunda enquanto sua mortadela me encara, por favor?

— Estou começando a achar que você gosta de mortadela... dado como anda recusando todos os potes de mel que aparecem no seu caminho ultimamente.

— Você é um idiota, sabia?

— Aham — diz Nolan, com orgulho.

— Você não tem nenhuma companhia para entreter?

— Já foi embora.

— Não conseguiu satisfazê-las?

— Tive que parar para que pudessem continuar andando. — Ele entorna o resto da cerveja matinal, o café da manhã dos campeões. — Elas estão com as pernas bambas agora, mas devem ter conseguido andar os dois quarteirões para pegar o trem das sete.

— Só nos seus sonhos.

— Não, cara, a questão é esta... eu estou *vivendo* um sonho. Não como sua vida patética. Se você não fosse um ímã tão forte de garotas, eu sequer estaria aqui com você. É sério. Você tem sido uma companhia patética nos últimos tempos.

— Vá se foder.

— Na verdade, quem sai ganhando sou eu. Você é igual a um daqueles cachorrinhos fofos que as mulheres amam, sabe? Aqueles que um homem só leva para passear no parque porque está caçando boceta? As mulheres chegam para acariciar o cachorro, porque é tão feio que acham fofo, com aquele punhado de pelo idiota. Só que, quando se agacham, o pequeno cãozinho que come até pedra morde a mão com as unhas feitas dela. — Ele sorri e assente enquanto continua. — E estou lá para consolar a linda mulher.

— Você é perturbador.

— Será que Lucky gosta de filhotinhos?

Endireito a postura na mesma hora.

— Vá se foder.

— Toquei em uma ferida, né?

— Você poderia, por favor, vestir uma roupa, caralho?

— Você poderia, por favor, relaxar um pouco?

— A mulher que eu amo ficou noiva. De outra pessoa. — Puxo a coberta e me levanto, ficando com as costas eretas para encará-lo bem nos olhos. — Tenho direito de ser um babaca por alguns dias.

Nolan exibe um sorriso sacana.

— Pelo menos agora está admitindo que a ama.

— Que bom para mim.

— Todo mundo te falou naquele dia, a gente não dá a mínima quanto a abrir para a Easy Ryder. Se formos demitidos, vai aparecer outra coisa. Para falar a verdade, nunca gostei daquele idiota.

— Ela vai se casar com o idiota.

— Então você vai... o quê? Desistir?

— O que você quer que eu faça?

— Pare de ser um covarde e lute por ela.

Olho feio para ele, mas Nolan não cede.

— Tente não estar bêbado para nossa reunião às três para planejar a turnê, na Pulse.

Abro com tudo a porta de entrada dele, deixando-a bater na parede ao lado. Não me dou o trabalho de fechar aquela porcaria ao sair.

Dou uma olhada nas horas no meu relógio quando passo pelas portas de vidro giratórias na Pulse Records. Estou dez minutos adiantado. Mas, já que Nolan só vai aparecer, provavelmente, depois das três e meia, eu devo ter mais uns quarenta minutos de espera antes da reunião começar.

Falei para mim mesmo que não a procuraria. Na verdade, o meu eu de sempre estaria atrasado e não teria tempo de sequer considerar ir atrás dela. Ainda assim, de alguma maneira, me pego milagrosamente seguindo pelo corredor até o estúdio no qual sei que ela dá suas aulas.

Faz três dias desde que a vi.

Parece mais que faz um ano.

O corredor longo está cheio de, em sua grande maioria, salas escuras. Até eu chegar à última à esquerda. Luz brilha pela janela de vidro. Não tenho nem certeza se ela voltou da costa oeste. Obviamente, comigo longe, não há mais necessidade de terem uma preparadora vocal. Mas talvez tenha decidido ficar na turnê com o *noivo*. Essa ideia causa uma dor e uma pressão preocupante no meu peito.

Não querendo ser visto, fico ereto e quase me achato contra a parede ao lado da porta, então, inclino a cabeça para a frente apenas o bastante para bisbilhotar lá dentro.

Ela está parada em frente de uma mulher, gesticulando com as mãos para que a estudante abra o peito, instruindo-a a cantar com o diafragma. Lucky está de costas para mim, mas não importa, porque a pressão no meu peito diminui só de revê-la. Eu talvez tenha tido dificuldade para lidar com as palavras que me escaparam na casa de Nolan hoje mais cedo, mas, porra... são verdade. Meu corpo não é capaz de negar o que sente por ela.

Ele esteve morto por três dias e, de repente, só de saber que ela está do outro lado da porta, ganhou vida.

Só que quando a vejo jogar a cabeça para trás e rir, parece que levei um soco na boca do estômago. Ela está trabalhando — sei em primeira mão que ela gosta de ensinar —, mas, por alguma razão, é como se tudo que pensei que tivéssemos fosse uma mentira. Como ela poderia estar rindo enquanto estive me arrastando por aí como se meu cachorro tivesse morrido?

É claro, é nesse momento que meu celular, que nunca toca, decide fazer barulho. Aperto os olhos para o sorriso idiota de Nolan que ilumina a tela, a qual deslizo para recusar a chamada. Mas o som chama a atenção da estudante e da professora, então, encosto a cabeça de novo na parede. Um minuto mais tarde, a cantoria baixa retorna, logo, arrisco mais uma olhada, e meus olhos encontram os da aluna. Com relutância, sigo para minha reunião antes de ser pego no flagra.

No andar de cima, fico surpreso ao encontrar Nolan já no saguão da reunião.

— Ainda são três da tarde. — Passo andando por ele e vou até o balcão da recepção. Ele me segue.

— Achei que a reunião fosse às três.

— E é, mas imaginei que você só fosse aparecer daqui a uma meia hora.

Ele sorri.

— Alguém tem que fazer o papel de responsável nessa banda.

Eu quero ficar irritado, mas não consigo... ele é tão pentelho. Rindo, falo:

— Na última vez que deixamos uma responsabilidade de verdade nas suas mãos, você encomendou dez mil camisetas com o texto In Like *Finn*.

Ele dá de ombros.

— Não sei por que você ficou tão irritado com isso. Era só ter mudado seu nome para Finn.

— Eram todas babylook tamanho GGG.

— Eu gosto de mulheres com curvas.

Dou uma risada curta.

— Desisto. Vamos logo para a reunião, panaca.

Com o braço apoiado no ombro do meu amigo, como se estivéssemos no fundamental, sigo a recepcionista com um traseiro interessante até a sala de reuniões, sentindo que talvez, apenas talvez, as coisas darão certo no final das contas. A sensação não dura muito quando viramos a esquina, e a sala com paredes de vidro, que mais parece um aquário, fica visível. Um homem que eu com certeza não esperava ver hoje está sentado à mesa. A porra do Dylan Ryder. E ele está sorrindo para mim como um lobo prestes a atacar uma ovelha manca.

CAPÍTULO TRINTA E SEIS

LUCKY

— Obrigada por ajudar hoje à noite. — Avery ergue o portão de segurança na entrada do Lucky's, então, mexe na tranca da porta da frente que emperra há mais de dez anos.

— Imagine. De qualquer maneira, não é como se eu tivesse vida social.

— Com essa cara que está hoje, você *poderia* ter uma vida social bem movimentada. Talvez possa tentar sorrir algumas vezes, para não parecer que vai morder. Vai dar tudo certo.

Minha melhor amiga apareceu sem qualquer aviso no meu apartamento há algumas horas, declarando que, se eu não fosse me *sentir* bem, ela pelo menos se certificaria de que eu me *vestisse* bem. Então, bebendo uma taça de vinho, saqueamos meu armário, e deixei que ela arrumasse meu cabelo e passasse maquiagem no meu rosto igual a como fazíamos no ensino médio. Eu não estava muito a fim no começo. Na verdade, só aceitei para fazê-la se sentir melhor. Eu andava tão para baixo, e ela vinha tentando com tanto afinco, que quis que Avery pensasse estar ajudando. Mas, quando terminamos, ela conseguiu não apenas me deixar com a aparência melhor, mas realmente também me fez me sentir um pouquinho melhor.

No Lucky's, trabalhamos como uma máquina bem lubrificada, reabastecendo o bar, descendo as cadeiras que estavam de pernas para cima. Quando está tudo pronto, me sento do outro lado do balcão enquanto Avery conta quanto temos no caixa.

— Sinto tanta saudade dele... — Suspiro.

— Eu sei. — Ela me serve uma taça de vinho. — Vocês precisam conversar.

— Não quero arruinar a carreira dele. Olhe para minha mãe e meu pai. Ele abriu mão de tudo para me dar a vida que pensou ser certa para mim. Ela se afastou de nós.

Avery se serve uma taça de vinho e contorna o balcão para se sentar ao meu lado em outro banco.

— Seu pai te amava mais que qualquer outra coisa no mundo. Nunca teve um dia em que ele achou ter tomado a decisão errada. Sua mãe também tomou a decisão dela. Este é o ponto... a escolha foi *deles*, e os dois fizeram dar certo. Você não está dando essa chance a Flynn.

— Mas e se ele me escolher, ficar por um ano, então, perceber que tomou a decisão errada?

— Como Iris fez.

Assinto.

— É disso que você tem medo? Que ele vá perder a turnê e, daqui a um ano, te deixará por outra? Que ele vai quebrar seu coração?

— Não sei.

— Você não se preocupava a respeito do futuro com Dylan.

— Acho que nunca estive apaixonada de verdade por Dylan.

Ela sorri.

— Já estava na hora de você admitir. Não sei o que me deixa mais feliz, que está apaixonada ou que nunca amou o imundo do Ryder. Mas, de qualquer maneira, você precisa falar com Flynn. Se não, vai ser *você* quem vai ficar se perguntando "E se...?" pelo resto da vida.

Ergo minha taça em direção a ela.

— Obrigada.

— Pelo quê?

— Por ser você.

— Lembre-se disso mais tarde — murmura Avery de maneira misteriosa e vai até a porta de entrada para abrir o bar oficialmente.

— O que raios quis dizer com isso?

— Nada — diz ela sobre o ombro. Mas, pelo seu tom, posso notar que está mentindo.

Antes de engravidar, nunca notamos todos os carrinhos quando passeamos no parque. Mas, então, de repente, você começa a enxergar. Não é que não estavam lá antes, seu cérebro só não te fazia prestar atenção. Talvez seja por isso que todas as músicas parecem ser um hino ao amor ou ao rompimento hoje à noite.

— Se eu escutar mais uma música falando de perder o amor da sua vida hoje à noite, eu talvez desista de tudo — grito por cima do balcão enquanto Avery prepara meu pedido de bebida. Uma mulher com vinte e poucos anos e cabelo azul está arruinando *You Were Meant for Me*, de Jewel, no palco. Mas a letra me assombra.

Avery canta o refrão alto — e totalmente desafinada — na minha cara ao me entregar as bebidas.

You were meant for me|
Você foi feito para mim

And I was meant for you
E eu fui feita para você.

Ergo o dedo do meio e me viro para entregar os pedidos na mesa oito.

É quase meia-noite, o bar está praticamente lotado, e estou ajudando Avery atrás do balcão quando um burburinho toma conta da multidão. Um bando de mulheres vai em linha reta até a porta, o que é um sinal óbvio de que uma celebridade acabou de entrar. Mesmo anos depois da morte do meu pai, não é incomum músicos virem passar um tempo aqui. O Lucky's realmente teve alguns clientes que são lendas da música chegando sem qualquer aviso.

— Quem você acha que é? — pergunto a Avery quando ela olha em direção ao enxame de mulheres bloqueando nossa vista. Deve ser alguém conhecidíssimo porque metade do bar notou.

— Hummm... — Avery morde o lábio. — Eu talvez tenha roubado seu celular mais cedo e convidado...

De repente, a pessoa que a multidão estava escondendo surge.

Dylan.

Me viro para minha melhor amiga.

— Você convidou Dylan? — Me sinto totalmente encurralada.

— Não! Eu não o convidei.

Dylan se aproxima do balcão. Sem saber o que fazer, congelo no lugar. Nossa situação não ficou muito bem resolvida... a não ser que me chamar de vadia e ameaçar a minha carreira e a do Flynn pudesse, de alguma maneira, ser considerada uma despedida calorosa em algum universo paralelo esquisito.

— Podemos conversar? — pergunta Dylan com uma expressão exausta.

Franzo os lábios, então, faço que sim. Avery segura meu braço, me parando bem quando estou prestes a sair de por trás do balcão.

— Lucky, você precisa saber de uma coisa.

— O quê? Você convidou *mesmo* ele?

— Não. Mas convidei Flynn para vir hoje à noite.

— Você fez o quê? — guincho.

— Eu talvez tenha dito a ele que você estava miserável, e falei que, se ele também estivesse assim, você estaria no Lucky's hoje à noite.

Depois que o choque inicial da traição passa, meu peito fica apertado quando percebo que Flynn não apareceu. Apesar da minha mente estar agitada, sei que preciso digerir uma coisa de cada vez. Por mais que Flynn talvez não tenha vindo, Dylan *está* parado a três metros de distância.

— Vou lá para o beco, onde podemos ter privacidade.

Ela assente.

O segurança de Dylan abre caminho até a porta dos fundos e guarda a saída enquanto vamos até o beco.

— O que você está fazendo aqui?

Ele olha para os pés.

— Vim me desculpar.

Quando não falo nada em resposta, ele ergue os olhos aos meus.

— Pelas coisas de que te chamei. — Ele esfrega a nuca. — Olha, Lucky, pedi muito de você em pouco tempo. Eu entendo. Mas você me machucou. Em um minuto, pensei que tivesse dito sim, no seguinte, você estava voltando atrás.

— Eu não recusei no restaurante para não te envergonhar. Eu te expliquei.

— Eu sei. E entendo, até agradeço. Mas, na hora, quis te machucar de volta. Então disse algumas coisas terríveis para te ter de volta.

Assinto.

— Aceito as desculpas. E também sinto muito.

Ele estica o braço e segura minhas mãos nas dele.

— Pelo quê?

— Por como as coisas se desenrolaram. Por tudo. — A culpa dentro de mim escapa através das lágrimas.

Dylan acha que significa que me arrependo por tudo ter acabado, em vez de me arrepender por *como* tudo acabou.

— Vamos voltar um pouco no tempo. Eu quero ficar com você, Lucky. Vou esperar até estar pronta.

Ele realmente não entende que nunca vou estar pronta para ficar com *ele*. Tenho sido tão desrespeitosa com esse homem, e está na hora de ser honesta.

— Meus sentimentos mudaram, Dylan. Não quero voltar no tempo nem avançar para o futuro. Desculpa. Mesmo.

Rejeição, com certeza, não é algo com que Dylan Ryder está acostumado. Choque toma conta do rosto dele, então, lentamente, se transforma em outra coisa.

— É por causa *dele*, né? Você realmente quer ficar com ele? — Ele não esconde o ódio puro no tom da voz.

Faço que sim.

— Mas não falo com Flynn desde que ele foi embora da turnê. Por favor, não desconte nele nem arruíne sua carreira porque me apaixonei.

— O quê? — sibila ele.

— Desculpa. Aconteceu.

— Você está apaixonada por aquele fingido cabeludo e não *queria* que isso acontecesse?

Assinto, mas sequer tento contar a ele que Flynn não é fingido.

— Então o pau dele foi parar acidentalmente dentro de você?

Não faço ideia se ele tem certeza de que trocamos intimidades, mas está me atacando e parece não importar mais a esta altura. Aceito porque mereço.

— Eu confiei em você. Eu ia fazer de você minha esposa, caralho. — A expressão dele está cheia de raiva.

Fico aliviada quando ele abre a porta e começa a atravessar o bar.

Até que vejo o homem que acabou de entrar.

Flynn.

CAPÍTULO TRINTA E SETE

FLYNN

Depois de reler a mensagem dela pela centésima vez hoje, entro no Lucky's com Nolan. Ela está miserável. Eu estou miserável. Isso é simplesmente ridículo. Sei que ela ama o emprego novo, mas Lucky tem talento — qualquer gravadora seria idiota de não a contratar. Na verdade, agora que estou em busca de uma nova gravadora para a In Like Flynn, talvez possamos negociar um contrato dois-por-um.

Minha fama recém-conquistada adia minha entrada, e dou uma dúzia de autógrafos enquanto tento entrar. Escaneando o bar, meus olhos encontram Lucky vindo do corredor aos fundos. No começo, sinto uma sensação sobrepujante de alívio só por estar no mesmo lugar que ela. Mas, então, aperto os olhos, e a tristeza no rosto dela entra em foco. Parece que esteve chorando.

Abrindo caminho pelas mulheres que se aglomeram ao meu redor, tenho apenas um objetivo: chegar até Lucky e fazê-la se sentir melhor.

É provavelmente por isso que não vejo o primeiro soco chegando.

CAPÍTULO TRINTA E OITO

LUCKY

Tudo acontece muito rápido. Em um instante, estou voltando para dentro do bar, e Dylan está a alguns passos raivosos na minha frente, então, avisto o homem que eu estava morrendo de vontade de ver, só que, de repente, temo a presença dele. Observo a coisa toda se desenrolar, incapaz de impedi-la. Meus gritos não são ouvidos com o barulho da canção no karaokê estourando os autofalantes.

Flynn me nota, mas, infelizmente, não vê Dylan se aproximando. O primeiro soco acerta a mandíbula dele em cheio, e observo tudo horrorizada enquanto sua cabeça é jogada para o lado com a força do golpe.

Ele cambaleia para trás, a mão indo até o rosto, momentaneamente confuso.

— Você dois se merecerem, porra. Uma puta que deveria estar no palco, mas é covarde demais, e um fantoche que tem mais coragem que talento.

— Fale o que quiser de mim, seu filho da puta. — A voz de Flynn soa sinistramente sem emoção. — Provavelmente mereci o soco, mas não fale assim de Lucky.

Finalmente passando pelo segurança corpulento de Dylan, grito outra vez para que parem assim que o punho de Flynn encontra o nariz de Dylan, e sangue sai voando por toda parte.

A equipe de segurança que estava parada observando o caos correr solto, por fim, intervém quando veem que o cara deles foi atingido. A confusão começa, e há gritos e berros, mas os dois homens são separados.

— Saia daqui! — grito para Dylan e aponto na direção da porta.

— Sem problema — diz ele com desprezo, em seguida, limpa o nariz em uma toalha que um dos guardas tirou de algum lugar. — Aproveite a merda do seu namorado desempregado, vagabunda. — Ele sai pisando duro, flanqueado pelos seguranças.

O peito de Flynn está estufado, mas os olhos estão colados em mim. Não sei o que dizer nem fazer. Qual outra desgraça eu poderia causar a este homem maravilhoso?

— Desculpa — sussurro.

— Tem celulares tirando mil fotos por minuto, e os policiais provavelmente estão a caminho. — Nolan, o amigo de Flynn, puxa o braço dele. — Vamos dar o fora daqui.

— Esperem — grita Avery. Nem percebi que ela estava perto de mim. Ela joga algo para Nolan, e ele o segura. — É do apartamento da Lucky. Ela vai te encontrar lá daqui a meia hora.

Flynn olha para mim. Ele está hesitante quanto a ir embora, então faço que sim para encorajá-lo.

— Vá. Eu te encontro lá.

Quinze minutinhos mais tarde, o bar está de volta ao normal, apesar de ainda haver um zumbido no ar, diversos sussurros e pessoas me encarando. Pelo menos, a polícia não apareceu.

Avery me entrega uma dose de um líquido dourado. Não me importo em perguntar o que é.

— Para acalmar os nervos. — Ela o ergue e inclina o pequeno copo dela na minha direção. Respondo à altura. Assim que a queimação na garganta ameniza, ela tira o copo da minha mão e me olha nos olhos, então, diz com um tom duro: — Vá para casa.

Eu a puxo para um abraço, depois, ela segura meus ombros, sua voz deixando transparecer que sente muito.

— Eu não fazia ideia de que Dylan apareceria.

— Eu sei.

— Agora, vá para casa e conserte as coisas com aquele homem de dar água na boca.

Abro um sorriso e, *finalmente*, dou ouvidos ao conselho da minha melhor amiga.

Minhas mãos tremem enquanto encaixo a chave na fechadura da porta do meu apartamento. Está escuro e, por um breve segundo, penso que talvez ele não tenha vindo. Mas, então, escuto sua voz.

— Quer dizer que não está mais noiva?

Acendo a luz da sala de estar, e meu coração vai parar na garganta ao vê-lo sentado no sofá. Há um roxo na bochecha dele, e a mandíbula já está inchada.

— Vou pegar um pouco de gelo para você.

Porque não me machuco com frequência, não tenho uma bolsa de gelo. Por isso pego um saco de ervilhas congeladas e me sento ao lado de Flynn, mantendo a embalagem no rosto dele. Ele sibila com o contato.

— Está doendo?

— Vou sobreviver. O soco do Nolan é mais forte, e olha que ele me ama.

Sorrio. Mas, quando nossos olhos se encontram, vejo a cautela dele.

— Eu nunca estive noiva.

Suas sobrancelhas franzem.

— Eu vi as fotos. Parecia um pedido e uma comemoração para mim.

— E era. Mas não era.

Ele espera que eu explique, compreensivelmente confuso.

— Eu estava devastada por você ter partido, então falei para Dylan que eu ia embora. Ele me chamou para jantarmos e conversamos. Então fui. Parecia que eu devia isso a ele. Fiquei mais do que chocada quando ele se ajoelhou. Entrei em pânico. O restaurante todo estava olhando para nós, e Dylan esperava uma resposta.

— Então você disse sim.

— Não.

— Foi o que pareceu nos noticiários.

— Na verdade, só o ajudei a se levantar, e ele me abraçou. Nunca nem respondi, mas também não deixei claro que o estava rejeitando. Pelo menos, não até duas horas mais tarde quando chegamos a um lugar mais reservado.

— Então você realmente nunca esteve noiva? — pergunta de novo, como se não acreditasse.

Balanço a cabeça.

— Por que não me procurou?

— Porque Dylan me disse que tinha chutado você da turnê. Eu não quis estragar sua carreira.

— Isso era uma decisão minha.

Dou uma risada.

— Parece a Avery falando.

— Eu sabia que gostava dela.

— E acho que você não me procurou porque pensou que eu estava noiva.

Ele me encara. Eu balanço a cabeça.

— Eu não teria deixado um anel me impedir. Dylan me disse que se certificaria de te demitir se eu falasse com você.

Assinto. Acho que nós dois fomos manipulados.

Finalmente entendo as palavras de despedida de Dylan. Eu estava tão cansada, que não parei para pensar no significado do que ele tinha dito: "Aproveite seu namorado desempregado".

— Imagino que tenha perdido seu lugar na turnê da Easy Ryder.

— Na verdade, é melhor assim. Mesmo antes de nós nos conhecermos, o cara já queria me ferrar.

Afasto os vegetais congelados do rosto dele e toco sua bochecha enquanto olho fundo em seus lindos olhos azuis.

— Eu sinto muito. Que confusão causei.

— Eu não sinto. Não dou a mínima para a turnê nem para o soco. Só me importo com você. — Ele acaricia minha bochecha com as juntas dos dedos. O contato suave é tão bom, que fecho os olhos e solto um suspiro de alívio. Se eu fosse um gato, ronronaria. — Em que pé estamos? — pergunta ele.

Meu coração se enche de esperança.

— Ainda existe "nós"? Você saiu do bar com outra pessoa na outra noite. Pensei que talvez tivesse seguido em frente.

— Não rolou nada com ela. — Ele entrelaça os dedos nos meus e olha para baixo. Ficamos em silêncio por um bom tempo. — Como poderia rolar algo com quem quer que seja se estou apaixonado por você?

Meus olhos saltam até os dele.

— Está?

— Estou.

O tempo para ao nosso redor.

— Eu também te amo.

Aquele sorriso preguiçoso, lento e com covinhas atravessa a última barreira do meu coração.

— Você me deu meu primeiro Orgasmo, e eu vou te dar o seu último.

— É mesmo? — Sorrio.

Ele se levanta e me ergue do sofá.

— Nunca mais vamos nos esconder. E, desta vez, não vai ter mão nenhuma cobrindo sua boca. Quero te ouvir gemer meu nome enquanto lambo cada centímetro seu. — Ele abre a porta do meu quarto com um chute.

Ao me colocar no centro da cama, ele me encara com uma expressão que só posso descrever como de ardor. A voz dele é tão aveludada, tão comovente, tão pura quando volta a falar, que quase derreto.

One step at a time, back behind the line
Um passo de cada vez, de volta ao limite

We can't stop it, no, doesn't matter we try
Não podemos impedir, não, não importa se tentarmos

Walk to the blur, yes, you're gonna be mine
Venha até o borrão, sim, você vai ser minha

Say we're still friends, we all know that's a lie
Diga que ainda somos amigos, todos sabemos que é mentira

You doubt it's true, but it's too late to turn
Você duvida da verdade, mas é tarde demais para desistir

The minute I touch you, our bodies align
Assim que te toco, nossos corpos se alinham

You're like fire, yet I run toward the burn
Você é como fogo, mas ainda assim corro para me queimar

We've crossed the line, now you're forever mine
Passamos do limite, agora você é minha para sempre.

— Você terminou a última estrofe.

Ele sorri.

— Acredita em mim agora? Não tem como voltar atrás uma vez que se ultrapassa o borrão.

— Eu não quero voltar. Quero ir para a frente.

— Eu também, querida. Eu também. Mas, agora, vou subir e descer.

EPÍLOGO

LUCKY

— Me Lembro de quando meu café costumava estar pronto antes de eu me levantar — provoco enquanto Flynn vai até a cozinha ao sair do quarto. Ele está sem camisa, a calça moletom baixa na cintura. É sério, nunca me canso dessa visão. Nem por um segundo.

Ele se serve uma caneca fumegante e enche a minha outra vez antes de deslizar para o meu lado.

— No que está trabalhando?

Fecho o caderno no qual estive rascunhando a manhã toda.

— Nada.

Ele arqueia as sobrancelhas.

— Nada, é? Então, me deixe ver.

— Não.

Ele estende o braço, mas afasto a mão dele com um tapa.

— Por que não posso ver?

— Você vai ver. Só não agora.

Ele faz beicinho.

— O beicinho também não vai funcionar.

— Não?

— Não.

Ele sorri e se inclina para a frente, como se fosse me contar um segredo. Então, sinto sua mão sob a mesa escorregar para dentro da perna do meu short.

— Que tal isso?

Sinceramente, esse homem tem dedos mágicos. E não só quando toca guitarra ou teclado. O polegar pressiona meu clitóris por alguns segundos, e sucumbo à minha fraqueza — ao toque dele. Mas, logo, percebo que a outra mão está lentamente tirando o caderno dos meus dedos frouxos.

— Não vai funcionar.

— Ah, vai. Me dê um minuto.

Caramba. Já estou encrencada quando ele tira as cartas da manga: o sorrisinho torto e as covinhas. Os dedos hábeis mergulham sob a calcinha, e Flynn escorrega dois deles para cima e para baixo do meu centro.

— Parece que já está funcionando.

Balanço a cabeça, mas não tento afastar os dedos que me excitam. Quando ele ergue os dedos, que acabaram de cobrir com a minha umidade, até a boca e os chupa de maneira obscena, estou quase abrindo o maldito caderno e lendo para ele o texto no qual estava trabalhando. Por sorte, Flynn se esqueceu do caderno.

— Abra mais as pernas. — Ele se inclina sobre a mesa para que nossas bocas se alinhem, mas não me beija.

Por sorte, hesito, porque, se não, Nolan teria pegado os dedos de Flynn dentro de mim. Quando é que vamos aprender a nos controlar?

— Bom dia — grunhe Nolan.

— Quantas vezes tenho que te dizer para vestir alguma coisa antes de vir aqui?

Ele olha para baixo, confuso.

— Eu estou vestido.

— Não. Você está de cueca. E exibindo uma ereção matinal.

Nolan coça a cabeça e volta a olhar para baixo. Eu viro a cabeça, mas só depois de ter visto tudo em detalhes.

— Ah. Foi mal, cara. Só vim pegar um pouco de suco.

Aproveito a oportunidade para guardar o caderno e o notebook, esperando que o que os olhos não veem, o coração não sente.

— Vamos chegar daqui a uma hora — diz Flynn. — Não se esqueça de que vou dormir na sua casa hoje.

— Tudo bem. Mas não vou vestir nada lá em casa. Você dita as regras no ônibus da turnê, mas eu dito as regras *chez moi*.[2]

Flynn resmunga, e Nolan volta para o beliche dele.

— Você sabe que isso é ridículo... me mandando sair da minha casa...

— É tradição. O noivo não pode ver a noiva antes do casamento.

— Desde quando seguimos tradições? Eu te pedi em casamento na frente de quinze mil pessoas, e esse pãozinho assando na sua barriga não é porque você é virgem.

Amasso o guardanapo que estava em cima da mesa e o jogo no nariz dele. Flynn não está errado. Não seguimos o mais tradicional dos caminhos para chegar onde estamos hoje. No dia depois do incidente no Lucky's, nossa vida se transformou em um circo midiático. Fotos da briga entre Dylan e Flynn foram vendidas para os tabloides, e nossos rostos apareceram na TV por dias. Por mais que isso tenha nos dado uma desculpa para ficar enfurnados no meu apartamento, fiquei nervosa com o que poderia causar na carreira de Flynn a longo prazo. Ele, é claro, não ficou. Diferente de mim, o homem conseguia realmente não dar bola para quase nada. Ele se manteve fiel à crença de que "tudo acontece por um motivo",

2 Em tradução livre, na minha casa. (N.E.)

então continuou fazendo o de sempre: escrevendo canções, tocando música e aproveitando a vida dia após dia.

Não muito tempo depois, a razão pela qual tudo aconteceu ficou clara. Aparentemente, o velho ditado de que não existe publicidade ruim é verdade. As vendas do álbum da In Like Flynn dobraram na semana seguinte ao frenesi midiático, e, dentro de um mês, a banda emplacou seu primeiro sucesso no Top 10 da *Billboard Hot 100*. As coisas seguiram a todo vapor a partir daí. Em vez de abandonarem a In Like Flynn, a Pulse Records ofereceu à banda uma turnê só deles. Começou devagar... vinte e dois shows em arenas pequenas... mas a cada cidade que passavam, outras duas eram adicionadas. Quando a banda terminou o show na noite passada, tinham feito cento e onze, e os últimos noventa esgotaram consecutivamente.

A *Billboard* acabou de postar as previsões para as turnês mais lucrativas do ano. É esperado que a In Like Flynn fique em terceiro — uma posição acima da Easy Ryder. Falando neles, quatro meses depois da nossa separação, Dylan Ryder se casou com uma estrela pornô aposentada — Jamie alguma coisa — em um casamento forçado. Não confirmaram de quantos meses ela estava grávida, mas, pelo tamanho da barriga dela no casamento, eu diria que já estava grávida quando terminamos. Tudo acontece por um motivo.

Três meses atrás, Flynn me pediu em casamento em frente a uma plateia lotada em Miami. No final do show, eu estava parada na lateral do palco quando ele contou à multidão que a Arena American Airlines era um lugar muito especial para ele. Suas palavras carregavam um tom de mistério; ele falava de uma cidade destemida e de como o lugar tinha dado a ele seu primeiro beijo verdadeiro. Só eu sabia que estava se referindo à minha conquista do medo de subir ao palco pela primeira vez, e ao primeiro beijo que demos bem no lugar em que ele estava em pé. Então, deu à plateia uma música exclusiva — nem eu sabia que ele havia transformado a letra que finalizamos de *Blur* em música. Quando terminou de tocar, eu era uma confusão de emoções. Estava tão tomada por amor pelo homem e tão feliz por tê-lo encontrado, que nem percebi o que ele estava fazendo quando pediu silêncio para a plateia e começou a falar. Não sei quem ficou mais chocado quando entrei correndo no palco para aceitar o pedido: ele ou eu. Quem diria que eu estava pronta para dar o passo final e subir em um palco na frente de uma arena cheia de pessoas? Flynn sabia.

Ainda não estou pronta para cantar em um palco na frente de uma plateia enorme. Mas progredi. Flynn e eu até gravamos um dueto, que a Pulse está produzindo e, esperamos, que seja lançado daqui a alguns meses. *Passo dez, pai. Estou quase lá.* Com Flynn ao meu lado, não tenho dúvida de que o passo doze não está muito longe. Quem sabe, talvez eu esteja junto a Flynn quando, finalmente, pisar em um palco outra vez.

Há três semanas, descobri que estou grávida. Não foi algo que nenhum de nós planejou, mas, vendo o quanto Flynn adora a sobrinha, eu soube que ele não ficaria chateado. Na verdade, ficou o oposto de chateado — completamente fora de si de tão feliz.

Nenhum de nós queria um casamento muito grande, então decidimos nos casar assim que a turnê acabasse. E isso nos leva a amanhã.

— Não me lembro de você reclamando quando te contei na semana passada. Avery vai dormir lá em casa.

— Quando foi que você me contou?

— Estávamos no Emerson Hotel.

Ele se reclina, bebendo o café.

— Você tinha acabado de chegar, e não nos víamos há duas semanas.

— E?

— Você estava com uma calcinha de renda preta, camiseta e sem sutiã?

— Não sei. Talvez?

— Eu não estava ouvindo.

— O quê? — Estou totalmente perdida na conversa.

— Seus mamilos estavam apontando debaixo da camiseta, e amo aquela calcinha preta.

— E?

— Eu não estava prestando atenção. Eu teria concordado com qualquer coisa.

Dou uma risada.

— Vou me lembrar disso na próxima vez que estivermos discutindo a respeito de qualquer coisa.

Tomando meu lugar ao fundo do pequeno corredor na capela, faço uma pequena pausa. Meu pai deveria estar comigo hoje... me acompanhando até o altar. É uma caminhada de menos de dez metros, mas parece que não vou fazê-la sozinha. Eu não devia ficar surpresa quando meu futuro marido aparece descalço, vem até mim e me oferece seu braço. Assim como em todos os outros dias desde que nos conhecemos, ele está ao meu lado. Isso é provavelmente o que o faz ser tão irresistível para mim. Ele não quer me carregar, mas caminhar junto comigo.

Com Avery e Nolan como testemunhas, junto a um pequeno grupo de amigos próximos e parentes, incluindo minha mãe, caminhamos até o altar e paramos em frente ao celebrante, prontos para nos tornarmos marido e mulher. Sorrindo para nós está a dama de honra mais fofa do mundo, em uma versão pequenininha do meu vestido.

Não conversamos a respeito dos nossos votos de casamento, então Flynn fica surpreso quando digo ao celebrante que escrevi os meus. Em forma de soneto, derramo meu coração em catorze versos de dez sílabas. Quando termino, Flynn enxuga minhas lágrimas e me dá um beijo nos lábios.

— Tio Sinn. — Laney puxa o paletó do tio e sussurra alto o bastante para que o resto das pessoas a escutem. — Você deveria esperar até ele dizer que pode beijar a noiva.

Todo mundo ri, incluindo o celebrante. Mas meu futuro marido se inclina para a frente com sua arrogância e petulância de sempre e me lembra:

— Agora que você é legalmente minha, vou te beijar até não poder mais em público, a qualquer hora e em qualquer lugar que eu quiser.

Finalmente.

Encontrei o homem dos meus sonhos. Só que, desta vez, ele era real.

AGRADECIMENTOS

Obrigada a todos os blogueiros incríveis que dedicam tempo a ler meus livros e a ajudar a compartilhar suas experiências de leitura através de resenhas. Sem a sua voz, seria difícil encontrar novos leitores.

Agora, um recado especial para algumas pessoas a quem sou incrivelmente grata:

A Penelope, obrigada por encontrar um uso produtivo para nossas horas de conversas. Como eu funcionava antes de encontrar a outra metade do meu cérebro?

A Julie, obrigada por ser uma nova-iorquina cheia de opinião e sempre honesta — mesmo quando a verdade é um saco.

A Dallison, por ler minhas palavras, principalmente quando o conteúdo não é seu assunto preferido.

A Lisa, por organizar alguns materiais de divulgação incríveis e dizer tudo na lata.

A Sommer, por ter feito esta capa absolutamente maravilhosa!

A todos os meus leitores. Obrigada por me permitirem contar a vocês minhas histórias. É realmente um presente e uma honra ocupar a mente de vocês por algumas horas. Amo seus e-mails e resenhas, então, por favor, continuem escrevendo!

Com muito amor,